HEYNE
BÜCHER

BARBARA MICHAELS

DER ABSCHIEDSBRIEF

Roman

WILHELM HEYNE VERLAG
MÜNCHEN

HEYNE ALLGEMEINE REIHE
Nr. 01/8113

Titel der Originalausgabe
HERE I STAY
Aus dem Amerikanischen übersetzt von Monika Koch

Der Titel erschien bereits in der Reihe
Heyne Romantic Thriller unter der Nr. 03/2185

2. Auflage
1. Auflage dieser Ausgabe

Printed in Germany 1993
Umschlagillustration: Dia-Express/H.L.F., Freising
Umschlaggestaltung: Atelier Ingrid Schütz, München
Gesamtherstellung: Ebner Ulm

ISBN 3-453-06703-7

Prolog

Die alltäglichen Geräusche waren am unerträglichsten. Die albernen Dialoge, die aus dem Fernsehzimmer auf den Flur drangen, das Gelächter und die Unterhaltungen über Modeneuheiten und Sportergebnisse, die aus dem Schwesternzimmer zu hören waren. Irgendwie war es fast unanständig, wie sorglos und unbeschwert die Menschen weiterlebten, während nur wenige Meter entfernt über Leben und Tod entschieden wurde. Sie hatte schon früher ähnliche Situationen erlebt, hatte am Bett von Freunden und Arbeitskollegen gewacht. Aber diesmal war alles anders, diesmal ging es um Jim – ihren einzigen Verwandten, ihren einzigen Bruder. Er war erst neunzehn Jahre alt und hatte noch sein ganzes Leben vor sich.

Sie war blaß, und ihre schmale Gestalt wirkte sehr verloren, wie sie dort, eng in einen Regenmantel gewikkelt, in einem der Sessel saß, die den Rauchern vorbehalten waren. Die Polsterbezüge waren schäbig und abgenutzt, und die herumliegenden Zeitschriften stammten aus dem letzten Jahr. Sie war ganz allein. Die ganze Zeit über hatte sie sich nicht von der Stelle gerührt, hatte nur ab und zu eine Zigarette ausgedrückt und sich eine neue angezündet, so daß der Aschenbecher neben ihrem Platz schon fast überquoll. Nachdem sie der Anruf des Krankenhauses aus tiefstem Schlaf gerissen hatte, hatte sie nur schnell nach ihrem Regenmantel und ihrer Handtasche gegriffen und sich nicht die Zeit genommen, sich zurechtzumachen. Ihre kurzen braunen Haare standen in lauter kleinen Büscheln um das bleiche Gesicht, das nichts von ihrer Anspannung verriet. Sie war keine Heldennatur, keine wilde Kämpferin, aber sie war eisern entschlossen, diesem mächtigsten aller Gegner, der sein Spiel niemals verlor, zu trotzen. »Du wirst ihn nicht bekommen! Noch nicht! Ich werde ihn nicht gehen lassen!«

Schritte näherten sich, wurden langsamer. Andrea sah nicht auf, sondern lächelte nur ein wenig schief. Sicher hatten alle Angst, daß sie sich wieder so aufführen könnte wie im Notaufnahmeraum. Hysterisch, wie *sie* es nannten. Aber sie hatte nur ein Ziel vor Augen gehabt, hatte geschrien, getobt, um sich geschlagen und sogar, wie sie sich dunkel erinnerte, einen Arzt gebissen, bis man sie endlich zu ihrem Bruder gelassen hatte. Sie hatte Jims blutverschmierten Arm berührt und ihm gezeigt, daß sie bei ihm war und für ihn kämpfen würde. Seitdem konzentrierte sie ihr gesamtes Denken und Fühlen darauf, dieses unsichtbare Band zu erhalten und zu stärken.

Als Andrea endlich aufsah, erblickte sie zuerst einen Arzt, den sie noch nicht kannte. Er stellte sich vor, wobei er sie mitfühlend betrachtete, und versuchte, in möglichst unbeteiligtem Ton auf ihre Fragen zu antworten. »Wir tun unser möglichstes«, versicherte er Andrea am Ende der Unterredung.

Dann fiel ihr Blick auf Jim, und sie erschrak, weil dieser bandagierte Körper keinerlei Ähnlichkeit mit der athletischen Figur ihres Bruders hatte, die sie so sehr liebte. Doch tapfer drängte sie ihre Tränen zurück und konzentrierte sich um so stärker auf ihren unsichtbaren Kampf.

Plötzlich bewegte Jim seine bleichen Lippen. Andrea konnte nicht verstehen, was er flüsterte, aber die Krankenschwester, die sich über ihn gebeugt hatte, sagte: »Es hat sich wie ein Name angehört. Vielleicht Alice?«

»Andrea.« Sie war sich ganz sicher. »Er möchte mit

mir reden. Bitte, erlauben Sie mir, mit ihm zu sprechen.«

Andrea berührte seine Finger, die als einzige nicht unter Verbänden verschwunden waren. Sie fühlten sich zwar ziemlich kühl an, aber von eisiger Todeskälte war nichts zu spüren. Als er wieder flüsterte, klang seine Stimme etwas lauter, und Andrea verstand deutlich das Wort ›Alice‹. Ein Mädchen, eine Freundin, die sie nicht kannte? Nein. Sie kannte alle Mädchen, mit denen Jim befreundet war, und sie wußte, daß er keine von ihnen lieber mochte als die anderen. Nach wem also sollte er rufen, wenn nicht nach ihr, seiner einzigen Schwester, die ihn fast wie eine Mutter liebte? Sie umklammerte seine Finger und versuchte, sie zu wärmen. »Gib nicht auf, Jim! Ich bin bei dir und werde immer bei dir sein. Du darfst mich nicht verlassen. Gib nicht auf!«

Als man ihr vorsichtig auf die Schulter klopfte, wandte sie sich ab und sah den Arzt an.

»Ich halte das für ein gutes Zeichen, Miß Torgesen«, sagte der Doktor. »Natürlich ist sein Zustand weiterhin kritisch und auch das Ausmaß der Hirnschädigung noch unklar – aber der Lebenswille eines Patienten ist von größter Wichtigkeit.«

»Er wird nicht sterben«, sagte Andrea. »Ich werde es nicht zulassen.«

1

Andrea stieg von der Leiter und trat einige Schritte zurück, um das Schild zu bewundern, das an einem schmiedeeisernen Träger oben auf dem steinernen Torpfosten hing. SPRINGERS' GROVE INN stand in dicken schwarzen Buchstaben auf weißem Untergrund. Andrea nickte zufrieden. Das Schild war nicht nur deutlich zu sehen, sondern es hing sogar gerade, worauf sie ganz besonders stolz war. Aufatmend ließ sie sich auf eine Gartenbank gleich hinter dem Eingangstor fallen und blickte zum Haus hinüber.

Jeder Knochen und jeder Muskel in ihrem Körper schmerzte, doch als sie jetzt das Ergebnis der monatelangen Schufterei begutachtete, überkamen sie Stolz und Freude, und die Müdigkeit war wie weggeblasen. Die große Wiese, die sich in sanftem Schwung bis zum Haus hinaufzog, war von samtigem Grün, weil der Sommer heiß und ziemlich feucht gewesen war. Auch die Blätter der großen alten Bäume, die die Veranda beschatteten, waren noch saftig grün, obwohl schon die ersten Anzeichen des nahenden Herbstes zu sehen waren. Der Ahorn hatte schon einige goldene Blätter, und bei den Eichen zeigten sich die ersten roten Farbtupfer. Vor dem Hintergrund der grünen Hügel lag das Haus eingebettet wie ein seltenes Juwel, und die weiße Farbe strahlte im hellen Sonnenlicht. Die viktorianischen Schnörkel und Verzierungen milderten die Strenge der großen Wandflächen. Alles war überholt und erneuert worden, und die große Veranda, die sich um die nördliche Ecke der Fassade herumzog, war mit Weidenmöbeln und einer altmodischen Schaukel ausgestattet worden.

Unwillkürlich rieb sich Andrea mit einer Hand ihren schmerzenden Rücken. Diese Bewegung war ihr in den vergangenen Monaten zur Gewohnheit geworden, denn sie hatte hart gearbeitet. Sie hatte gehämmert, geschrubbt, Wände gestrichen, Handwerker beaufsichtigt und sich mit vielerlei Problemen herumgeschlagen, doch wenn sie heute ihr vollendetes Werk betrachtete, dann mußte sie sagen, daß sich die Anstrengung gelohnt hatte. Dieses Haus bedeutete für sie die Zukunft – aber nicht nur für sie, sondern auch für Jim. Als sie daran dachte, wie das Haus bei der ersten Besichtigung vor nur fünf Monaten ausgesehen hatte, mußte sie lächeln.

Der Märzmorgen war grau, diesig und verhangen. Dikke Regentropfen, die ein wenig mit Schnee vermischt waren, rutschten über die Windschutzscheibe, als sie das Auto genau vor den Stufen zur Veranda abstellte. Jim saß mit angezogenen Beinen neben ihr, was aber weniger auf die Enge im Auto als vielmehr auf seine Wut zurückzuführen war. Nachdem sie ihm nicht erlaubt hatte zu fahren, hatte er seine fast zwei Meter große Gestalt aus Protest so ungeschickt wie möglich ins Auto gefaltet und hatte diese Haltung die ganzen dreißig Meilen von Washington bis zum Haus durchgehalten. Erst der Anblick des Hauses beendete seinen Trotz. »Jesus Christus!« entfuhr es ihm.

»Du sollst nicht fluchen«, bemerkte Andrea automatisch, obwohl sie zugeben mußte, daß er den Nagel auf den Kopf getroffen hatte.

Wie nasse, verkrüppelte Riesen umstanden die großen Bäume das Haus und reckten ihre kahlen Äste in den trostlosen Himmel. Das Haus hatte drei Stockwerke, ein ausgebautes Dachgeschoß und einen Turm an einem Ende. Überall blätterte die Farbe ab, das Geländer der

Aussichtsplattform war mehr als lückenhaft und unglaublich verrostet, einige Fenster hatte man einfach mit Brettern vernagelt, auf der Veranda fehlte ein Stützpfeiler und außerdem waren die Stufen abgesackt und mühsam mit Steinen befestigt worden. Selbst bei schönstem Sonnenschein wäre der Anblick dieses heruntergekommenen Herrenhauses sehr deprimierend gewesen, aber bei diesem trostlosen Wetter war er noch bedeutend schrecklicher.

Völlig entmutigt blieb Andrea erst einmal sitzen. Sie kannte das Haus ja bereits von ihren jährlichen Pflichtbesuchen bei Cousine Bertha, aber heute sah sie es zum erstenmal mit den Augen der Besitzerin – Besitzerin einer Ruine! Cousine Bertha war die Halbschwester von Andreas Großmutter gewesen und vermögend genug, so daß sie immer wieder ältliche Damen bezahlen konnte, die sich um das Nötigste kümmerten. Sie hatte sich darauf versteift, in diesem Haus zu sterben. Bei ihren Besuchen hatte Andrea zwar registriert, daß das Haus immer mehr verfiel, aber sie hatte sich nicht allzu viele Gedanken darüber gemacht, denn Cousine Bertha hatte eine riesige Verwandtschaft, die sich eigentlich darum hätte kümmern müssen. Da aber alle in weiter entfernten Gegenden wohnten, war Andrea praktisch die einzige, die regelmäßig zu Besuch kam. Der Gedanke, daß sie die alte Dame beerben könnte, war ihr dabei niemals gekommen. Sie hatte eigentlich eher aus Pflichtbewußtsein so gehandelt, weswegen Jim sie immer wieder gehänselt hatte. Als dann der Brief des Rechtsanwalts gekommen war, hatte er sich überhaupt nicht mehr beruhigen können. »Jetzt kommt es heraus!« hatte er sie geneckt. »Jetzt werden wir erfahren, was du mit der alten Frau gemacht hast, damit sie dich zur Universalerbin erklärt!«

Andrea fand die Bemerkung nicht besonders witzig.

»Sicher hat sie mir ein altes Medaillon mit einer Haarlocke oder eine Sammlung irgendwelcher Scheußlichkeiten vermacht. Am liebsten wäre mir etwas, das ich verkaufen kann, denn wir könnten das Geld sehr gut gebrauchen.«

Jims hübsch geformte Lippen preßten sich aufeinander. Er konnte es nicht leiden, wenn über Geld gesprochen wurde. »Ich habe doch schon hundertmal gesagt, daß ich mir Arbeit suche, wenn wir so knapp bei Kasse sind...«

»Nein! Das kommt überhaupt nicht in Frage! Ich möchte, daß du das College beendest. Niemand weiß besser als ich, was ein solcher Abschluß im späteren Leben bedeutet! Ich wünschte nur, ich könnte dich noch auf eine bessere Universität schicken!«

»Die Staatsuniversität von Maryland ist doch ausgezeichnet! Ich gehe sehr gern dorthin, aber ich wünschte bei Gott, du würdest aufhören, immer nur von Geld zu sprechen, Andy!«

Er verließ das Zimmer, während Andrea immer noch auf ihre verknoteten Finger starrte. Er hatte ja recht! Sie sprach viel zu oft von ihren Geldsorgen, und er haßte doch nichts mehr, als sich von seiner Schwester abhängig zu fühlen. Jim war gerade erst acht Jahre alt gewesen, als ihr Vater und ihre Mutter bei einem Flugzeugabsturz ums Leben gekommen waren. Da sie keine anderen Verwandten hatten, sorgte Andrea seit diesem Tag für Jim. Sie hatte ihre Studienpläne aufgeben müssen, weil ihr Vater, trotz seines nicht unerheblichen Einkommens, nichts hinterlassen und auch keinerlei Vorsorge für die Zukunft getroffen hatte.

Andrea hatte damals den erstbesten Job angenommen und im Büro eines Motels gearbeitet. Nachdem sie etwas Erfahrung gesammelt und noch einige Kurse besucht hatte, war sie dann rasch zur Stellvertreterin eines Hotelchefs aufgestiegen. Sie liebte ihre Arbeit, die sehr interessant und abwechslungsreich, durch die unregelmäßigen Dienstzeiten andererseits aber auch äußerst anstrengend war und ihr wenig Zeit ließ, sich um Jim zu kümmern. Trotzdem hatte sich ihr Bruder wunderbar entwickelt, hatte ihr kaum jemals Schwierigkeiten gemacht und war in der Schule und in seinem geliebten Football-Sport gleichermaßen erfolgreich gewesen. Er hatte es auch geschafft, im College Studium und Sport miteinander zu vereinbaren, doch als er dann auch noch ihr zuliebe arbeiten wollte, hatte sie ihn energisch bremsen müssen. »Übertreibe die Dinge nicht, mein Schatz«, hatte sie ihn ermahnt und dann im Scherz hinzugefügt: »Wenn du erst einmal ein erfolgreicher Football-Profi bist, dann erwarte ich auch, von dir standesgemäß unterhalten zu werden!«

Als der Rechtsanwalt ihr mitgeteilt hatte, daß Cousine Bertha ihr ihr gesamtes Vermögen – das Haus, alle Möbel und den gesamten umgebenden Grundbesitz – hinterlassen hatte, hatte sie es im ersten Augenblick gar nicht fassen können. Sie hatte in ihrem Leben viele Rückschläge erlebt, so daß sie es sich schon abgewöhnt hatte, an das Glück zu glauben.

Jim, der sie nie zu Cousine Bertha begleitet hatte, war der Meinung, daß sie das große Los gezogen haben mußte, doch nun saß er sehr kleinlaut neben ihr und starrte fassungslos auf das Haus. Der Rechtsanwalt hatte gemeint, daß es ihr schwerfallen dürfte, einen Käufer für das Haus zu finden, denn in der heutigen Zeit wollte niemand große Häuser, die man nur mit ungeheuren Kosten heizen und renovieren konnte.

»Wo bleibt denn dieser verflixte Anwalt?« fragte sie ärgerlich. »Er wollte uns hier treffen, und meine Zeit ist zum Warten zu kostbar!« Sie stieß Jim an. »Komm! Wir gehen schon einmal voraus!«

Die Treppenstufen und die Holzbohlen der Veranda ächzten verdächtig, als sie zur Tür gingen. Der Schlüssel steckte, und einige Sekunden später drehte sich die Tür grausig quietschend in den rostigen Angeln.

Drinnen war es ziemlich dunkel, so daß die riesigen Möbel wie unförmige Ungeheuer aussahen. »Wenigstens ist noch nicht eingebrochen worden«, stellte Andrea fest. »Aber lange wird das nicht mehr gutgehen. Antiquitäten sind heutzutage sehr begehrt. Ich muß mir schleunigst einen Händler suchen.«

Sie betrat den großen Raum auf der linken Seite der Eingangshalle. »Hier ist es ja noch dunkler! Vielleicht funktioniert... Tatsächlich! Der Strom ist nicht abgeschaltet! Ich werde mit dem Anwalt reden müssen!«

Dem venezianischen Kronleuchter fehlten zwar einige seiner geschliffenen Prismen, und auch die Glühbirnen waren nicht mehr vollzählig, aber trotzdem strahlte das Licht so hell, daß die Umgebung nur noch trostloser wirkte. Eine dicke Staubschicht bedeckte die Möbel, so daß man unmöglich sagen konnte, aus welchem Holz sie hergestellt worden waren. Ein feuchter, muffiger Geruch hing in der Luft.

»Ich denke schon, daß ich einiges gut verkaufen kann, oder was meinst du, Jim?« fragte sie. »Jim?... Wo steckst du denn?«

Als er nicht antwortete, blickte sie sich um und sah Jim als dunklen Schatten draußen in der Halle am Fuß der Treppe stehen.

»Ich bin hier«, sagte er endlich, aber seine Stimme klang fremd. Der Ton war weich, fast träumerisch.

»Wo bleibst du denn? Komm herein und hilf mir! Wir müssen ein Inventarverzeichnis anfertigen.«

Rasch wandte er den Kopf in ihre Richtung. »Ich dachte, du wärst oben. Ich habe dich doch rufen hören!«

»Habe ich auch! Erzähle keinen Unsinn, Jim. Du hast mich doch in dieses Zimmer gehen sehen!«

»Ich weiß, aber...« Er schüttelte verwundert den Kopf. »Ich könnte schwören, daß jemand oben ist. Hast du nicht auch gehört, wie man nach mir gerufen hat?«

»Jetzt reicht es!« unterbrach ihn Andrea energisch. »Ich gebe ja zu, daß das Haus ein wenig unheimlich wirkt, aber im Augenblick haben wir wichtigere Dinge zu tun, als uns um Gespenster zu kümmern!«

»Komisch...« Jim zuckte die Achseln. »Also, was soll ich tun?«

Andrea reichte ihm ein Notizbuch und einen Bleistift. »Schreib auf, was ich dir diktiere! Am besten fangen wir gleich hier unten an.«

Sie hatten gerade begonnen, als ein Klopfen an der Tür die Ankunft des Anwalts ankündigte. Andrea öffnete und erblickte einen weißhaarigen Mann, der sich die Regentropfen aus den dichten Haaren schüttelte und sie freundlich anlächelte. »So ein Mistwetter!« meinte er.

Doch Andrea ging überhaupt nicht darauf ein. »Sie sind spät dran«, sagte sie nur.

»Das tut mir leid. Nun, was sagen Sie zu dem Haus?«

»Eine Katastrophe!« erwiderte Andrea knapp. »Mr. Bushwaller, dies ist mein Bruder Jim.«

»Nennen Sie mich einfach Fred«, sagte Bushwaller und streckte die Hand aus. »Sie sind ja riesengroß! Spielen Sie Basketball?«

»Nein, Football«, sagte Jim. »Guten Tag, Sir.«

»Mr. Bushwaller, ich habe nicht allzuviel Zeit«, mischte Andrea sich ein. »Können wir jetzt zum Geschäft kommen?«

»Aber natürlich! Unsere Unterhaltung können wir ja später im Restaurant fortsetzen. Wir haben ein sehr bekanntes Lokal hier in der Stadt, und es wäre...«

»Davon habe ich schon gehört. *Peace and Plenty* heißt

es, glaube ich. Aber heute werden wir sicher keine Zeit haben, denn ich möchte mit Ihnen das gesamte Inventarverzeichnis überprüfen.«

Bushwaller zog seinen Regenmantel aus und legte ihn sorgfältig über das Treppengeländer. Eigentlich sah er überhaupt nicht wie ein Anwalt aus, sondern wie ein gutmütiger, freundlicher Farmer. »Ich fürchte, es gibt kein Inventarverzeichnis«, bemerkte er ruhig. »Sie wissen doch selbst, wie Miß Bertha war! Sie hat immer alles auf den nächsten Tag verschoben, weil sie glaubte, ewig zu leben.«

»Ich hätte es mir denken können«, murmelte Andrea.

»Im Grunde ist es ja auch gar nicht wichtig«, meinte der Anwalt. »Ihnen gehört ohnehin alles. Niemand kann Ihnen etwas wegnehmen, denn die alte Dame war bei klarem Verstand.«

»Wahrscheinlich wird auch niemand dieses Erbe haben wollen, nicht wahr?« seufzte Andrea.

»Möglich. Ein Haufen alter Kram ohne besonderen Wert. Was wollen Sie damit anfangen?«

»Ich werde verkaufen, was man mir abnimmt.«

Der Anwalt nickte. Äußerlich hatte sich sein Gesichtsausdruck nicht verändert, aber der Glanz, der plötzlich in seinen Augen lag, während er die Möbel musterte, weckte Andreas Mißtrauen. Und schon der nächste Satz bestätigte ihre Vermutungen. »Ich kenne einen Händler hier in der Stadt. Der wird Ihnen sicher einen fairen Preis machen!« meinte Bushwaller ganz beiläufig.

»Einen Händler?« fragte Andrea.

»Ja, er hat einen Gebrauchtwarenladen«, erklärte Bushwaller und fuhr dann völlig uninteressiert fort: »Wenn Sie möchten, kann ich ihn ja herschicken, sobald ich wieder in der Stadt bin. Einverstanden?«

»Ich habe nicht vor, irgendwelche Verkaufsverhandlungen zu führen, bevor ich nicht ein genaues Verzeichnis aller Möbel aufgestellt habe.«

Bushwaller bemerkte den feindlichen Ausdruck in ihren Augen und lächelte freundlich. Er nahm seine Niederlage gelassen hin. »Dann bin ich wahrscheinlich überflüssig«, meinte er.

»Durchaus nicht«, sagte Andrea. »Ich möchte, daß Sie mich auf meinem Rundgang begleiten.«

Bushwaller sah auf seine Uhr – ein teures, goldenes Exemplar, wie Andrea bemerkte. »Ausgerechnet heute paßt es mir nicht gut ...«

»Es wird sicher nicht länger dauern als ein Essen bei *Peace and Plenty*«, sagte Andrea in einem Ton, der keinerlei Widerspruch duldete. Mit Sicherheit würde die Rechnung des Anwalts gepfeffert ausfallen, also wollte sie ihm wenigstens einige Unbequemlichkeiten zumuten.

Bushwaller ergab sich in sein Schicksal. Sie begannen ihren Rundgang, wobei Jim immer wieder Fragen nach dem Alter und der Geschichte des Hauses stellte. »Vielleicht hundert Jahre, wenn man es nicht so genau nimmt«, meinte Bushwaller, aber weitere Auskünfte waren von ihm nicht zu erhalten. Schließlich schwieg Jim enttäuscht, und Andrea nahm ihm das Notizbuch aus der Hand.

Insgesamt war das Haus größer, als es von außen wirkte. Neben den beiden Wohnräumen gab es im Erdgeschoß noch eine Bibliothek und ein hohes, ziemlich düsteres Speisezimmer, von dem aus man durch einen Anrichteraum in die eigentliche Küche gelangte, die allerdings so alt und heruntergewirtschaftet aussah, daß Bushwaller sich nicht zurückhalten konnte. »Die gute alte Zeit!« sagte er höhnisch. »Heutzutage will sicher niemand hier wirtschaften!«

Andrea konnte nur zustimmen. Der riesige Kohleofen

war schon jahrelang nicht mehr benutzt worden. Cousine Berthas Angestellte hatten sich mit einem kleinen Gasherd und einem alten Kühlschrank beholfen, die jedoch völlig verrostet und unbrauchbar waren. Andrea prüfte den ächzenden Dielenboden und stieß schließlich eine schmale Tür auf. Von hier aus führte ein breiter Gang, in dem ein Regal neben dem anderen stand, zum rückwärtigen Flügel des Hauses, wo sich drei kleine Zimmer und ein Badezimmer mit einer altmodischen Wanne auf Löwenfüßen befanden.

»Dienstbotenzimmer«, erklärte Bushwaller lakonisch. Je enttäuschter Andreas Gesichtsausdruck wurde, desto besser fühlte er sich.

Eine weitere Tür führte in ein schmales, steiles Treppenhaus, durch das sie in den ersten Stock gelangten. Hier sah es nicht wesentlich anders aus als unten. Überall Möbel – überall dicke Staubschichten.

»Dieses war Miß Berthas Zimmer«, sagte Bushwaller freundlich und tastete nach dem Lichtschalter. »Scheint kaputt zu sein. Wahrscheinlich ist die Birne durchgebrannt.«

Andrea drängte sich hinter ihm vorbei, um die dunklen Samtvorhänge vor den Fenstern zu öffnen. Das Zimmer der alten Dame verdiente es, genauer angesehen zu werden. Während der letzten Zeit hatte Cousine Bertha ihr Himmelbett nicht mehr verlassen können, und alle ihre Schätze befanden sich in Reichweite, so daß sie jederzeit die alten Bilder und Zeitungsausschnitte zur Hand hatte, um von den besseren Zeiten zu träumen.

Plötzlich bewegte sich etwas auf dem Himmelbett und erhob sich. Andrea fuhr zurück, und auch Bushwaller erschrak, fluchte und lief zum nächstbesten Fenster. Im grauen Licht, das plötzlich ins Zimmer fiel, erkannten sie die Ursache ihres Schreckens. Mitten auf dem

Bett stand die größte Katze, die Andrea jemals zu Gesicht bekommen hatte – kohlrabenschwarz und bestimmt sechzig Zentimeter lang. Große goldene Augen starrten sie herausfordernd an, und der dicke, buschige Schwanz ging unruhig hin und her.

»Ho, ho, ho.« Bushwaller lachte wie ein behäbiger Weihnachtsmann. »Den habe ich ja ganz vergessen! Mein Gott, hat er mich erschreckt! Ich hoffe, Sie sind nicht abergläubisch, Miß Torgesen.«

»Wie... wie kommt dieses Tier denn in das Zimmer?« fragte Andrea. Dieser Kater sah aus, als wäre er dem Märchenbuch entsprungen. »Gschsch!« Sie machte einen Schritt auf das Bett zu und versuchte, das Tier zu verscheuchen. »Los, verschwinde!«

Der Kater gähnte nur, dehnte sich und begann, die Bettdecke zu bearbeiten. Das Geräusch von reißendem Stoff begleitete seine Vorstellung.

Bushwallers Heiterkeit verdoppelte sich. »Legen Sie sich besser nicht mit Satan an, Miß Torgesen. Er hat hier die älteren Rechte.«

»Aber wie kommt er hier herein?« wiederholte Andrea.

»Er hat sicher seine eigenen Schlupflöcher. Er war nie ein Schoßkätzchen, sondern er kommt und geht, wie es ihm gefällt. Er wohnt sozusagen in diesem Zimmer.«

»In Zukunft wird er sich nach mir richten müssen«, gab Andrea finster zurück.

Nachdem der Kater seine Vorstellung beendet und sich wieder auf der Decke niedergelassen hatte, trat Andrea an das Bett heran. Satan sah nur kurz über die Schulter zu ihr hin und ließ sich dann, zur Überraschung aller, willig auf den Arm nehmen. Seine zwanzig Pfund wogen schwer, und das dichte schwarze Fell füllte Andreas Arme. Er ließ die Prozedur zwar über sich ergehen, aber er war nicht anschmiegsam und schnurrte nicht.

»Also, ich verstehe die Welt nicht mehr«, staunte Bushwaller. »Die Pflegerin von Miß Bertha hat immer einen weiten Bogen um dieses Tier gemacht. Nur Miß Bertha durfte ihn hin und wieder streicheln, aber das war auch schon alles. Sie haben ein kleines Wunder vollbracht, Miß Torgesen!«

»Ich kann Tiere nicht ausstehen«, sagte Andrea ruhig. »Und Katzen mag ich überhaupt nicht!«

Satan sah zu ihr auf. »Ich hasse Katzen!« sagte sie ihm ins Gesicht.

Jim mußte lachen. »Ich wünschte, ich hätte meine Kamera dabei! Das wäre ein Foto geworden! Gib ihn mir!«

Aber als er die Hand ausstreckte, erhielt er blitzschnell einen kräftigen Hieb. Jim fuhr zurück und leckte die blutigen Kratzer. »Ist ja schon gut! Er hat sich entschieden, er liebt dich, Andy!«

Andy ließ den Kater wortlos zu Boden plumpsen, worauf er sich mit hoch aufgerecktem Schwanz beleidigt entfernte.

»Ein Schoßkätzchen ist er wirklich nicht«, meinte Bushwaller. »Seit Miß Berthas Tod hat ihn niemand mehr gesehen, aber wahrscheinlich hat er sich prächtig von den Mäusen ernährt, die in einem so alten Haus immer überall vorhanden sind. Miß Bertha hat ihn deswegen immer besonders geschätzt.«

An diesen Punkt hatte Andrea überhaupt noch nicht gedacht. »Dann sollten wir ihn auch nicht vertreiben«, meinte sie.

»Ich bin froh, daß Sie ihn nicht vertreiben wollen«, sagte Bushwaller. »So lange ich zurückdenken kann, hat es hier in Springers' Grove immer schwarze Katzen gegeben. Auch in der Stadt haben wir eine Menge davon.« Er lachte Jim an. »Wahrscheinlich treibt sich der alte Satan nachts zu oft herum!«

»Schwarz ist eine dominante Farbe«, meinte Andrea.

»Wie bitte?«

»Nichts. Ich möchte weitermachen.«

Während des weiteren Rundgangs blieb Satan unsichtbar. Außer Cousine Berthas Zimmer gab es noch vier weitere Räume und zwei Bäder, während sich im Stockwerk darüber sechs kleinere Zimmer befanden, die alle mit überflüssigen, zum Teil auch beschädigten Möbeln angefüllt waren. Danach hatten sie auch noch einen kurzen Blick in das Dachgeschoß geworfen, doch dann hatte sogar Andrea genug.

»Für heute wollen wir Schluß machen! Ich mag nicht noch mehr Gerümpel besichtigen.«

»Viel Rühmenswertes gibt es hier oben wirklich nicht«, sagte Bushwaller nach einem kurzen Rundblick. »Miß Bertha hat niemals etwas weggeworfen.«

»Wohin führt diese Treppe?« fragte Jim und deutete auf den Beginn einer Wendeltreppe.

»Ich nehme an, auf den Turm«, erwiderte Bushwaller. »Leider muß ich jetzt wirklich gehen ...«

Jim stieg die Treppe hinauf und öffnete die Tür. Helles Tageslicht fiel auf den Treppenabsatz.

Das oberste Geschoß des runden Turmes ragte über das Dach hinaus, während er in den unteren Geschossen nur als halbrunde Ausbuchtungen an der Bibliothek, dem darüberliegenden großen Schlafzimmer und an einem der kleineren Zimmer im zweiten Stock in Erscheinung trat. Fast die gesamte Rundung des oberen Stockwerks bestand aus Fenstern, so daß man nach allen Himmelsrichtungen freie Sicht hatte – nach Westen bis zu den braunen Hügeln, nach Süden über die Dächer der nahen Stadt und auf der gegenüberliegenden Seite bis zum großen Fluß, der gleichzeitig die Grenze des

Besitzes bildete. Sogar an einem so trübseligen Tag wie heute war die Aussicht atemberaubend, und sogar Andrea stand und staunte.

Doch als sie Jims »Welch wunderbarer Raum!« hörte, sagte sie spitz: »Du siehst doch hoffentlich, wie morsch und alt alles ist! Komm lieber wieder nach unten, bevor der Boden einstürzt!«

»Der Boden ist in Ordnung«, sagte Jim und schob den heruntergefallenen Putz und die Tapetenreste zur Seite. »Nur dieses eine Brett gleich hinter der Türschwelle ist lose, aber das kann ich befestigen...«

»Ich sagte, du sollst mitkommen!«

Unwillig gehorchte er, und Andrea schloß die Tür. Das hatte ihr gerade noch gefehlt! Offenbar hatte Jim Gefallen an dem Haus gefunden und plante vielleicht sogar schon, mit einem Haufen Freunde hier einzuziehen. Eigentlich hatte sie nichts gegen seine Freunde, aber es störte sie, daß sie immer gleich in Horden auftraten und sie Jim fast nie mehr allein für sich hatte. Glücklicherweise lag das Haus zu weit von der Universität entfernt.

Als Andrea und Jim nach unten kamen, war Bushwaller gerade aus dem Haus gegangen, und Andrea schmiß die Tür mit lautem Krachen ins Schloß.

»Bist du nicht ein bißchen zu weit gegangen?« fragte Jim.

»Ach was! Er ist doch ein alter Gauner«, meinte Andrea. »In diesem Haus gibt es sicher einige sehr wertvolle Möbel, sonst hätte er es nämlich nicht so eilig gehabt, mir seinen Händler anzudienen. Komm, wir wollen weitermachen.«

Nachdem sie mit dem Wohnzimmer fertig waren, war es schon beinahe Mittag. »Ich habe noch nie soviel Kram gesehen«, sagte Andrea, während sie die Türen eines Schrankes schloß, der bis an den Rand voller Glas und Geschirr stand. »Aber ich werde durchhalten. Am Freitag komme ich wieder und arbeite den ganzen Tag. Mit Kamera und Tonband wird es sicher schneller gehen!«

»Soll ich dir helfen? Ich könnte die Uni schwänzen...«

»Kommt überhaupt nicht in Frage! Am Freitag hast du wichtige Fächer.«

»Verdammt, du kennst meinen Stundenplan ja besser als ich! Und am Samstag?«

»Da muß ich arbeiten.«

»Trotzdem könnte ich herkommen, einige der Freunde mitbringen. Dann wären wir um so schneller fertig.«

Andrea biß sich auf die Lippen. Natürlich konnte sie Hilfe gebrauchen, aber sie fürchtete sich vor der Horde, die wahrscheinlich schon nach einer Stunde nur noch diskutieren und sich betrinken würde.

»Ich werde es mir überlegen«, sagte sie.

Jim wußte, was sie damit sagen wollte. Seine Augenbrauen zogen sich zusammen. Andrea suchte verzweifelt nach einer Ausflucht, weil sie sich vor einer Auseinandersetzung mit ihm fürchtete. Sie liebte ihn so sehr, aber warum mußte er ihr nur immer widersprechen? Doch diesmal gab er achselzuckend nach, und sie tätschelte erlöst seinen Arm.

»Ich werde mir deinen Vorschlag überlegen. Aber jetzt wollen wir endlich gehen. Ich lade dich zum Mittagessen ein. Pizza wie gewöhnlich?«

Jim ging zum Auto voraus. »Aber diesmal fahre ich!« verkündete er selbstbewußt.

Schweigend reichte ihm Andrea die Wagenschlüssel. Sie hatte nicht das Herz, seinen Wunsch noch einmal zurückzuweisen – und das wußte er genau. Er grinste sie an, während er den Wagen startete. Während sie die gewundene Auffahrt hinunterfuhren, drehte Andrea sich um. Die ersten Nebelschwaden stiegen aus der Wiese empor, und darüber reckte sich der runde Turm wie ein Zeigefinger anklagend gegen die niedrig hängenden Wolken.

In der darauffolgenden Nacht wurde Jim während der Heimfahrt von der Universität bei nebligem, regnerischem Wetter von einem großen Lastwagen, der ihn in einer Kurve überholen wollte, von der Straße gedrängt. Sein Wagen geriet auf den Seitenstreifen und stieß gegen einen Baum. Andrea war gerade fest eingeschlafen, als das Telefon läutete.

2

Nachdem sie wußte, daß Jim überleben würde, war ihr Kampf aber noch lange nicht zu Ende. Woche um Woche bemühte sie sich, ihn in einer Welt zu halten, die ihn nicht mehr interessierte. Sie saß stundenlang an seinem Bett, redete auf ihn ein, fragte, doch meistens erhielt sie überhaupt keine Antwort. Dann lag er still im Bett und starrte teilnahmslos an die Decke.

Anfangs war Dr. Blake noch zuversichtlich, weil sich der körperliche Zustand seines Patienten erwartungsgemäß entwickelte, doch Jims beharrliche Weigerung, aktiv mitzuarbeiten, verwirrte den Arzt so sehr, daß er Andrea einige Zeit lang aus dem Weg ging.

Doch eines Tages im April bat Andrea ihn um ein Gespräch.

»Er versucht nicht einmal mitzuarbeiten«, sagte Andrea. »Was raten Sie mir? Was kann ich denn tun?«

»Vielleicht können Sie ihm zeigen, daß Sie ihn brauchen«, schlug Dr. Blake vor. »Appellieren Sie an sein Verantwortungsgefühl... Sagen Sie ihm, daß Sie ihn brauchen.«

»Brauchen?« Andreas Stimme war ein einziger schmerzvoller Aufschrei, doch dann hatte sie sich gleich wieder in der Gewalt. »Verzeihen Sie!« sagte sie.

Sie hatte sich geweigert, Platz zu nehmen. Obwohl Dr. Blake nicht sehr groß war, konnte er noch auf sie hinunterschauen. Er wußte, daß sie einunddreißig Jahre alt war – aber sie sah augenblicklich wesentlich älter aus. Tiefe Linien hatten sich in ihr Gesicht gegraben, und man sah ihr die Anspannung der letzten Monate deutlich an, aber er sah auch, daß diese Frau sehr energisch war und kämpfen konnte.

Er legte seine Hand auf ihre Schulter und sagte: »Versuchen Sie alles! Geben Sie nicht auf!«

Er fühlte, wie sich ihre Muskeln spannten. »Nein, bestimmt nicht! Ich gebe niemals auf.«

Sie ging in Jims Zimmer. Während sie den Raum betrat, beobachtete sie, wie sich sein Gesichtsausdruck veränderte und wieder stumpf und apathisch wurde. Am liebsten hätte sie geweint, aber sie verbarg ihre Regung, setzte sich an sein Bett und nahm seine Hand in die ihre. Mühsam suchte sie, die richtigen Worte zu finden.

»Ich möchte dich etwas fragen«, begann sie, doch Jim antwortete nicht. Schließlich fuhr sie zögernd fort: »Es geht um das Haus – um Cousine Berthas Haus. Bushwaller hat mich angerufen, weil in der letzten Nacht beinahe eingebrochen worden war. Ich fürchte, wir werden es jetzt wirklich verkaufen müssen ...«

Sie glaubte, eine Reaktion in seinen Augen gesehen zu haben, und plötzlich sprach sie wie befreit, als wenn sie die Argumente schon viele Jahre lang überlegt hätte.

»Was hältst du von der Idee, ein Gasthaus aufzumachen und dort zu wohnen? Ich hätte nie gedacht, daß ich einmal mein eigener Herr sein würde! Ich denke natürlich nicht an ein richtiges Hotel. Ein Gasthaus mit Übernachtung und Frühstück. Ein ausgezeichnetes Restaurant ist ganz in der Nähe, außerdem gibt es in der Gegend viele Antiquitätenläden und einige historisch interessante Plätze, die man besichtigen kann ... Meinst du, wir sollten es wagen? Oder übernehmen wir uns nur?«

Lange sagte Jim kein Wort, doch dann räusperte er sich und sprach mit krächzender Stimme. »Das Haus ist eigentlich in ziemlich gutem Zustand. Alles nur Äußerlichkeiten, die mit Farbe und Tapeten zu beheben sind!«

»Wirklich? Ich bin froh, daß du das sagst, denn du bist so geschickt, daß ich deinem Urteil vertraue«, sagte Andrea mit zitternder Stimme. Sie hatte Angst, daß sein Interesse im nächsten Augenblick wieder verschwunden sein könnte. »Wir können ja die wertvollsten Möbel verkaufen, um Geld für die Renovierung zu haben. Mit den restlichen Möbeln können wir die Zimmer einrichten. Außerdem haben wir auch noch die Lebensversicherung von Cousine Bertha. Die ist zwar nicht besonders hoch, aber uns ist jetzt alles willkommen! Ach, Jim! Trotzdem habe ich ein wenig Angst. Ob wir es schaffen können?«

Er drehte den Kopf zu ihr und sah sie an. Sein Haar war glanzlos und strähnig und seine Backen eingesunken wie bei einem uralten Mann. »Natürlich kannst du es schaffen«, sagte er. »Du kannst alles, was du dir vornimmst!«

»Aber nur, wenn du mir dabei hilfst!«

»Aber klar! Vielleicht können auch meine Freunde...«

Diese vertraute Äußerung war zuviel für Andrea. Sie verlor die Fassung, vergrub ihr Gesicht in der Decke und schluchzte. Und dann fühlte sie, wie seine Hand ihr ungeschickt über die Haare strich.

Noch am selben Tag kündigte Andrea ihre Wohnung und ihre Arbeit. Auch wenn es möglicherweise leichtsinnig war, weil sie das Geld natürlich nötig gebrauchen konnte, fühlte sie, daß sie jetzt alles wagen mußte, um Erfolg zu haben. Sie teilte ihre Zeit zwischen Krankenhaus und dem Haus in Ladiesburg auf. Zum Schlafen kam sie fast überhaupt nicht mehr, denn sie hatte nur den einen Wunsch: Das Haus sollte bei Jims Entlassung fertig sein, damit er seine Kräfte, soweit wie möglich, schonen konnte.

Sie hatte sich angewöhnt, alle wichtigen Entscheidungen mit ihm zu besprechen, und folgte seinem Rat sooft sie es für vernünftig hielt. Seine Genesung machte nur sehr kleine Fortschritte, aber da sein Interesse für das Haus unvermindert anhielt, wurde Andrea immer zuversichtlicher. Am liebsten hörte Jim Andreas Berichte über ihre Kämpfe mit dem Kater.

Satan hatte sich mittlerweile seinen festen Platz im Haushalt erobert. Er kam und ging, wie es ihm gefiel, und sein Lieblingsplatz war nach wie vor Cousine Berthas Bett. Doch Andrea wollte ihm das Feld nicht kampflos überlassen. Sie dachte sich immer wieder Listen aus, um ihn von diesem Raum fernzuhalten, doch Satan war und blieb Sieger. Selbst als Andrea Reißnägel auf seinem Lieblingsplatz ausgestreut hatte, löste er das Problem auf einfache Weise. Er kratzte die Überdecke zu einem Berg zusammen und legte sich direkt auf das Leintuch.

Jim amüsierte sich köstlich über diese Geschichten, und auch seine Freunde, die augenblicklich Ferien hatten und ihn häufig besuchten, nahmen regen Anteil. Und eines Tages hatte Jim die Lösung gefunden.

»Ich habe hier in diesem Heft einen Artikel über eine Katze gelesen, die Zimmer Nr. 6 in einem Hotel bewohnte. Die Besitzer erzählten es den Gästen, und damit hatte das Haus so etwas wie ein Markenzeichen!«

Die Erlebnisse mit Satan waren eine erfreuliche Abwechslung in Andreas hartem Tageslauf. Die Arbeiten machten erstaunliche Fortschritte, weil die Handwerker wundersamerweise immer pünktlich kamen und sich nicht gegenseitig behinderten. Andrea ließ alle Strom- und Wasserleitungen auswechseln und packte auch tüchtig selbst mit an. Sie strich Türen und Fenster, tapezierte die Wände und renovierte die Böden. Es war eine echte Knochenarbeit, aber gleichzeitig genoß Andrea es, das Haus aus seinem Dornröschenschlaf aufwachen zu sehen. Sie hatte sich entschieden, im ersten Stock fünf Fremdenzimmer einzurichten, weil sie unbedingt mit nur einer Haushaltshilfe auskommen wollte. Ihre Erfahrungen im Hotelgewerbe kamen ihr natürlich zugute, aber es gab trotzdem noch eine Menge Neues zu lesen und zu lernen.

Als sie eine Hypothek auf das Haus aufnehmen mußte, wunderte sie sich eigentlich zum erstenmal, wie reibungslos alles lief. Sie war auf Ablehnung gefaßt gewesen, doch der Manager nannte sie ›Miß Andrea‹ und genehmigte den Betrag ohne Zögern.

Bevor Andrea recht begriffen hatte, wie leicht alles gegangen war, stand sie schon wieder draußen vor dem alten, in griechischem Stil errichteten Gebäude, dessen mächtige Säulen einen großen Giebel stützten. Nach beiden Seiten dehnte sich das Geschäftsviertel von Ladiesburg, und zwar drei Blocks weit von der Tankstelle bis zum Schlachthof. Fast alle Häuser stammten aus dem neunzehnten, teilweise sogar aus dem achtzehnten Jahrhundert und waren im Lauf der Jahre immer wieder sorgfältig renoviert worden. In der letzten Zeit hatten sich immer mehr Antiquitätenhändler in der Stadt angesiedelt, die auf diesem Gebiet zu einem kleinen Zentrum in Maryland geworden war.

Durch ihre Möbelverkäufe hatte Andrea fast alle kennengelernt, aber bisher noch nicht die Zeit gefunden, nähere Kontakte zu pflegen. Während sie noch vor der Bank stand, fiel ihr Blick auf das gegenüberliegende Gebäude – ein breites, niedriges Haus mit schwarzen Fensterläden und Blumenkästen vor den Fenstern. Sofort setzte sich Andrea in Bewegung.

Es war genau halb elf Uhr, und die Vorbereitungen

für das Mittagessen waren in vollem Gang, als Andrea durch die Hintertür das *Peace and Plenty* betrat. Das Restaurant hatte bereits eine lange Geschichte hinter sich, als Reba Miller es von ihren Eltern übernommen hatte. Wahrscheinlich hatte es auch einmal einen Mr. Miller gegeben, doch bei Rebas dominierendem Charakter hatte er sich bestimmt ›Mr. Reba Miller‹ genannt.

Reba stand in einer Ecke des großen Speisesaals und kommandierte die Mädchen, die die Tische deckten. Die Zigarette hing dabei lässig im Mundwinkel, und ihre schwarze, bienenkorbartige Perücke fegte die Blumenkörbchen, die von der niedrigen Decke herabhingen. Reba war ziemlich groß und entsprechend breit, und das altmodische Make-up lag in dicken Schichten auf ihrem faltigen Gesicht. Andrea hörte gerade noch, wie Reba schrie: »Beweg deinen faulen Hintern, Susie! Wir öffnen in einer Stunde!«

Das Mädchen, das ein altmodisches Kleid aus der Kolonialzeit trug, was offenbar die Uniform des Lokals war, grinste nur und ließ sich überhaupt nicht bei der Arbeit stören. Als Andrea näher kam, drehte Reba sich um und winkte ihr freundlich zu. »Diese faulen kleinen Hexen!« rief sie. »Möchten Sie einen Kaffee?«

Bisher hatte Andrea immer alle derartigen Einladungen abgewehrt, weil sie nie Zeit gehabt hatte, doch zu Rebas großer Überraschung sagte sie heute: »Ja, bitte! Gern.«

Sie gingen in Rebas Büro, das direkt neben dem Speisesaal lag und gewissermaßen als Kommandozentrale diente. Der große Raum enthielt nicht nur Schreibtisch und Aktenschränke, sondern auch einen Tisch, Sofas, Stühle und sogar einige Bücherschränke. Als Reba einmal nach draußen ging, um die Mädchen zu ermahnen, warf Andrea einen Blick auf die Buchtitel und war sehr überrascht, einen Querschnitt durch die gesamte Literatur vorzufinden.

Nachdem Reba zurückgekommen war, kam Andrea sofort auf ihr Anliegen zu sprechen. »Verdanke ich es eigentlich Ihnen, daß man überall in der Stadt so freundlich zu mir ist?«

Reba machte den erfolglosen Versuch, ratlos auszusehen. »Wovon sprechen Sie?«

»Ich habe gerade eine Hypothek aufgenommen«, sagte Andrea, da Reba ohnehin meistens Bescheid wußte, bevor die Beteiligten informiert waren. »Ich hatte keinerlei Schwierigkeiten, ja, ich erhielt sogar mehr, als ich gehofft hatte. Irgend jemand ist hier in der Stadt auf meiner Seite . . .«

»Sehen Sie, mein Kind, wir beide begünstigen uns doch gegenseitig. Sie servieren keine Mahlzeiten, und ich habe keine Fremdenzimmer.«

»Dann haben also Sie ein gutes Wort für mich eingelegt? Wenn ich nicht so beschäftigt gewesen wäre, hätte ich es sicher früher gemerkt!«

»Ich habe mit ein paar Leuten gesprochen«, räumte Reba ein.

»Warum?«

»Warum denn nicht?« schimpfte Reba, wobei ihr die frisch angezündete Zigarette aus dem Mund auf das Tischtuch fiel. Sie hob sie auf, steckte sie wieder zwischen die Lippen und murmelte: »Weshalb soll man einer Freundin keinen Gefallen tun? Besonders noch einer Freundin, der es augenblicklich nicht allzu gut geht?«

Andrea hatte sich schon daran gewöhnt, daß jeder hier in Ladiesburg über die allerkleinsten Einzelheiten ihres Lebens informiert war. Es geschah häufig, daß sie auf der Straße angesprochen und nach Jims Gesundheitszustand gefragt wurde. Sie haßte Mitleid, aber sie hatte sich gezwungen, freundlich zu bleiben, denn schließlich war sie auf das Wohlwollen der Menschen angewiesen, wenn sie hier geschäftlich überleben wollte.

»Es tut mir leid«, sagte sie, als sie merkte, daß sie Reba unentwegt angestarrt hatte. »Aber ich verstehe immer noch nicht ganz, weshalb Sie das für mich getan haben. Sie kennen mich doch kaum.«

»Aber ich bewundere Ihren Mut, Kindchen«, sagte Reba. »Es gab einmal eine Zeit, als ... Aber das geht Sie eigentlich gar nichts an. Ich kann schließlich tun, was ich will, oder?«

»Natürlich«, sagte Andrea lächelnd.

Rebas clownrote Lippen verzogen sich. »Jetzt verschwinden Sie aber, damit ich meinen faulen Mädchen noch ein wenig Dampf machen kann! Sie haben sicher auch genug zu tun!«

»Genau«, sagte Andrea. »Kommen Sie doch gelegentlich auf einen Drink vorbei!«

»Mal sehen!«

Während Andrea den ziegelsteingepflasterten Gehsteig entlangging, dachte sie noch einmal an das Gespräch mit Reba. Sie fragte sich nach dem Grund, aber sie kam zu keinem Ergebnis. Trotz allem männlichen Gehabe war Andrea ziemlich sicher, daß Reba eine sehr normale Frau war und keinerlei sexuelles Interesse an ihr hatte. Dafür hatte sie in den Jahren ihrer Berufstätigkeit ein ziemlich sicheres Gespür entwickelt. Wahrscheinlich war es tatsächlich so, daß Reba ihre Entschlossenheit und ihr Bemühen bewunderte und unterstützen wollte. Doch auch wenn sie Rebas Motive nicht völlig verstand, so freute sie sich trotzdem über die Auswirkungen. Durch diskretes Fragen erfuhr Andrea, daß Reba die reichste Frau in der Stadt war. »Schade, daß sie nicht mit mir verwandt ist«, meinte sie, während sie eine Kelle voll Gips in ein Loch in der Wohnraumwand schmierte.

Es wurde August, bevor ernsthaft über Jims Entlassung gesprochen wurde. Andrea verdoppelte ihre Anstrengungen, und eines Tages war dann das Wesentlichste getan. Die edelsten Stücke hatte sie verkauft, aber sie hatte so viele Möbel zurückbehalten, daß sie die unteren Räume und die Schlafzimmer mit echten Antiquitäten einrichten konnte. Der Dachboden hatte sich als wahre Fundgrube erwiesen. Sie hatte mit Marmor belegte Waschtische, Eichentische, Betten, Ofenschirme, Quilts und ähnliche Dinge entdeckt und konnte mit ruhigem Gewissen in ihren Prospekten behaupten, daß ihr Haus antik eingerichtet war. Wochen vor der Eröffnung hatte sie schon die ersten Reservierungen vorliegen, wofür sie wieder einmal Reba zu danken hatte. »Mundpropaganda ist wichtig«, hatte sie gesagt und dabei breit gegrinst. »Mein Mund ist groß genug, um einiges zu bewirken!«

Das Schild hatte sich Andrea bis ganz zum Schluß aufgehoben. Das Aufhängen war ihre ganz private Einweihungsfeier, die sie nicht einmal mit Jim teilen mochte. Wenn er kam, sollte alles perfekt sein. Sie mußte nur noch einige Stunden warten. Der Arzt hatte vorgeschlagen, daß sie so gegen elf Uhr kommen sollte. Eigentlich hätte sie sich schon duschen und umziehen müssen, aber das Sonnenlicht schien so warm auf ihre schmerzenden Schultern, daß sie am liebsten sitzengeblieben wäre.

Hinter ihr führte die Landstraße vorbei, die zwar schmal, aber gut befahren war. Nicht wenige Autos verlangsamten ihre Geschwindigkeit, um das Schild zu lesen. Vielleicht waren ja zukünftige Kunden darunter... Manche fuhren sogar in die Einfahrt, um das Haus näher in Augenschein zu nehmen. Sie mußte daran denken, ein Schild anzubringen. Privatstraße. Keine Durchfahrt. Gerade in diesem Augenblick hörte sie Autoreifen auf dem Kies der Einfahrt und drehte sich stirnrunzelnd um.

Noch bevor das Auto anhielt, hatte sie es erkannt. Es war Kevins alter Buick, den er vom Schrottplatz geholt hatte. Kevin saß am Steuer und Jim neben ihm. Andreas Knie zitterten. Sie fühlte Ärger in sich aufsteigen, aber sie nahm sich zusammen und ging den grinsenden und winkenden Bengeln entgegen.

»Ich habe Kevin gebeten, mich abzuholen«, erklärte Jim.

»Das sehe ich.«

»Wir dachten, wir sparen dir den Weg, Andy«, sagte Kevin, während seine Hände über das Lenkrad strichen. »Ich muß sagen, du hast eine bewundernswerte Arbeit geleistet, Andy. Alle Achtung! Komm, steig ein. Es ist noch genug Platz!«

Andrea sah Jim unverwandt an. »Komm doch«, sagte er und öffnete die Tür.

»Nein.« Andrea machte eine abwehrende Handbewegung. »Nein, danke. Ich laufe lieber.«

»Also gut«, sagte Kevin und fuhr los.

Jim hat Angst, daß ich etwas sage, dachte sie bitter. Aber ich werde es nicht tun. Jedenfalls hoffe ich es...

Mitten zwischen den Schachteln und Koffern steckten die beiden Krücken wie Fahnenstangen. Jim trug nicht die Hose, die sie fürsorglich für ihn geändert hatte, sondern seine alte ausgebleichte Jeans, die Kevin ihm gebracht haben mußte. Den Stoff hatte er aufgerollt und mit zwei riesigen Sicherheitsnadeln an der Stelle festgesteckt, wo früher sein linkes Bein gewesen war.

3

Als Jims Leben auf dem Spiel gestanden hatte, war es viel leichter, sich mit dem Verlust des Beines abzufinden, aber mit der Zeit wurde es immer schwerer. Die Wunden verheilten, das Haar war nachgewachsen, aber an der Stelle, wo das Bein gewesen war, war nur noch Leere. Aber sie würde sich daran gewöhnen, und auch Jim würde sich daran gewöhnen. Die Menschen konnten sich an erstaunlich vieles gewöhnen.

Als Andrea zum Haus kam, waren die beiden verschwunden. Die Tür stand sperrangelweit offen, und die schöne kühle Luft wehte heraus. Andrea hörte Kevins Schritte im oberen Stockwerk und dann ein Geräusch, das sie schmerzte – das Aufsetzen der Krükken und dann das Nachziehen des Beines. Jim hatte sich verbissen gegen eine Prothese gewehrt. Später, hatte der Arzt gemeint. Lassen Sie ihm Zeit.

Als sie oben am Treppenabsatz angekommen waren, packte Andrea die Angst und sie rief: »Paß auf! Geh langsamer, Jimmie! Warte, ich komme und helfe dir.«

Jim blieb auf der Hälfte der Treppe stehen, hob eine Krücke hoch und drohte damit. Die Geste und seine Worte sollten spaßig wirken, aber ein Funkeln in seinen Augen bestätigte Andrea, daß er meinte, was er sagte. »Wenn du mich berührst, werde ich fallen und dich wahrscheinlich mitreißen!«

Sie trat zurück, und Jim vollendete seinen Abstieg in halsbrecherischem Tempo.

»Das Gleichgewicht«, begann er völlig außer Atem, »ist das einzig Wichtige! Gut, nicht wahr?«

Kevin folgte ihm. »Du hast ja auch lange genug

geübt«, sagte er und legte brüderlich den Arm um Andrea.

Er war einen guten Kopf größer als sie. Seine blonden Haare trug er zurückgekämmt, damit man seine hohe Stirn bewundern konnte. Da Kevin Bücher las, war er automatisch der Anführer der Gruppe. Er war Andreas Liebling und Jims bester Freund, aber heute hätte Andrea gern auf seine Gegenwart verzichtet. Sie hatte Jims Heimkehr so sorgfältig geplant...

»Jimmie, willst du dich nicht erst einmal ein bißchen hinlegen?« fragte sie besorgt.

»Ich habe doch sechs Monate lang nichts anderes getan! Nein, ich will mich umsehen. Los, Kevin, komm! Wir wollen noch die anderen Räume anschauen.«

»Dein Zimmer...«

»Ja, das ganz besonders!« Er blieb stehen und sagte über die Schulter: »Kevin bleibt zum Essen. Ich habe ihm Spaghetti versprochen.«

»Ich möchte aber...«

»Es ist schon in Ordnung«, sagte Andrea nicht gerade warmherzig, aber Kevin war es gar nicht anders gewöhnt.

»Danke, Andy«, rief er hastig und lief hinter Jim her.

Andrea biß sich auf die Lippen. Sie fühlte sich unwohl in ihrer Arbeitskleidung und hätte sich liebend gern geduscht und hübsch gemacht, aber dann würde sie die Gelegenheit versäumen, Jim sein Zimmer und den hinteren Teil des Hauses zu zeigen, den sie als private Wohnung eingerichtet hatte. Sie hatte an nichts gespart – Jim sollte sich wohl fühlen in ihrem Heim, wohin sie sich zurückziehen und miteinander allein sein konnten.

Die große Küche hatte sie in zwei verschiedene Bereiche unterteilen lassen: in einen modernst ausgestatteten Arbeitsteil, da sie ja Frühstück für die Gäste zubereiten mußte, und einen gemütlichen Wohnküchenteil, der durch ein neu geschaffenes Erkerfenster sehr viel Atmosphäre erhielt. Durch Einreißen einer Zwischenwand war aus zwei kleinen Schlafräumen im Dienstbotenteil ein großer Raum für Jim entstanden, wo er auch jederzeit Freunde beherbergen konnte. Alle seine Schätze befanden sich dort – seine Stereoanlage, seine Bücher und die umfangreiche Fotoausrüstung. Aber es fehlten die Dinge, mit denen er sich bisher am liebsten beschäftigt hatte – seine Skiausrüstung, seine Tennis- und Squashschläger und alle seine Fitneßgeräte standen in der hintersten Ecke des Dachbodens.

Mitten in ihre Träume schrillte das Telefon. »Andy? Hier spricht Reba. Ich habe gesehen, daß Jim angekommen ist. Ich sah gerade aus dem Fenster, als das Auto vorbeifuhr – ich muß sagen, er sieht Ihnen sehr ähnlich.« Es war sehr taktvoll, daß sie die Krücken nicht erwähnte. »Wollen Sie nicht mit ihm zum Abendessen herüberkommen?«

Ein weiterer Störenfried, der ihr den ersten Tag mit Jim verderben wollte! Rasch antwortete sie: »Das ist sehr lieb von Ihnen, Reba, aber ... Jim hat einen Freund mitgebracht, und wie ich Kevin kenne, bleibt er bestimmt bis zum Abendessen.«

»Er kann gern mitkommen. Ich liebe junge Leute in diesem Alter! Sie haben wenigstens Hunger!«

Während Andrea noch nach einer besseren Ausrede suchte, hörte sie die Hintertür ins Schloß fallen. Verdammt, dachte sie wütend. Sie sind nach draußen gegangen. Hoffentlich passiert nichts! Wenn Jim hinfiel ...

Reba faßte das Schweigen als Zustimmung auf. »Wunderbar! Ich erwarte euch alle um acht Uhr. Aber ich habe noch ein Problem, Andy. Sie müssen mir einen Gefallen tun.«

»Welchen?«

»Es geht um Mr. Greenspan, Martin Greenspan, der für dieses Wochenende ein Zimmer bestellt hat...«

»Ja.« Andreas sparsame Antwort fiel ein wenig freundlicher aus, weil sie diese Bestellung Reba verdankte. Martin Greenspan war ein sehr bekannter Journalist und Schriftsteller. Falls es ihm bei ihr gefiel, würde seine Empfehlung von unschätzbarem Wert sein.

»Ich kann mir vorstellen, daß es so kurz vor der Eröffnung vielleicht Schwierigkeiten gibt, aber ich möchte trotzdem fragen, ob er einen Tag früher kommen kann?«

»Einen Tag früher.« Andrea überlegte. »Du Himmel! Das ist ja schon morgen!«

»Ich weiß, ich weiß! Aber er ist sehr bescheiden und nett. Kann ich Ihnen irgendwie helfen?«

»Nein, vielen Dank, Reba. Aber das schaffe ich schon.« Ich muß es einfach schaffen, dachte sie.

»Die beiden Herren können ja heute nachmittag ein wenig Hand anlegen«, meinte Reba. »Ich werde sie heute abend auch gut füttern! Bis dann, Andy! Und vielen Dank!«

Andrea fluchte, nachdem sie den Hörer aufgelegt hatte, und sank auf den nächstbesten Stuhl. Wie lange hatte sie diesen Tag herbeigesehnt und liebevoll vorbereitet! Im Kühlschrank warteten zwei große Steaks, ein herrlicher Salat und eine gigantische Portion von Jims Lieblingseis. Nach dem Essen hatte sie ihn herumführen wollen und sich schon ausgemalt, wie er alle die Einzelheiten bewundern würde, die er bisher nur aus ihren Erzählungen kannte.

Die Gästezimmer hatten Namen bekommen, und sie konnte sich gut erinnern, daß Jim darauf bestanden hatte, Cousine Berthas Schlafzimmer als ›Satans Zimmer‹ zu bezeichnen. Kevin hatte gemeint, daß ›Hölle‹

nicht gerade eine Empfehlung für ein so wunderschönes Zimmer wäre, und so hatten sie den Hauptraum ›The Lincoln Room‹ getauft. Dunkelroter Damast schmückte das Himmelbett und die Fenster des halbrunden Erkers, und Andrea dachte seufzend an die vielen Stunden, die das Nähen der Vorhänge gedauert hatte. Als Tapete hatte sie eine, einer viktorianischen Vorlage nachempfundene, in hellem Rot mit Goldmuster ausgesucht. Vor dem Kamin aus schwarzem Marmor standen zwei üppig gepolsterte Sessel. Der Raum strahlte Wärme und Geborgenheit aus, und Andrea betrachtete ihn als ihr Meisterwerk.

Die Wahl der Namen sollte ein wenig den Eindruck erwecken, als hätten diese Persönlichkeiten hier übernachtet. Im ›Ulysses S. Grant‹-Zimmer stand ein großes Messingbett mit einem handgenähten Quilt als Tagesdecke, und das ›Robert E. Lee‹-Zimmer war mit einem Waschtisch mit Marmorplatte und Lampen im Stil von ›Vom Winde verweht‹ dekoriert. Das ›McKinley‹-Zimmer...

Wie sehr hatte sie sich auf diesen Rundgang gefreut. Aber ich hätte es wissen müssen, dachte Andrea traurig. Wann kam es denn schon einmal so, wie sie es geplant hatte?

Eine Stunde später stand sie am Herd und kochte Spaghettisauce. Sie hatte sich Zeit genommen, geduscht und sich umgezogen. Die Jungen würden ohnehin erst zurückkommen, wenn sie alles inspiziert hatten.

Kurz darauf hörte sie sie hereinkommen. »Macht die Fliegengittertür zu!« rief sie ganz automatisch und dann »Jimmie! Du bist ja ganz schmutzig und zerkratzt... Wo, zum Teufel, seid ihr gewesen?«

»Und ich werde gar nicht bedauert?« fragte Kevin und streckte seine Arme aus, die von einem wahren Netz von Schrammen und Kratzern überzogen waren. »Die meisten stammen von Beerensträuchern, aber der Efeu sah ganz nach der giftigen Sorte aus.«

»Am besten wascht ihr euch erst einmal gründlich«, sagte Andrea. »Benutzt die große gelbe Seife, die desinfiziert ein bißchen.«

Bevor Jim im Badezimmer verschwand, sagte er: »Ich koche die Spaghetti, damit du sie nicht wieder so weich kochst.«

»Also los, Andy, setze dich hin und trinke ein Bier«, fügte Kevin hinzu. »Wir werden servieren.«

»Ich mag kein Bier.«

»Dann vielleicht ein Glas Wein? Lege die Füße hoch und ruhe dich aus. Du siehst aus, als könntest du es gebrauchen.«

Plötzlich war Andrea gerührt, und die Tränen stiegen ihr in die Augen. Taktvoll wandte Kevin sich ab, bis sie sich wieder gefangen hatte. Sicher bin ich nur erschöpft und ein wenig durcheinander, sagte sie zu sich selbst und entschied sich, Kevins Vorschlag anzunehmen. Sollen sie doch die Küche auf den Kopf stellen! Der Tag war ohnehin nicht mehr zu retten.

Die Jungen aßen heißhungrig, doch Kevin brachte das Kunststück fertig, mit vollem Mund verständliche Sätze zu sagen. »Ich möchte wetten, daß es im Fluß Forellen gibt, und im Wald haben wir Wildspuren entdeckt... vielleicht stammen sie ja auch von Kühen... Aber das beste ist doch euer Privatfriedhof!«

»Wart ihr dort? Wie seid ihr über die Mauer gekommen? Ich bin sicher, daß das Tor mit einem Vorhängeschloß verriegelt ist.«

»Ist es auch. Hör zu, Andy«, sagte Jim, »ich finde, wir sollten dort Ordnung schaffen. Ich wette, daß sich die historische Gesellschaft sehr dafür interessieren wird.

Hier in der Nähe haben doch während des Bürgerkriegs viele Kämpfe stattgefunden. Vielleicht gibt es hier Soldatengräber...«

»Wenn ihr glaubt, daß ich euch dort graben lasse«, begann Andrea empört.

»Nein, nein, das wollen wir ja nicht. Wir wollen nur alles ein bißchen herrichten, das Gestrüpp beseitigen und die Steine wieder aufstellen.« Kevin wollte Andrea beruhigen.

»Wir hätten eine echte Touristenattraktion«, meinte Jim.

Seine Wangen hatten ein wenig Farbe bekommen, und der Klecks Spaghettisauce auf seinem Kinn ließ ihn jung und übermütig aussehen. Andrea wußte, daß ihr kein schlagendes Gegenargument mehr einfallen würde. »Aber die Arbeit ist viel zu schwer, Jimmie. Das ganze Unterholz zwischen den hohen Bäumen...«

»Aber ich möchte so gern«, bettelte Jim.

»Weshalb denn?«

»Weshalb denn nicht?« fragte Kevin zurück.

»Weil wir noch andere Dinge erledigen müssen«, sagte Andrea. »Unser erster Gast kommt schon einen Tag früher.«

»Greenspan?« Kevin ließ die Gabel sinken und beugte sich vor.

»Ja.«

»Er ist ein bekanntes Tier! Hast du seine Artikel gelesen?«

»Ich weiß nicht, ob ich sie so gut finden kann...«

Die Jungen amüsierten sich. »Du bist eben etwas reaktionär, Andy«, sagte Jim.

»Und Martin Greenspan ist überaus liberal, womit wir alles fein sortiert haben«, sagte Andrea. »Aber er ist trotzdem mein wichtigster Gast, und ich möchte, daß alles perfekt funktioniert.«

»In Ordnung. Was kann ich tun?« fragte Kevin und sprang auf. »Ich mache Betten, putze Treppen, sogar Fenster...«

»Nein, Kevin. Ich will dir doch nicht einen deiner letzten Ferientage verderben.«

»Das ist mir ganz egal!«

»Ich glaube eher, daß du unbedingt hierbleiben willst, um dein Idol kennenzulernen«, meinte Andrea.

»Dir kann ich wirklich nichts mehr vormachen, Andy«, sagte Kevin. »Du kennst mich zu gut. Also los! Ich räume die Teller in die Spülmaschine.«

Wie es aussah, wollte Kevin offenbar einige Tage hierbleiben, doch keinem der beiden fiel es ein, sie um Erlaubnis zu fragen oder wenigstens davon zu informieren. Als sie später Jims Sachen auspackte, fand sie zwei Einkaufstaschen voller Kleider, die nicht ihrem Bruder gehörten, und wieder einmal war sie über die Lebensgewohnheiten der jüngeren Generation verwundert. Eigentum existierte offenbar nicht – jeder trug die Sachen der anderen, wohnte zeitweise bei Freunden, und die Zeiteinteilung, die Ordnung in den Tagesablauf gebracht hätte, wurde nicht akzeptiert. Manchmal fühlte Andrea sich wie ein Naturforscher, der einen andersartigen Menschenstamm beobachtete. Aber meistens packte sie nur der Zorn.

Um sich wieder ein wenig Luft zu verschaffen, schickte sie Kevin los, alle Bäder zu putzen. Jim warf das Staubtuch, das sie ihm in die Hand gedrückt hatte, wieder zurück und bestand darauf, seinem Freund zu helfen. »Bücken kann ich mich ganz gut«, sagte er und grinste.

Am späten Nachmittag war alles fertig, und Andrea entließ ihre beiden Helfer, die sich ins Gras legen und ausruhen wollten. Sie selbst inspizierte die Bäder und Gästezimmer. Sie hatte beschlossen, Greenspan im

›Lincoln Room‹ unterzubringen, und hoffte, daß ihm die Aussicht auf den Fluß gefiel. Alles war in mustergültiger Ordnung. Bevor Andrea den Raum verließ, hob sie noch schnell die Überdecke hoch und blickte unter das Bett. Satan war nicht im Zimmer. Und er würde auch nicht mehr hereinkommen! Andrea hätte Greenspan auch in einem der anderen Zimmer unterbringen können, da sie außer ihm nur noch zwei Ehepaare für das Wochenende erwartete, aber sie war nicht bereit, sich von dieser arroganten, fetten Katze Vorschriften machen zu lassen. Nur Andrea und niemand sonst bestimmte, wer in ihrem besten Zimmer wohnen durfte.

Das Abendessen war ein voller Erfolg. Kevin war von Reba hingerissen, und aus dem Leuchten seiner Augen schloß Andrea, daß sie ganz bestimmt in Kevins Buch, an dem er seit drei Jahren schrieb, verewigt werden würde. Statt ihr die Hand zu schütteln, hob er sie artig an die Lippen und küßte sie, worauf ihm Reba einen Schubs gab, daß er stolperte.

Die Jungen aßen sich durch alle Spezialitäten des Hauses und tranken ein Glas Milch nach dem anderen. Reba saß mit aufgestützten Armen am Tisch und feuerte sie zu immer neuen Höchstleistungen an.

Sie bedankte sich bei Andrea, daß sie ihr geholfen hatte, und meinte: »Ich spüre genau, daß das Gasthaus ein großer Erfolg werden wird. Außerdem ist es wunderbar, daß du jetzt zu Hause bist, Jim. Es ist immer gut, einen Mann im Haus zu haben.«

»Wird hier denn oft eingebrochen?« fragte Jim.

»Nicht häufig, aber es kommt immer wieder vor.«

»Ich habe mich noch nie gefürchtet«, sagte Andrea. »Cousine Bertha hat ja auch jahrelang allein dort gelebt.«

»Wer hat denn vor ihr dort gewohnt?« fragte Jim.

»Ich nehme an, ihr Vater. Miß Bertha lebte dort schon, als ich Mr. Miller geheiratet habe. Sie war immer ein bißchen seltsam und hatte nicht viel Besuch.« Reba lachte leise. »Sie benutzte eines dieser komischen Elektroautos, um ihre Einkäufe zu erledigen. Einmal in der Woche kam sie in die Stadt.«

»Was wurde aus dem Auto?« fragte Kevin neugierig.

»Das wurde völlig zerstört, als sie eines Tages mit dem alten Chevy von Mr. Willis zusammenstieß. Sie muß damals schon siebzig gewesen sein, und Mr. Willis war noch ein bißchen älter. Es war eine sehr komische Situation, denn die beiden waren weit und breit allein auf der Straße, doch da beide die Angewohnheit hatten, den Mittelstrich als Leitlinie zu benutzen, war der Unfall unvermeidlich. Beide sahen fast nichts mehr und waren wohl auch zu dickköpfig, um auszuweichen.«

»War das Auto völlig kaputt?« fragte Kevin.

»Dein Interesse für die armen Leute ist überwältigend«, sagte Reba grinsend. »Mr. Willis stieg aus und schrie Bertha an. Dabei regte er sich so sehr auf, daß er tot umfiel. Die alte Dame war recht schockiert.«

»Die Arme!« rief Andrea voller Mitgefühl. Allerdings war sie die einzige, die solche Gefühle äußerte. Jim grinste, und Kevin machte sich Notizen für sein Buch.

»Nach diesem Erlebnis hat sie das Fahren aufgegeben«, ergänzte Reba. »Es war höchste Zeit!«

Plötzlich sprachen alle auf einmal.

»Wie ist sie denn zurechtgekommen? Ohne Auto war das sicher schwer.«

»Mensch, vielleicht ist das Auto ja noch da. Vielleicht in einem der Schuppen, Jim!«

»Wurde sie auf dem alten Friedhof hinter dem Haus begraben?«

Reba machte dieses Durcheinander nichts aus. »Miß Bertha ist auf dem Methodisten-Friedhof begraben. Ich wußte gar nicht, daß es in Springers' Grove auch einen Friedhof gibt! Es gibt hier in der Gegend ja eine ganze Menge, und irgend jemand hat in den dreißiger Jahren ein Buch darüber geschrieben. Ich habe früher auf Auktionen alte Bücher gekauft, um sie hier und in den Regalen in der Eingangshalle aufzustellen und dem Lokal einen Hauch von Kultur zu verpassen. Wenn es nicht einer meiner Gäste mitgenommen hat, müßte ich es eigentlich noch haben. Mittlerweile sind diese Bücher teilweise eine Menge wert. Na, seid ihr fertig für den Nachtisch?«

Ein neugieriger Kevin und einige Gläser Wein brachten Reba in Hochstimmung und entlockten ihr eine Geschichte nach der anderen. Jim sagte nur wenig, aber er schien sehr zufrieden zu sein und aß mit solchem Appetit, daß Andrea den Aufbruch immer wieder hinausschob. Doch gegen Mitternacht stand sie auf.

»Wir haben morgen einen aufregenden Tag vor uns«, sagte sie. »Übrigens, Reba, ich habe vergessen zu fragen, wann Mr. Greenspan ankommt?«

»Ich nehme an, am Nachmittag. Für den Abend hat er einen Tisch bestellt.«

»Wunderbar. Wir werden fertig sein.«

Während Reba die Eingangstür öffnete, fragte Jim: »Sind das die Bücherregale?«

»Ja«, sagte Reba über die Schulter und atmete die sanfte Nachtluft ein.

»Aber ich kann kein Buch über Friedhöfe entdekken«, sagte Jim, der die Reihen inspizierte.

»Einen Augenblick«, sagte Reba, trat zu Jim und hatte in kürzester Zeit den Band gefunden. Sie blies den Staub fort und reichte Jim das Buch. »Hier ist es. Ich fürchte, ich werde die kleinen Hexen wieder einmal abstauben lassen müssen!«

»Ich werde es in einigen Tagen zurückbringen«, versprach Jim.

Reba legte ihm ihre große Hand zärtlich auf die Schulter. »Du kannst es behalten, so lange du möchtest, Jim. So lange du möchtest.«

Da Andrea sich anfangs noch keine richtige Hilfe leisten konnte, hatte sie sich von Reba eine Aushilfe empfehlen lassen. »Linnie ist zwar keine Leuchte, aber wenn Sie sie anleiten, wird sie tun, was man ihr sagt. Sie ist sechzehn Jahre alt und will nicht mehr zur Schule gehen.«

Linnie kam am nächsten Morgen zu früh zur Arbeit, was zwar ungewöhnlich, aber in diesem Fall nicht verwunderlich war, denn sie hatte ein Foto von Jim auf Andreas Schreibtisch gesehen. »Der sieht aber gut aus, Miß Torgesen!« hatte sie gesagt. Und die Aussicht, daß heute sogar zwei Männer anwesend sein würden, hatte sie geradezu beflügelt.

An diesem Morgen wurde Linnie von ihrem Vater, der den Kleinlaster selbst brauchte, zur Arbeit gefahren. Ein langer Arm winkte ihr aus dem davonfahrenden Auto nach. Mr. Hochstrasser war Witwer, und Andrea konnte sich vorstellen, welch ungeheure Aufgabe es für ihn sein mußte, diese Tochter zu hüten. Während sich Linnie vor dem Spiegel im Flur kämmte, musterte Andrea sie unwillig. »Warum trägst du nicht den Rock und die Bluse, die ich dir gekauft habe?«

»Die sind in der Wäsche«, sagte Linnie, während sie ihren Kaugummi von der einen Backentasche in die andere verfrachtete. »Normalerweise trage ich immer Jeans ...«

Die Hose saß knalleng und ebenso das anliegende Oberteil aus billigem, glänzendem Material, das ihre großen Brüste betonte. Sie war zwar nicht sehr hübsch, was sich aber unter einem entsprechenden Make-up verstecken ließ. Mit ihren blonden Haaren entsprach sie genau den Mädchen, die Kameraleute bei Sportveranstaltungen als Pausenfüller ins Bild rückten.

»Du wirst eine von meinen Blusen tragen«, sagte Andrea. »Wir erwarten heute unseren ersten Gast, und du siehst aus wie ein Barmädchen!«

Linnie bügelte, und Andrea rührte gerade den Teig für kleine Teekuchen, als die beiden Jungen gähnend zum Frühstück erschienen. Andrea begrüßte sie kurz. Jim merkte, daß sie sehr nervös war. »Alles wird bestens gehen, Andy! Nur die Ruhe! Das Haus ist eine Wucht. Falls wir etwas tun können ...« Er hörte mitten im Satz auf zu sprechen und starrte Linnie an, die mit einem gebügelten Vorhang aus dem Eßzimmer in die Küche kam.

Andrea stellte alle vor, worauf die Knaben Linnie eindringlich musterten, was dieser offenbar gefiel. Andrea schickte das Mädchen wieder an seine Arbeit, doch sie fand immer wieder einen neuen Vorwand, um in die Küche zu kommen. Als die beiden ihr Frühstück beendet hatten, fragte Jim wieder, was sie tun könnten.

»Das Gras muß geschnitten werden«, sagte Andrea.

»Das mache ich«, erklärte Jim. Er zog die Schultern hoch, weil er eigentlich Widerspruch erwartet hatte, doch Andrea hatte das vorausgesehen. Sie hatte eine Mähmaschine gekauft, auf der man sitzen konnte, denn sie kannte Jims Leidenschaft. Er mußte irgend etwas fahren können, um sein Selbstwertgefühl wieder zu entdecken. Er sollte spüren, daß er gebraucht wurde.

»Ich möchte, daß ihr es zusammen macht«, sagte sie. »Es dauert ohnehin vier Stunden. Außerdem gibt es Stellen, die man mit der Hand mähen muß. Paßt auf die Bäume auf und besonders auf meine Blumen!«

»Andrea«, sagte Jim sanft und lächelte sie an. Sofort fühlte sie sich schuldig. War sie wirklich so überfürsorglich? Sie wollte ihn doch so gern normal behandeln, aber es fiel ihr sehr schwer.

»Bevor ihr anfangt, tragt ihr mir bitte noch den quadratischen Kieferntisch aus dem einen Wohnraum nach oben und stellt ihn im ›Lincoln Room‹ zwischen die beiden Erkerfenster.«

Kevin lehnte jede Mithilfe ab und trug den Tisch nach oben, während Andrea folgte, um das Aufstellen zu überwachen. Jim ging hinter ihr, doch sie beherrschte sich und sah sich kein einziges Mal nach ihm um.

Oben öffnete sie die Tür für Kevin und stieß einen schrillen Schrei aus. »Wie kommt denn dieses Teufelsvieh wieder hier herein?« schrie sie.

Mitten auf der liebevoll genähten, roten Bettdecke saß Satan und starrte Andrea an. Eine Kralle hatte er bereits in den neuen Stoff geschlagen.

»Also gut!« fauchte Andrea. »Wir beide wissen, daß du den Stoff in Sekunden zerstören kannst. Aber falls du das tust, bekommst du nie wieder eine Schüssel Futter in diesem Haus!«

Jim lachte von Herzen. »Meine Schwester – ein Dr. Doolittle! Was hat er denn geantwortet? Oder willst du es nicht sagen?«

»Das ist nicht lustig!« Andrea fuhr herum und starrte in die beiden grinsenden Gesichter. »Einer von euch muß die Tür offengelassen haben!«

Kevin hob abwehrend die Hand. »Ich war seit gestern nicht mehr hier!«

»Ich auch nicht! Beruhige dich, Andy! Außerdem sieht er in dieser Umgebung doch richtig edel aus, oder?«

»Mr. Greenspan wird sicher Verständnis haben«, sagte Kevin. »Er hat sehr viel Humor, und er liebt Katzen. Hast du seinen Artikel in der ...«

»Ach, haltet doch den Schnabel! Alle beide!« sagte

Andrea und sah sich nach Satan um, der sich mittlerweile hingelegt und beide Pfoten unter sich geklappt hatte. »Schau nur, wie herrlich ich in dieses Zimmer passe«, schien er zu sagen. Nur ein gefühlloser Mensch konnte das nicht zugeben.

»Also gut, mit Gewalt erreiche ich nichts«, sagte Andrea. »Laßt die Tür offen. Vielleicht geht er ja von selbst.«

Satan gähnte nur.

Nachdem der Tag nicht gerade erfolgreich begonnen hatte, war Andrea überrascht, daß danach alles klappte. Nach vier Stunden war die Wiese geschnitten und Linnie nach Hause geschickt. »Ich habe sogar noch Zeit für eine Dusche«, sagte Andrea. »Tut mir nur bitte einen Gefallen und kommt durch die Hintertür herein, damit die Halle nicht voller Gras liegt. Und zieht euch bitte Hemden an, ja? Und Schuhe.«

Sie hätte sich die Ermahnung sparen können, denn Kevin wollte bei seinem Idol den besten Eindruck machen. Er hatte sich sogar eine Krawatte umgebunden.

»Wunderbar seht ihr aus«, sagte Andrea, als die beiden zu ihr auf die Veranda kamen.

»Du aber auch«, meinte Jim.

Andrea saß auf der Schaukel und die beiden Jungen auf den Holzstufen. Es war ein hübsches, ein wenig altmodisches Bild, doch als Andrea sich vorstellte, daß Mr. Greenspan denken könnte, daß sie sehnsüchtig auf sein Kommen warteten, genierte sie sich und bat die Jungen, etwas zu unternehmen.

»Ich bleibe lieber«, sagte Kevin, »denn einen Mr. Greenspan treffe ich nicht jeden Tag!«

»Unterstehe dich, mit ihm über dein Buch zu sprechen.«

Kevin grinste. »Das habe ich ja erst im Kopf.«

»Ich habe das Gefühl, wir sind hier nicht erwünscht«,

sagte Jim, angelte nach seinen Krücken und begann aufzustehen. »Wir passen wahrscheinlich nicht ins Bild.«

Im selben Augenblick bog ein Auto in die Auffahrt ein. Andrea wurde plötzlich heiß, aber ihre Hände erstarrten. »Bitte, Jimmie, Liebling, setz dich wieder... Ich habe es doch nicht so gemeint!... Ach, du lieber Himmel, das ist er!«

Jim entspannte sich wieder. »Ich glaube, ich bin auch aufgeregt. Nur keine Angst, Schwesterchen, das schaffst du schon!«

Andrea beruhigte sich wieder und blieb ganz still sitzen, während der Wagen näher kam. Es war ein Volkswagen, ein Käfer von undefinierbarem Alter und Farbe. Sicher war er in seiner Jugend einmal gelb gewesen, aber davon waren nur noch Reste zu sehen. Zuerst konnte Andrea gar nicht glauben, was sie sah, doch dann begriff sie, daß dieses Gefährt das beste Beispiel für das Understatement war, das in so vielen Artikeln Greenspans anklang.

Selbst durch die schmutzige Scheibe hindurch konnte sie sein Gesicht erkennen. Er sah wirklich nicht wie ein erfolgreicher Schriftsteller aus. Die wenigen Haare, die Falten und die hängenden Backen konnte man in vielen Zeitungen bewundern. Schließlich hielt das Auto an, und Greenspan stieg aus. Danach knallte es vernehmlich, und sofort quoll dichter Rauch aus dem Auspuff.

Greenspan kratzte sich nachdenklich am Kopf und versuchte verzweifelt, hinter die Geheimnisse dieses Wagens zu kommen. Wie ein erfolgloser Vertreter stand er neben seinem Gefährt und sah in seinem zerknitterten Anzug sehr unglücklich aus.

»Ich werde es mir ansehen«, sagte Kevin, während er die Stufen hinuntersprang.

Greenspan drehte sich um und blinzelte. »Oh, wirklich? Das ist aber nett. Das macht das Auto schon seit etwa zehn Meilen...« In diesem Augenblick sah er Andrea, die ihm bis an die Treppe entgegengekommen war. »Verzeihen Sie meine schlechten Manieren, Miß Torgesen.« Er hob die Hand zum Kopf, doch als er merkte, daß er keinen Hut trug, verbeugte er sich nur. »Ich dachte, daß das Auto jeden Augenblick in die Luft fliegt.«

»Bitte, entschuldigen Sie sich doch nicht! Ich freue mich, Sie in SPRINGERS' GROVE INN willkommen zu heißen!« sagte sie steif. Greenspan starrte sie nur an und übersah die ausgestreckte Hand. »Dies ist mein Bruder Jim und Mitbesitzer«, stellte sie weiter vor. Sie hatte sich mittlerweile an mitleidige Blicke gewöhnt, doch Greenspan ließ sich nichts anmerken. Er nickte und lächelte. Wahrscheinlich hatte Reba ihn über alles informiert.

Kevin war blitzartig unter dem Auto verschwunden. Kurz darauf kam er wieder zum Vorschein und strahlte Greenspan an. »Wenn ich die Teile bekomme, kann ich das richten, Sir.«

Greenspan begann zu lachen, ein herzliches, lautes Lachen, das seinen gesamten Körper erschütterte. Plötzlich waren auch die Falten an die richtige Stelle gerutscht.

»Das ist mein Freund Kevin«, stellte Jim vor. »Er versteht wirklich eine Menge von Autos, Sir.«

»Kevin.« Greenspan drückte ihm die ölverschmierte Hand, die Kevin noch rasch hatte säubern wollen. »Ich kann mich gar nicht erinnern, daß Miß Torgesen in ihrer Broschüre auch eine Autoreparaturwerkstatt erwähnt hat.«

»Nicht nur das! Ich bin auch der Portier. Haben Sie Koffer im Auto, Sir?«

»Ja, auf dem Rücksitz. Vielen Dank!«

Greenspan lachte, und plötzlich war die Atmosphäre gelockert. Das Eis war geschmolzen. Lächelnd stieg er hinauf auf die Veranda. »Ich bewundere Sie! Was Sie aus diesem Haus gemacht haben, ist eine einmalige Leistung. Ich kenne es vom Vorbeifahren.«

»Hoffentlich gefällt Ihnen das Innere ebenfalls«, sagte Andrea. »Wir würden gern einen Cocktail mit Ihnen trinken, bevor Sie zum Essen gehen, denn schließlich sind Sie unser erster Gast. Das müssen wir feiern. Normalerweise schenken wir keinen Alkohol aus ...«

»Ich weiß«, sagte Greenspan und zog einen ihrer Prospekte aus der Tasche. »Ich habe vorgesorgt und meine Flasche mitgebracht, aber keine Angst – ich halte nicht allzuviel vom Trinken.« Greenspan lächelte.

»Dafür hoffentlich um so mehr von Katzen«, fragte Kevin, während er die Koffer aus dem Auto holte.

Fragend sah Greenspan Andrea an, die ganz rot geworden war. »Das hängt sehr von der Katze ab«, sagte er grinsend. »Gibt es hier einen solchen Hausgenossen?«

Andrea setzte zu einer Erklärung an, wurde aber dauernd von den Jungen unterbrochen, die weitere Details anfügten. Schließlich meinte Greenspan: »Wenn ich recht verstehe, dann pflegt dieser Kater am liebsten auf meinem Bett zu schlafen? Keine Bange, wir werden uns schon einigen! Ich glaube an den Kompromiß!«

»Satan weniger«, meinte Jim.

Aber Satan zeigte sich nirgends, weder auf noch unter dem Bett. Dafür ließ Greenspan einen anerkennenden Pfiff hören.

»Wunderbar! Einfach großartig!« sagte er, als er sich umsah.

»Vielen Dank. Das Badezimmer ist auf der gegenüberliegenden Seite des Flures. Sagen Sie mir, wenn Sie etwas brauchen. Wir erwarten Sie unten, sobald Sie sich ausgeruht und eingerichtet haben. Lassen Sie sich Zeit. Hier gibt es keine Hausordnung.«

»Vielen Dank«, sagte Greenspan lächelnd. »Ich brauche sicher nicht allzu lange.«

Andrea scheuchte die Jungen vor sich her nach unten in die Küche, weil sie sonst sicher den armen Mr. Greenspan belagert hätten.

»Ist er nicht großartig?« fragte Kevin begeistert.

»Na, so großartig kann ich ihn nicht finden«, sagte Andrea.

»Er hat so nett über Satan gesprochen!«

»Weil er ihn noch nicht kennt! Noch haben wir Probezeit. Jim, füllst du bitte Eis in den Eimer und machst das Tablett mit den Drinks fertig?«

»Und ich?«

»Du holst die Platte mit den belegten Brötchen aus dem Kühlschrank, aber unterstehe dich, eines zu naschen!«

»Das Auto ist in einem miesen Zustand«, sagte Kevin. »Ich könnte ihm anbieten, ihn heute abend zu fahren.«

»Nur, wenn er dich darum bittet, Kevin.«

»Bisher hast du deine Sache gut gemacht, Andy!« sagte Jim. »Die perfekte Gastgeberin!«

Kurze Zeit später kam Greenspan herunter. Nachdem er die übrigen Räume bewundert hatte, sagte er: »Wäre es sehr unverschämt, wenn ich Sie darum bitten würde, die Party auf die Veranda zu verlegen? Ich habe schon seit ewigen Zeiten nicht mehr auf einer Schaukel gesessen.«

Greenspan schien sich wohl zu fühlen. Er diskutierte mit den Jungen, hörte sich geduldig ihre Meinungen an, lobte und widerlegte. Auch wenn Andrea in den meisten Punkten nicht seiner Meinung war, mußte sie doch zugeben, daß er sich sehr geschickt auszudrücken wußte. Um sieben Uhr entschuldigte er sich, weil er zum Abendessen verabredet war.

Andrea räumte die Gläser weg und dachte daran, daß die wirkliche Bewährungsprobe eigentlich erst morgen stattfand, wenn die anderen Gäste eingetroffen waren. Satan war immer noch ein großes Fragezeichen. Nachdem Andrea den Jungen Hamburgers zum Abendessen gemacht hatte, ging sie früh schlafen. Greenspan hatte einen Hausschlüssel, doch Andrea vermutete, daß die beiden Jungen auf ihn warten wollten. Letzten Endes war es sein Problem, mit zwei so eifrigen Verehrern fertig zu werden. Sie war eingeschlafen, bevor sie den Gedanken zu Ende denken konnte.

Kurz vor der Morgendämmerung war sie plötzlich schlagartig wach. Sie wußte sofort, wo sie war, sah das helle Fensterviereck und davor die dünnen, weißen Vorhänge, die sich in der stillen, warmen Luft überhaupt nicht bewegten. Und plötzlich vibrierte die Dunkelheit. Es klang wie Flügelschlagen, wurde heftiger, als ob ein mächtiger, riesiger Vogel sich zu befreien suchte, und der Luftzug, der durch das Flügelschlagen entstand, traf ihren zitternden Körper in rhythmischen Wellen.

Als die Jungen in ihr Zimmer platzten, war Andrea vor lauter Schreien schon ganz heiser. Durch das Leintuch, das sie sich über den Kopf gezogen hatte, sah sie, wie das Licht anging. Jim mußte ihr das Tuch regelrecht entwinden.

»Andy! Was ist denn los?«

Der Anblick seines verschlafenen Gesichts war mehr als tröstlich. »Jimmie, Jimmie ... oh, Gott!«

»Na, na!« sagte er, setzte sich auf die Bettkante und legte ihr den Arm um die Schultern. »Jetzt ist alles gut! Ich bin ja bei dir! Hast du schlecht geträumt?«

Andrea zitterte. »Es war kein Traum. Irgend etwas

war im Zimmer. Ein gefangener Vogel, der sich befreien wollte ... ein großer Vogel, Jimmie ...«

»Hier ist nichts«, meinte Kevin und suchte in allen Ecken.

»Aber es war da«, beharrte Andrea. »Und es hatte Flügel ... so groß ungefähr ...« Sie zeigte die Größe mit den Händen.

Beide Jungen konnten sich ein Grinsen nicht verkneifen. »Das war schlicht und einfach ein Alptraum, Andy!« beruhigte sie Jim.

Andrea ließ sich auf ihr Kissen zurückfallen. Sie war in Schweiß gebadet, als ob sie viele Meilen gerannt wäre. »Geht wieder ins Bett!« sagte sie. »Es tut mir leid, daß ich euch geweckt habe.«

»Geht es dir wieder gut?« fragte Jim.

»Ja, ganz bestimmt.«

Jim ging zur Tür. »Außerdem konnte gar nichts ins Zimmer herein. Die Fensterscheibe ist unversehrt, und es gibt keinen Kamin! Soll ich die Tür offenlassen?«

»Nein! Ich meine, nein, danke! Gute Nacht!«

Es kostete sie einige Überwindung, selbst noch einmal in allen Ecken nachzusehen. Sie nahm den Jungen nicht übel, daß sie ihr Grauen nicht nachempfinden konnten – es kam ihr jetzt ja selbst schon komisch vor. Flügel, Fliegen, Freiheit – mit diesen Symbolen konnte sie nichts anfangen, denn es gab nichts in ihrem Leben, vor dem sie weglaufen wollte.

4

Zu Linnies großer Enttäuschung schliefen die jungen Männer am nächsten Morgen länger. Sie mußte als erstes das Wohnzimmer saubermachen, wo am gestrigen Abend offenbar eine längere Sitzung stattgefunden hatte. Die Jungen hatten zwar das Geschirr in die Küche geräumt, aber überall lagen Krümel und Aschehäufchen herum.

Greenspan hatte sich sein Frühstück für acht Uhr bestellt. Obwohl Andrea nicht gerade in bester Form war, schaffte sie es, das Tablett ohne größere Verzögerung zusammenzustellen. Kleine Teekuchen, Pfirsichscheiben mit etwas Sahne, verschiedene Müsli-Sorten, Toast, Kaffee, Butter in einem Schälchen aus Meißner Porzellan und Marmelade, die sie von einer Farmersfrau in der Nähe bezog. Dank Cousine Berthas reichhaltigen Schätzen hatte Andrea schönes Geschirr und Besteck im Überfluß, und das Tablett bot einen einladenden Anblick.

Während Andrea mit ihrer Last nach oben stieg, dachte sie an den Gasthausbesitzer, der ihr den Rat gegeben hatte, das Frühstück auf die Zimmer zu servieren. »Sie werden größtenteils ältere Gäste haben, die es als angenehm empfinden, eine Tasse Kaffee zu trinken, bevor sie ihre Zähne einsetzen. Lachen Sie nicht! Ich bin ein ganzes Stück älter als Sie, und ich weiß, wovon ich spreche. Nach einer guten Tasse Kaffee habe ich mehr Mut, dem Tag ins Auge zu sehen.«

Andrea stellte das Tablett vor Greenspans Tür ab und klopfte leise. »Es ist acht Uhr, Mr. Greenspan«, sagte sie, und gleich darauf hörte sie die Federung des Bettes quietschen. Sie war schon außer Sichtweite, als die Tür geöffnet wurde. Wahrscheinlich gehörte Greenspan auch in die Kategorie der Menschen, die vor dem Aufstehen frühstücken wollten.

Andrea war gerade dabei, Linnies Arbeit zu überprüfen, als Greenspan nach unten kam und ihr einen guten Morgen wünschte.

»Das Frühstück war wunderbar«, sagte er. »Besonders die kleinen Kuchen! Ich werde jetzt ein wenig Frühsport treiben.«

»Bis zum Tor und wieder zurück ist es genau eine halbe Meile.«

»Aha! Es geht doch nichts über ein bißchen Jogging nach dem Frühstück. Ich mache das täglich.«

»Zumindest ist es gesund! Hoffentlich macht es Ihnen auch Spaß!«

»Aber ja! Nochmals Dank für das Frühstück!«

Nachdem er fort war, mußte Andrea lächeln. Ihrer Meinung nach übertrieb der große Schriftsteller Martin Greenspan ein wenig, denn sein gut entwickeltes Bäuchlein ließ nicht auf regelmäßigen Frühsport schließen.

Am Abend kamen die Whitmans und die Johnsons an – zwei Ehepaare mittleren Alters, die die Antiquitätenläden der Umgebung durchstöbern wollten. Alles verlief nach Wunsch, nur am Samstag gab es eine kleine Unstimmigkeit, als der Ventilator im Zimmer der Johnsons ausgefallen war und sie umziehen mußten. Er protestierte kräftig, während seine Frau pausenlos versuchte, ihn zu beschwichtigen.

Beim Tee war dann alles wieder in Ordnung. Andrea servierte ihn im grünen Salon. Für die männlichen Gäste, die lieber einen Drink zu sich nahmen, hielt sie Eis und Gläser bereit. Da sie keine Alkohollizenz hatte, mußte jeder Gast seinen Alkohol selbst mitbringen. Mrs. Whitman hatte sich für Tee entschieden und labte sich an den delikaten kleinen Kuchen, während Mrs. Johnson genau wie die beiden Männer ein Glas Whisky mit Soda bevorzugte. Johnson brummelte immer noch vor sich hin, als Martin Greenspan erschien.

Jeder wußte natürlich, wer er war, denn sie hatten seinen Namen im Gästebuch gelesen, als sie sich eingeschrieben hatten. Greenspan war sofort Mittelpunkt der Gesellschaft. Freundlich lächelnd akzeptierte er Mr. Johnsons Einladung zu einem Drink, und noch bevor er Platz genommen hatte, war man mitten in einer Diskussion. Die politischen Ansichten der Whitmans und Johnsons waren absolut konservativ, und Andrea wunderte sich im stillen, daß sie sich überhaupt die Mühe machten, Greenspans Kolumnen zu lesen, aber Johnson zitierte einige Stellen sogar auswendig.

Andrea bewunderte Greenspan, wie er seine Position verteidigte, ohne seine Stimme zu erheben oder die Geduld zu verlieren. Als Mrs. Johnson ihren Mann an die Einladung zum Abendessen erinnerte, waren alle guter Laune und fühlten sich durchaus als Sieger, obwohl Greenspan seine Meinung nicht um einen Deut geändert hatte.

Andrea war den Tag über so beschäftigt gewesen, daß sie überhaupt nicht mehr an ihren Alptraum gedacht hatte. Erst als sie vor ihrer Zimmertür stand, überfiel sie die Erinnerung mit solcher Macht, daß sie es lange nicht wagte, den Türknauf zu drehen. Es kostete sie große Überwindung nicht nachzugeben, aber schließlich siegte ihre Müdigkeit. Todmüde fiel sie ins Bett und schlief ungestört bis zum Morgen.

Am späten Sonntag nachmittag fuhren die beiden Ehepaare ab. Wie sie sagten, hatte ihnen der Aufenthalt sehr gut gefallen, und sie waren voll des Lobes über das Haus, die vielen Läden und ganz besonders über das Essen im *Peace and Plenty*.

Während die beiden Männer den Wagen packten und Mrs. Johnson noch einmal nach oben lief, weil sie etwas vergessen hatte, nahm Mrs. Whitman Andrea beiseite.

»Wir hatten wunderbare Tage in diesem schönen Haus...«, flüsterte sie. »Sofort bei unserer Ankunft habe ich dieses besondere Etwas gefühlt...«

»Welches besondere Etwas?«

»Ach, meine Liebe, vor mir müssen Sie sich nicht verstecken! Ich spreche mit niemandem über meine übersinnlichen Wahrnehmungen. Harry ist viel zu unsensibel, aber ich habe dieses Etwas vom ersten Augenblick an gespürt... so freundlich und liebevoll...«

Als Andrea begriff, wovon Mrs. Whitman sprach, hätte sie am liebsten geflucht. Man hatte sie vor diesen Verrückten gewarnt, die in jedem alten Haus Gespenster und übersinnliche Wahrnehmungen vermuteten und den guten Ruf so manchen Hauses auf dem Gewissen hatten.

»Ich fürchte, ich weiß nicht, was Sie meinen«, sagte Andrea kühl.

Aber eine Mrs. Whitman konnte man nicht so leicht entmutigen. »Nicht jeder hat die Gabe, derartiges zu empfinden. In der letzten Nacht konnte ich nicht schlafen, und da habe ich die Engel deutlich gesehen. Sie haben mich mit ihren Flügeln berührt... Meine Liebe, ich fürchte, ich muß mich beeilen, Harry ruft schon nach mir. Noch einmal vielen Dank, Miß Torgesen.«

Andrea war wie vor den Kopf geschlagen. Dieses eine Wort hatte sie bis ins Mark getroffen, aber sie tröstete sich damit, daß es sicher nur ein Zufall war. Engel waren nun einmal übernatürliche Erscheinungen, und Leute, die an solche Dinge glaubten, benutzten diese Ausdrücke.

Nachdem Andrea dem davonfahrenden Wagen höflich nachgewinkt hatte, ging sie in die Küche und ließ sich auf einen Stuhl fallen. Kevin, der den Männern geholfen hatte, folgte ihr und zeigte ihr grinsend seine Beute.

»Ein halber Dollar!«

»Du hättest ihn hochnäsig zurückweisen sollen!« lachte Andrea. »Vielen Dank, Kevin!«

»Ist nicht nötig. Ich sammle doch Material für mein Buch!«

»Wo ist Jimmie?« fragte sie und schleuderte ihre Schuhe von den Füßen.

»Draußen«, sagte Kevin und deutete in den Garten.

»Hoffentlich nicht wieder auf dem alten Friedhof! Sage ihm bitte, daß er hereinkommen soll. Irgendwann müssen wir auch zu Abend essen. Aber im Augenblick bin ich zu müde.«

»Ich hole Pizza«, sagte Kevin. »Du brauchst heute nicht auch noch zu kochen.«

»Könntest du mir eine mitbringen?« Martin Greenspan erschien auf der Türschwelle. »Ich mag alles außer Anchovis.«

»Pfui Teufel!« rief Kevin. »Ich hasse Anchovis! Wie wäre es mit Oliven? Einverstanden? Gut. Ich gehe Jim holen.«

Greenspan blieb unentschlossen stehen. »Kommen Sie doch herein«, sagte Andrea und angelte nach ihren Schuhen.

»Nur wenn Sie die Schuhe lassen, wo sie sind! Kann ich Ihnen etwas bringen? Tee, Bier, Milch oder vielleicht Champagner?«

»Aber Sie sind doch mein Gast! Eigentlich müßte es ja umgekehrt sein, Mr. Greenspan.«

»Sagen Sie bitte Martin zu mir.« Er lächelte sie an, und plötzlich wirkte sein Gesicht viel weicher. Die Lippen waren nicht mehr so schmal, und die große gebogene Nase sah viel sympathischer aus.

»Ich wußte gar nicht, daß Sie eine Brille tragen«, sagte Andrea, als sie die Brille bemerkte, die Greenspan nach oben auf seine nackte Stirn geschoben hatte.

»Ich brauche sie nur zum Lesen. Ja, ja, das Alter!«

»Sind Sie hungrig? Ich dachte, Sie essen bei Reba.«

»Ich wollte unseren lieben Gästen nicht begegnen!«

»Aber das ist ja furchtbar«, sagte Andrea. »Wie soll ich denn verhindern, daß sich meine Gäste von anderen gestört fühlen?«

»Sie sollten lieber aufhören, sich für alles verantwortlich zu fühlen!« sagte Martin energisch. »Wenn ich einmal eine Mahlzeit auslasse, komme ich noch lange nicht um. Im Gegenteil.«

Andrea wünschte, er würde gehen. Sie fühlte, daß er etwas sagen wollte, doch erst, nachdem die Kinder aufgebrochen waren, rückte er mit der Sprache heraus.

»Vielleicht ist der Augenblick schlecht gewählt«, begann Martin, »aber ich möchte Ihnen trotzdem einen Vorschlag machen.«

»Um was geht es denn?«

Er faltete die Bügel seiner Brille unentwegt auf und zu. »Für einen professionellen Schreiber stelle ich mich sehr ungeschickt an, nicht wahr? Dabei ist es ganz einfach. Ich muß mein Apartment in Washington aufgeben, was mir nicht leid tut, weil es sehr klein ist... fast wie eine Mausefalle. Außerdem muß ich dringend ein Buch beenden. Ich müßte schon fertig sein, und mein Verleger belagert mich förmlich...«

»Sie wollen doch nicht etwa hierbleiben?«

»Was ist daran so verwunderlich?«

»Nun – ich weiß es eigentlich selbst nicht.«

Martin sprach jetzt etwas gelöster. »In dieser Gegend bin ich schon immer gern gewesen, und das *Peace and Plenty* kenne ich schon seit ewigen Zeiten. Außerdem hat dieses Haus eine ganz besondere Atmosphäre …«

»Was soll das heißen?« fragte Andrea und setzte sich ruckartig auf.

Überrascht sah Martin sie an. »Es ist ruhig hier, die Umgebung ist herrlich und der Charme des alten Hauses … Was sonst sollte ich gemeint haben?«

»Sie haben nichts gesehen … oder gefühlt?«

»Wollen Sie damit sagen, daß es in diesem Haus spukt, Miß Torgesen?«

Sie starrten einander an, und Andrea bereute schon, daß sie die Frage überhaupt gestellt hatte. Wenn sie nicht so müde gewesen wäre, hätte sie sich über diese dumme Frau gar nicht aufgeregt …

Martin lächelte. »Ich habe weder etwas gehört, gesehen noch gefühlt.«

»Lachen Sie mich doch endlich aus!«

»Und Sie? Haben Sie etwas gesehen oder gefühlt?«

»Nein, ich glaube nicht an derartigen Unsinn!«

»Nun«, meinte Martin und kratzte seine wenigen Haare, »ich lehne Dinge nie rundweg ab …« Als er ihren Gesichtsausdruck sah, lachte er. »So können Sie mich jedenfalls nicht loswerden! Außerdem werden Sie kaum einen anderen Mieter finden, der bereit ist, sein Bett mit einer schwarzen Katze zu teilen.«

»Um Gottes willen!« Andrea bedeckte ihr Gesicht mit den Händen. »Ich habe Satan ganz vergessen. Hat er …?«

»Er hat. Wir verstehen uns ausgezeichnet. Schriftsteller und Katzen haben eine spezielle Vorliebe füreinander. Wer weiß, vielleicht schaffe ich hier mein Meisterwerk. Sie müssen sich ja nicht sofort entscheiden, Miß Torgesen. Überlegen Sie in Ruhe und sprechen Sie auch mit Ihrem Bruder.«

Sie wußte im voraus, was Jim antworten würde, und auch ihr war klar, daß sie nur profitieren würden. Sie hätten den ganzen Winter über ein festes Einkommen. Außerdem wäre die ständige Anwesenheit Greenspans die beste Werbung, die sich denken ließ. Auf der anderen Seite hatte sie sich schon auf die langen Winterabende mit Jim gefreut. Sie wollte ihn besser kennenlernen, gemeinsam mit ihm leben...

Doch das Pendel schlug wieder in die andere Richtung aus. Die Vernunft siegte, denn nur durch den wirtschaftlichen Erfolg war sie ja in der Lage, Jim Geborgenheit zu bieten. Alle ihre Ersparnisse steckten im Haus.

»Ich muß es mir nicht lange überlegen«, sagte sie. »Ich denke, daß wir uns einigen können...«

Entgegen allen ihren Befürchtungen ließ sich das Zusammenleben gut an. Er verließ sein Zimmer eigentlich nur zu den Mahlzeiten und zum Frühsport. Das Geschäft entwickelte sich gut. Ab und zu hatte Andrea jetzt auch schon während der Woche Gäste. Kevin machte keine Anstalten abzureisen. Eigentlich hätte sich Andrea freuen müssen, weil er Jim Gesellschaft leistete, wozu sie im Augenblick noch nicht in der Lage war. Andererseits war sie glücklich, als sie erfuhr, daß er im nächsten Halbjahr an einer Universität im Mittleren Westen studieren wollte, so daß es in Zukunft auch keine Wochenendbesuche geben würde. Sie würde Jim also endlich ganz für sich haben.

Wenn sie gewußt hätte, was die Jungen alles trieben, wären ihr ohnehin die Haare zu Berge gestanden. Sie planten, einen Fitneßraum in einem der Nebengebäude zu errichten, und holten Jims Trainingsgeräte vom

Speicher. Als aus dem Plan nichts wurde, durchsuchten sie sämtliche Schuppen nach Cousine Berthas altem Auto, doch sie fanden nur einen Traktor, den sie in sämtliche Einzelteile zerlegten, um ihn dann wieder zusammenzusetzen. Doch weitaus die meiste Zeit verbrachten sie auf dem alten Friedhof. Sie hatte keine Ahnung, wieviel sie dort verändert hatten, aber am Tag vor Kevins Abreise luden Jim und er sie ein, ihr Werk zu besichtigen.

Martin aß an diesem Tag mit ihnen. Andrea hatte es mit ihm ausgemacht, damit er nicht immer ausgehen mußte. »Kann ich auch mitkommen?« Er war ganz begeistert. »Ich wußte gar nicht, daß Sie auch noch einen Friedhof besitzen! Wie praktisch!«

»Aber gern«, sagte Jim. »Ich wußte nicht, daß Sie an so etwas interessiert sind.«

»Ich interessiere mich immer für alles«, meinte er. »Deshalb bin ich auch immer zu spät dran.«

»Es handelt sich um den alten Springer-Friedhof. Dieser Familie gehörte der Besitz im achtzehnten Jahrhundert. Danach wurden die meisten der kleinen Friedhöfe aufgegeben. Die Bevölkerung wuchs, und die Fortbewegung wurde einfacher.«

Mit aufgestützten Ellenbogen lauschte Greenspan Jims Erklärungen.

»Jim hat alle diese Einzelheiten aus einem Buch über die Privatfriedhöfe dieser Gegend«, erklärte Kevin.

»Aber dieses Haus wurde sicher erst gebaut, als der Friedhof längst nicht mehr benutzt wurde?« fragte Greenspan.

»Wahrscheinlich hat hier früher ein anderes Haus gestanden«, sagte Kevin. »Vielleicht nicht hier, aber auf demselben Grundstück.«

Greenspan nickte. »Gut möglich. Habt ihr schon nachgeforscht?«

»Nein«, sagte Kevin grinsend, »bisher haben wir nur körperliche Schwerstarbeit geleistet.«

Von außen sah alles unverändert aus. Die überhängenden Zedernäste beschatteten die alte, etwas brüchige Backsteinmauer, aber die Wildnis, die sich in ihrem Inneren befunden hatte, war gerodet. Die Jungen hatten wirklich Schwerstarbeit geleistet! Es war zwar immer noch keine perfekte Anlage, aber wenigstens konnte man jetzt die Grabsteine erkennen. Die umgefallenen hatten sie säuberlich an der Mauer aufgereiht.

Kevin öffnete das Tor. »Wir haben keinen der Grabsteine angefaßt, die noch an Ort und Stelle liegen. Von den anderen haben wir den genauen Fundort in einen Plan eingezeichnet. Viele waren von den Baumwurzeln umgestürzt worden.«

»John Springer«, las Greenspan. »Geboren am 17. April 1712, gestorben... Wann?«

»Wir konnten es auch nicht entziffern«, und zog Greenspan weiter.

Andrea sah ihren Bruder an, der vor sich hin träumend in die Gegend starrte. »Jim!« sagte sie kurz.

Er lächelte sie an und sagte mit sanfter Stimme: »Ich würde gern alles pflegen und verschönern, vielleicht auch eine Bank dort drüben unter den Bäumen aufstellen.«

»Jimmie, ich wünschte, du würdest nicht so sprechen...«

Greenspan stand neben ihr und legte ihr die Hand auf den Arm. »Alle Achtung, Jim«, sagte er. »Ich bin von eurer Arbeit beeindruckt.«

»Ja, es war hart, aber es war nur der Anfang. Ich stelle mir vor, hier einen richtigen Friedhof anzulegen...«

Er wiederholte seine Pläne, aber diesmal klang seine Stimme ganz normal. Trotzdem wollte Andrea so rasch wie möglich von hier fort. Doch plötzlich sah Greenspan etwas und rief: »Was sehe ich denn da?« Und schon lief er zu der dem Tor gegenüberliegenden Mauer, wo einige rötliche Stellen im Grün der Büsche zu erkennen waren. Als Andrea Greenspan erreicht hatte, sah sie, wie er eine blaßrosa Blüte ehrfurchtsvoll auf seine Handfläche bettete. Ein sanfter Moschusgeruch hing in der Luft.

»Das ist eine wilde Rose«, sagte Jim. »Sie war unter allerlei Grünzeug fast erstickt, aber wir fanden sie so hübsch, daß wir sie stehen ließen.«

»Von wegen eine wilde Rose«, sagte Martin. »Wenn mich nicht alles täuscht, ist das eine *Rosa damascena bifera.*«

»Eine was?« fragte Kevin. »Was soll das heißen?«

Martin hielt die Blüte immer noch bewundernd in der Hand. »Sie ist die älteste Rose der Welt – schon Ovid und Livius haben sie erwähnt. Die Spanier haben sie in die Neue Welt gebracht. Sie nannten sie die Rose von Kastilien.«

»Wahrscheinlich hat Cousine Bertha sie gepflanzt«, sagte Andrea. »Sie interessieren sich wirklich für allerlei!«

»Vielleicht sehe ich nicht aus wie ein Rosenliebhaber, aber ich träume davon, als Rentner aufs Land zu ziehen und einen großen Garten zu pflegen. Eine Rose wie diese gibt es nicht in jeder Baumschule!«

Andrea hatte genug, sie wollte fort. »Herrschaften, ich bewundere eure Arbeit und euer Wissen, aber ich habe trotzdem Pflichten. Kommt ihr mit?«

»Augenblick noch!« Martin schob einige Wurzeln beiseite. »Ich glaube, hier ist noch ein Grabstein.«

»Er ist wieder umgefallen«, sagte Kevin und kniete sich neben Martin ins Gras. »Ich dachte, wir hätten ihn gut genug abgestützt. Er hat eine sonderbare Inschrift.«

Martin drehte den Stein um, so daß das Sonnenlicht

auf seine Oberfläche fiel. Die meisten Buchstaben waren unleserlich, nur eine Zeile war tiefer eingekerbt. »Hier bleibe ich«, las Martin laut vor. »Du lieber Himmel, wer war denn dieser kämpferische Atheist?«

Die übrigen Buchstaben waren kaum zu entziffern. »Der Vorname ist offenbar ›Mary‹«, entschied Martin schließlich. »Und das Datum ist irgend etwas mit 1890 – vielleicht 1809 oder 1899? Ob sie eine von den Springers war?«

»Wenn wir den Stein gründlich abschrubben, können wir vielleicht mehr lesen«, schlug Kevin vor.

»Möglich. Irgend jemandem hat sie jedenfalls so viel bedeutet, daß er eine *Rosa damascena* auf ihr Grab gepflanzt hat... Mir will immer noch nicht in den Kopf, daß eine Rose ohne Pflege so lange überleben kann. Moment mal«, sagte er und beugte sich vor, um den Stamm der Pflanze zu verfolgen. »Die Wurzeln sind hier drüben, etwa einen Meter von Marys Grab entfernt. Ob es noch ein Grab gibt? Hier liegen Teile von einem Stein...«

»Ich gehe«, kündigte Andrea an, und in der plötzlichen Stille klang ihre Stimme viel zu laut. »Ich muß arbeiten.«

Nach einer Weile hatte Martin sie eingeholt. »Was ist los? Habe ich etwas falsch gemacht?«

Hinter ihnen gingen die Jungen. Sie unterhielten sich und lachten, während sie zu dem Schuppen gingen, in dem sie Jims Folterwerkzeuge untergebracht hatten. Weshalb konnte er denn nicht etwas anderes tun? Mußte er Gewichte stemmen und den ganzen Tag wie Hamlet auf einem Friedhof buddeln?...

»Es ist doch krankhaft, auf einem alten Friedhof zu graben!« entrüstete sich Andrea. »Und Sie unterstützen ihn auch noch!«

»Dann wäre ja die gesamte Archäologie krankhaft«,

widersprach Martin. »Andrea, er muß sich mit etwas beschäftigen! Er braucht neue Interessen, neue Hobbys. Hatte er nicht einmal Football-Profi werden wollen?«

»Nein, das war nur ein Spaß! Er interessiert sich für Computer.«

»Sie können sagen, daß es mich nichts angeht, aber ich kann nicht zusehen, wie Menschen, die ich – nun, die ich mag, solche Fehler machen. Sie können Jim nicht Ihre Interessen aufzwingen. Sie können höchstens seine eigenen weiterentwickeln und unterstützen. Freuen Sie sich lieber, daß er überhaupt eigene Ideen hat!«

»Sie haben recht«, sagte Andrea, und dann machte sie eine lange Pause, bevor sie die brutale Bemerkung anfügte: »Es geht Sie wirklich nichts an!« Damit ließ sie die Fliegentür vor seiner Nase zufallen und rannte in ihr Zimmer.

Am Abend gab es nach Kevins Abreise den nächsten Zusammenstoß – diesmal mit Jim. Andrea leugnete nicht, daß sie froh war, daß Kevin endlich abfuhr, aber sie hatte ihre Gefühle nicht gezeigt, und Kevin hatte nicht das geringste bemerkt und war herzlich wie immer gewesen. Doch als er fort war, fuhr Jim Andrea an: »Du haßt Kevin – du haßt überhaupt alle meine Freunde!« schrie er und verschwand in seinem Zimmer. Sie bettelte und flehte, aber er öffnete die Tür nicht. Als sie die Klinke herunterdrückte, fand sie die Tür verriegelt. Noch am Nachmittag mußte er mit Kevins Hilfe den Riegel angebracht haben.

Als sie abends zu Bett ging, hätte sie sich am liebsten in den Schlaf geweint, aber soviel Schwäche mochte sie sich nicht zugestehen.

In der Nacht erwachte sie aus einem Traum und spürte

wieder das Flügelschlagen. Der Luftzug wehte über ihr Haar und ihren Körper, und mit den abwehrend hochgestreckten Händen konnte sie die Federn fühlen. Sie biß sich auf die Lippen, um nicht laut zu schreien, denn sie wollte Jim nicht mit ihren Ängsten erpressen. Aber es war ihr nicht möglich, sich zu bewegen.

Nach endlos langer Zeit fühlte sie, daß etwas anderes im Zimmer war. Ein winziger Lichtpunkt ließ sie ihre Kräfte wiederfinden. Gleichzeitig wurde das Flügelschlagen schwächer, und schließlich verlor sich das Geräusch in der Dunkelheit. Endlich fanden ihre zitternden Hände den Lichtschalter.

Natürlich war nichts zu entdecken, nur die dünnen Vorhänge bewegten sich sanft im Nachtwind. Zuerst fror Andrea entsetzlich, doch dann wurde ihr allmählich besser. Sie war Sieger geblieben, und das nächstemal würde es noch leichter sein.

5

Am nächsten Morgen wartete Andrea ungeduldig auf Martins Erscheinen. Er frühstückte seit einiger Zeit in der Küche, weil er nie genau vorher wußte, wann er morgens aufstehen wollte. Als er um zehn Uhr herunterkam, murmelte er nur kurz eine Begrüßung und ging zur Tür.

»Ich möchte mich entschuldigen«, sagte Andrea. »Ich weiß, daß Sie sich um Jim Gedanken machen.«

»Aber recht habe ich nicht, oder?« Er drehte sich um und sah sie lächelnd an.

Andrea fiel ein Stein vom Herzen. »Ich möchte Ihnen ein Abkommen vorschlagen. Sie sind berechtigt, mir Ihre Meinung zu sagen, und ich bin berechtigt, in die Luft zu gehen, wenn sie mir nicht gefällt. Einverstanden?«

Martin legte seinen Kopf auf die Seite, während er über den Vorschlag nachdachte. »Hört sich ganz vernünftig an«, meinte er und ging.

Erleichtert ging Andrea nach hinten, um auch mit Jim Frieden zu schließen.

Sie hatte kaum angeklopft, als er auch schon öffnete. »Tut mir leid, daß ich dich gestern so angeschrien habe«, sagte er und lächelte sie an. »Es tat mir leid, daß Kevin wegfuhr, und ich habe mich an dir ausgetobt. Verzeihst du mir?«

»Aber natürlich!«

Der Riegel war funkelnagelneu.

Als Jim sah, wohin sie blickte, sagte er: »Sei mir nicht böse, aber ich möchte gern einen Platz haben, wo ich ganz ungestört sein kann.«

»Ich verstehe dich.«

»Darüber bin ich richtig froh! Mein Gott, habe ich einen Hunger. Ich gehe frühstücken!«

Er lief in die Küche, und Andrea folgte ihm, doch im Vorbeigehen inspizierte sie noch rasch die Vorratsregale in der Speisekammer.

Aus der Küche hörte sie, wie Jim sich seinen Stuhl heranzog und Linnie begrüßte. »Hi, Linnie!«

»Hier ist der Kaffee. Er ist noch ganz heiß«, murmelte das Mädchen. »Ich werde dir Speck und Spiegeleier machen.«

»Ist das nicht zuviel Arbeit, Linnie?«

»Es ist überhaupt keine Arbeit! Ich mache es gern.« Ihre Stimme wurde immer leiser, bis sie schließlich nur noch flüsterte. »Du mußt viel mehr essen, Jim! Du bist viel zu dünn.«

Andrea sah rot. Das wurde ja immer besser! Diese kleine Göre! Und ich dachte immer, sie sei hinter Kevin her, wenn sie morgens so lange in der Küche blieb, bis die Jungen aufgestanden waren. Wütend schmiß sie die Schranktür zu – ein taktischer Fehler, weil das Mädchen Zeit hatte, zum Herd zurückzugehen.

»Gib her!« herrschte sie Linnie an und nahm ihr den Speck aus der Hand. »Ich mache das. Geh und putze Mr. Greenspans Zimmer. Er wird bald wieder da sein!«

Nachdem das Mädchen brummend gegangen war, meinte Jim freundlich: »Gehst du nicht ein wenig hart mit ihr um?«

»Sie wird von Tag zu Tag unmöglicher. Am besten suche ich ein neues Mädchen.«

»Vielleicht ist sie auf die Arbeit gar nicht angewiesen«, meinte Jim, wobei er sich Mühe gab, möglichst gleichgültig zu erscheinen, was aber Andreas Verdacht nur bestätigte. Sie beschloß, daß eine zusätzliche Warnung nicht schaden konnte.

»Sie hat mir erzählt, daß sie vermutlich im nächsten Frühjahr heiraten wird. Mit siebzehn – kannst du dir das vorstellen?«

»Wen denn?«

»Er arbeitet an der Tankstelle. Er ist nur ein Jahr älter als sie, und nach Rebas Aussage taugt er nicht viel. Wahrscheinlich passen sie deshalb so gut zusammen – zwei Kinder ohne Schulbildung, ohne irgendwelche Fähigkeiten oder Ambitionen.«

»Gibt es noch ein paar von den kleinen Kuchen?« fragte Jim.

Gegen Ende der Woche wünschte Andrea nichts sehnlicher, als daß Kevin noch da wäre. Jim hatte jede Initiative verloren, verbrachte seine Tage auf der Couch in der Küche und schaltete von einem Fernsehprogramm zum nächsten. Andrea gab sich jede nur erdenkliche Mühe, ihn für etwas zu interessieren, aber er lehnte alles ab. Was ihm gefallen hätte, war entweder physisch unmöglich, zu gefährlich oder schlicht gegen das Gesetz.

»Na, na!« beschwichtigte sie Martin, dem sie ihre Gedanken anvertraute. »Was hat er denn vorgeschlagen? Will er vielleicht die Bank von Ladiesburg ausrauben?«

Martin hatte in den letzten Tagen fast nur gearbeitet, so daß sie ihn gar nicht zu Gesicht bekommen hatte. Erst heute war sie ihm zufällig in die Arme gelaufen, als er zum Essen gehen wollte. Eigentlich wollte sie ihn nicht mit ihren Sorgen belästigen, aber sie hatte ihn angesprochen ohne lange nachzudenken.

»Ich weiß gar nicht, weshalb ich Ihnen das erzähle«, sagte sie. »Sie sind ohnehin immer auf seiner Seite!«

»Sie sprechen mit mir, weil Sie sonst niemanden haben«, antwortete Martin. »Darüber mache ich mir gar keine Illusionen ... nun, ja.«

»Wie bitte? Es tut mir leid, aber ich habe nicht zugehört.«

Sein etwas kummervolles Gesicht entspannte sich, und er schüttelte den Kopf. »Es war nicht so wichtig. Ich bemühe mich, unparteiisch zu sein, Andrea. Meiner Meinung nach hat Jim zur Zeit einen Einsamkeitsanfall. Weshalb lassen Sie ihn nicht das Auto benutzen?«

»Das ist doch klar!«

»Mir aber nicht. Mit einem Fuß kann man ebensogut fahren!«

»Lassen Sie ihn ja nicht Ihren Volkswagen benutzen!«

»Das geht nicht, weil er keine Automatik hat. Sie sollten ein bißchen nachdenken, Andrea!«

»Ach, Sie sind unmöglich!« sagte sie. »Vergessen Sie, daß ich mit Ihnen gesprochen habe!«

Am nächsten Abend lud Martin sich selbst zum Essen ein, wobei er Andrea großzügig die Wahl zwischen Hähnchen, Pizza oder Hamburger überließ. Jim war gleich besserer Laune, als er mit Martin loszog, das Essen zu holen. Später brachte Martin einige Pflanzenkataloge und gab sie Jim.

»Ich habe sie vor einigen Tagen besorgt, weil ich dachte, daß du noch Zwiebeln pflanzen willst.«

Jim studierte den Katalog ausführlich und unterhielt sich längere Zeit mit Martin, worauf sie sich verabredeten, am nächsten Tag miteinander einkaufen zu gehen. Andrea hatte ihr Nähzeug geholt und flickte einige Sachen, wobei sie den beiden Männern zuhörte. Als Jim schließlich den Fernsehapparat einschaltete und die Programmvorschau einen Film über Schatztaucher und danach einen über Leute, die vom Tod zurückgekehrt sind, in Aussicht stellte, erhob sie sich und wollte ein anderes Programm einschalten.

»Laß es bitte, Andrea«, sagte Jim, »genau diesen Film möchte ich gern sehen.«

Während der erste der beiden Filme lief, widmete sich Andrea ihrer Näharbeit, doch der zweite Teil begann mit so seltsam vibrierender Musik und Lichteffekten in allen Regenbogenfarben, daß alle aufmerksam hinschauten.

»Zurück aus der Welt des Todes!« sagte ein Sprecher. »Sie sehen die wahren Geschichten von Gestorbenen, die in unsere Welt zurückgekehrt sind, um uns zu berichten.«

Die Sendung war nicht gerade sehr wissenschaftlich aufgezogen, aber sehr spektakulär, so daß selbst Andrea fasziniert zuhörte. Die Geschichten ähnelten einander.

»Irgend etwas riß, so wie ein gespannter Draht reißt, und dann hing ich in der Luft und sah auf mein Bett hinunter, wo ich lag. Ich war unten und gleichzeitig oben, und ich konnte den Arzt und die Schwestern sehen, die um mein Bett herum standen.«

»Dann bewegte ich mich – mitten durch die Wand und dann einen langen Gang entlang. Es war, als würde ich schwimmen. Und am Ende des Ganges sah ich ein Licht, ich hörte auch eine Art Musik und Stimmen, und ich konnte es kaum abwarten, endlich dorthin zu kommen. Das Licht wurde größer und heller und leuchtete in allen Regenbogenfarben und dann, gerade als ich fast dort war – mußte ich zurückkommen.«

»Zurück in Ihren Körper?« fragte der Interviewer.

»Ja. Es war ein Gefühl, als wenn man gezogen wird – irgendwie magnetisch, so daß man zurück muß, ob man will oder nicht.«

»Wollten Sie denn zurückkommen, Mr. Brown?«

»Nein«, sagte Brown. »Nein, überhaupt nicht! Es tat weh, sehr weh sogar.«

Andrea stach ihre Nadel in den Stoff und meinte: »Ich habe das Gefühl, daß der Interviewer ihnen die Antwort durch seine Fragen geradezu in den Mund legt.«

»Nein«, sagte Jim. »Es ist ganz genau so, wie der Mann es beschreibt!«

Ein kleiner Blutstropfen fiel von Andreas Finger auf den weißen Stoff und breitete sich aus.

Nach einer Pause fragte Martin: »Ist es dir genauso ergangen?«

»Hm.«

»Das hast du mir nie erzählt«, sagte Andrea.

»Wahrscheinlich hast du gedacht, ich phantasiere.« Er sprach so ruhig und abgeklärt, daß sie nichts darauf erwidern konnte. »Ich habe es niemandem erzählt, denn ich hätte es nicht ausgehalten, die vielen Fragen zu beantworten, oder sogar ausgelacht zu werden. Außerdem habe ich nicht gewußt, daß andere Menschen ähnliche Erfahrungen gemacht haben. Ich habe erst jetzt angefangen, darüber zu lesen.«

»Vorher nie?« fragte Martin. »Verzeih mir, Jim, ich möchte dein Wort nicht in Zweifel ziehen...«

»Sie gehen die Sache wissenschaftlich an«, grinste Jim. »Nein, vorher habe ich niemals etwas Ähnliches gelesen.«

»Trotzdem sieht oder liest man oft Dinge, an die man sich bewußt nicht mehr erinnert«, argumentierte Martin. »Aber man hat sie doch in sein Unterbewußtsein aufgenommen.«

»Das ist immer der berühmte Ausweg«, meinte Jim. »Ich kann mich nicht erinnern, nicht, weil es nicht gewesen ist, sondern nur nicht, weil ich es vergessen habe.«

»Ein Punkt für dich«, sagte Martin. »Deshalb wird diese Diskussion auch nie zu einem Ende führen!«

»Für mich ist die Sache klar«, sagte Jim ruhig.

»Aber Jimmie!« rief Andrea. »Du warst doch so fürchterlich verletzt! Dein Kopf... und dazu noch die Medikamente...«

Martin unterbrach sie absichtlich. »Ich bin bereit, ihm zu glauben. Welche Empfindungen hattest du, Jim?«

»Eigentlich war alles so ähnlich wie bei diesem Mann, aber ich bin keinen Gang entlanggeschwommen, sondern befand mich in tiefer Dunkelheit. Dann sah ich das Licht kommen. Zuerst sah es aus wie ein kleiner Stern, weit entfernt – sehr weit entfernt. Ich habe keine Stimmen gehört, aber ich wußte, daß ich erwartet werde. Irgend jemand erwartete mich, den ich auch unbedingt sehen wollte.« Jim lehnte sich zurück. »Ich wollte auch nicht zurückkommen«, sagte er.

Martin warf Andrea einen Blick zu, sah aber gleich wieder weg. »Hat es weh getan, wieder in den Körper zurückzukehren?« fragte er.

»Oh, ja, es schmerzte. Irgendwie schien er mir nicht mehr zu passen.« Ein Schauer durchlief seinen Körper, doch sein Gesichtsausdruck blieb sanft und friedlich. »Der Schmerz war nicht das Schlimmste. Das Licht war so wunderschön ... ich wurde gezogen, aber etwas anderes zog mich in die Gegenrichtung. Ich fühlte mich irgendwie zerrissen.«

»Faszinierend«, sagte Martin.

Martins Art, auf Menschen einzugehen, hatte Erfolg gehabt, dachte Andrea. Sie hatte es bisher nicht fertiggebracht, mit Jim über diese schrecklichen Wochen zu sprechen. Ihm zu erzählen, wie sie um ihn gekämpft hatte! Es wäre ihr nie in den Sinn gekommen, daß das, wovor sie ihn unbedingt hatte bewahren wollen, für ihn das Erstrebenswerteste auf der Welt war. Sie fühlte sich plötzlich schuldig. Aber weshalb eigentlich? Das Leben war eine Realität und das Leben nach dem Tod wahrscheinlich nichts weiter als eine Illusion, die durch Drogen hervorgerufen wurde.

Jim bemerkte ihre Nachdenklichkeit. »Andy langweilt sich«, sagte er lächelnd. »Sie mag solche Unterhaltungen nicht. Habe ich recht, Schwester?«

Seinen Seitenblick quittierte sie mit einem Lächeln. Er hatte ja keine Ahnung, dachte sie und war gleichzeitig über den Themawechsel froh. Sie konnte warten. Eines Tages würde er ihr den Dank aussprechen, den sie verdiente.

Einige Tage lang war Jim voll und ganz mit Gartenarbeiten beschäftigt. Selbst als Andrea feststellte, daß er alle Blumenzwiebeln auf dem alten Friedhof eingegraben hatte, trübte das ihre Freude nur wenig. Als sich das Wetter verschlechterte und Jim sich wieder mehr im Haus aufhielt, befürchtete sie sofort einen Rückfall in die alten Gewohnheiten, doch diesmal wollte sie Martin nicht wieder belästigen. Er hatte offenbar seine Hemmschwelle überwunden, denn sie hörte pausenlos das Klappern seiner Schreibmaschine.

Während Andrea eines Nachmittags den grünen Salon staubsaugte und Satan verfluchte, dessen schwarze Haare einfach überall waren, kam Jim die Treppe herunter.

»Schau, was ich gefunden habe«, sagte er und hielt ihr eine alte Zeitschrift unter die Nase.

Andrea stellte den Staubsauger ab und betrachtete den Fund. »Ein *Life*-Magazin von 1957. Ganz hübsch alt!«

»Davon gibt es noch ganze Stöße auf dem Dachboden!«

»Hast du Lust, da oben ein wenig aufzuräumen?« fragte Andrea. »Dazu war bisher nie Zeit. Ich habe mir nur die Möbel ausgesucht, die ich für die Zimmer brauchen konnte. Der Rest ist ein einziges Durcheinander.«

»Und wenn ich etwas finde, das ich verkaufen kann? Bekomme ich dann einen Anteil?« fragte Jim.

»Jimmie! Du mußt nur sagen, wenn du Geld brauchst.

Uns gehört doch alles gemeinsam. Wir sind doch gleichberechtigt!«

»Ja, das weiß ich ...« Jim kratzte mit seiner Krücke das Muster des Teppichs nach. »Ich würde aber gern etwas verdienen. Verstehst du das?«

»Diese Arbeit wäre mir sicher einiges wert«, sagte Andrea.

»Ich bin mit dem Mindestlohn zufrieden«, sagte Jim. »Außerdem würde ich noch gern die Zimmer im zweiten Stock ausräumen und renovieren.«

Schreckliche Bilder drängten sich ihr auf. Die steile Treppe zum Dachboden, die sperrigen, schweren Möbel und Jim auf Krücken, weil er sich immer noch weigerte, eine Prothese zu tragen. Dann bemerkte sie seinen beobachtenden Blick, der schon ganz auf Ablehnung eingestellt war.

»Das ist eine ausgezeichnete Idee, Jim«, sagte sie. »Ich hatte das eigentlich erst für später geplant, aber wenn du schon jetzt damit anfangen willst, ist es mir natürlich lieber.«

Sein Gesicht leuchtete auf, und er gab ihr einen kleinen Klaps auf die Wange. Dann rannte er in solcher Geschwindigkeit die Treppenstufen hinauf, daß Andrea die Haare zu Berge standen, obwohl sie seine Fertigkeit bewundern mußte. Sie wußte, sie würde sich ängstigen, aber das nahm sie gern auf sich. Er sollte glücklich sein, und sie wollte sich zusammennehmen und ihn nicht dauernd ermahnen, vorsichtig zu sein!

Auch als die seltsamsten Geräusche von oben zu hören waren, hielt sie eisern an ihrem Entschluß fest. Als er das erste größere Stück fallen ließ, stürzte Martin aus seinem Zimmer.

»Was, in drei Teufels Namen, ist denn ...« Er sah Andrea am Fuß der Treppe stehen und die Hände ringen.

»Ich habe geschworen, nicht nach oben zu gehen«, sagte sie.

Martin lauschte. »Ihm ist sicher nichts passiert. Sonst würde er bestimmt nicht so ausgiebig fluchen.« Er wollte schon wieder in sein Zimmer gehen, aber unter der Tür drehte er sich noch einmal um. »Gratuliere! Werden Sie nur nicht schwach!«

Die Pausen zwischen den fürchterlichen Geräuschen waren am schwersten zu ertragen, aber Andrea schaffte es, während der nächsten Tage nicht hinaufzugehen, obwohl sie natürlich gern gesehen hätte, was er dort tat. Eines Tages beschloß sie, sich zu informieren und ihm nachmittags ein Glas Milch und einige belegte Brote nach oben zu bringen. Als sie Jim nirgendwo entdecken konnte und schon nach ihm rufen wollte, bemerkte sie, daß die Tür zum Turmzimmer offenstand.

Es gab keinerlei Grund für die Aufregung, die sie plötzlich überfiel, denn das Turmzimmer war auch nicht gefährlicher als die anderen Räume. Trotzdem wagte sie nicht zu rufen, sondern ging leise nach oben, wo sie ihn, zu ihrer grenzenlosen Erleichterung, heil und gesund am gegenüberliegenden Fenster stehen sah.

Obwohl sie so leise heraufgekommen war, hatte er ihre Schritte gehört. Er drehte sich nicht um, sondern sagte nur: »Komm her und schau dir diese Aussicht an! Ich werde in dieses Zimmer ziehen!«

Er nahm ihr das Glas mit Milch aus den Händen, bevor sie etwas verschütten konnte.

»Jim, du kannst doch unmöglich...«, begann sie.

»Ich kann immer nicht! Ich habe auch nicht erwartet, daß du mich verstehst!«

»Ich verstehe dich schon. Du willst weg von mir.«

Er hatte sich auf einen Kampf vorbereitet, aber ihr niedergeschlagener Gesichtsausdruck entwaffnete ihn.

»Ich habe doch nichts gegen dich, Andy! Aber sieh dich doch um! Es kann das schönste Zimmer im ganzen Haus werden! Ich werde es renovieren, und dann wirst du mich verstehen!«

Dieser Begeisterung konnte sie nicht widerstehen. Er hatte recht. Jeder Mensch, der etwas Gefühl besaß, mußte ihm recht geben. Sie bemerkte, daß er bereits begonnen hatte, den Dreck zusammenzufegen. »Ich habe nichts gegen den Umzug«, log sie wider besseres Wissen, »aber es ist noch so viel zu tun. Das Fenstersims ist verrottet, der Putz ist nicht in Ordnung, und außerdem macht mir der Boden Sorgen.« Sie konnte sich nicht dazu überwinden, ihm ihr Einverständnis zu geben, sondern lief herum und inspizierte alles.

»Hier! Dieses Brett gibt nach!« sagte sie und bückte sich zu dem losen Brett kurz vor der Schwelle hinunter. Ihre Finger befühlten den Zwischenraum, und plötzlich sagte sie überrascht: »Es ist nicht befestigt. Ich kann es einfach hochheben!«

»Wahrscheinlich reichen ein paar Nägel, und der Schaden ist behoben«, sagte Jim und bückte sich zu ihr hinunter.

Als Andrea das Brett abhob, erblickten sie eine Art Fach, dessen Boden die Decke des darunterliegenden Raumes bildete. Die Seitenwände waren die Deckenbalken. Dicke Staubflocken verbargen den Inhalt.

Jim schaltete rascher als Andrea. »Dieses Brett ist gar nicht kaputt! Es diente als Deckel zu einem Geheimfach. Was ist denn darin?«

Der Inhalt entpuppte sich als ein Bündel fester Papiere, das in einer Zeichenmappe aus dickem Karton lag und mit einem blaßblauen Band verschnürt war. Nachdem Andrea den Staub weggeblasen hatte, stellte sich heraus, daß zwar der Stoff, mit dem die Mappe bezogen war, bis zur Unkenntlichkeit ausgebleicht war, die Papiere selbst aber noch tadellos erhalten waren.

Es handelte sich um eine Sammlung verschiedenster Zeichnungen, von denen einige in Tusche, andere mit Stift oder Kohle oder Wasserfarben ausgeführt worden waren, und die auch aus verschiedenen Jahren stammen mußten, weil sie in der Kunstfertigkeit beträchtliche Unterschiede aufwiesen. Blumenbilder, das Bild einer Braut, ein Soldat, der etwas sehr heldenhaft aussah, verschiedene Gesichter und das Porträt eines alten, faltigen Mannes.

Das unterste der Bilder zeigte die Gestalt einer Frau, die ein enganliegendes schwarzes Kleid mit langen, schmalen Ärmeln trug. Der hohe Kragen war mit einer Brosche zusammengesteckt, und die Handgelenke umgaben schmale Zobelstreifen. Das schwarze Haar trug sie in einem Nackenknoten zusammengesteckt, und das ausdrucksstarke, energische Gesicht hatte sie leicht zur Seite gedreht. Zu ihren Füßen, und fast von den Falten des Kleides verborgen, saß Satan! Die goldgelben Augen der Katze waren die einzigen Farbtupfer auf dem Bild.

»Mein Gott«, sagte Jim. »Die Frau und die Katze bilden eine Einheit. Man kann gar nicht sagen, wo das Kleid beginnt!«

»Ob er Satans Großvater ist?« fragte Andrea.

»Mir gefällt das Bild«, sagte Jim. »Und dir?«

»Sehr sogar«, meinte Andrea und bewunderte das zweifellos ausgezeichnete Porträt. Nach der Kleidung zu schließen, stammte es aus dem neunzehnten Jahrhundert. Damals war es üblich, den jungen Mädchen der besseren Familien auch Zeichenunterricht erteilen zu lassen, wofür der gemischte Inhalt der Mappe sprach. Aber das Porträt dieser Frau war anders. Es strahlte eine ganz versteckte Boshaftigkeit aus, die nur durch den

Schwung der Lippen und Augenbrauen ausgedrückt wurde. Und durch die Katze... Jim hatte die enge Verbindung der beiden sofort bemerkt, aber die Bedeutung nicht ganz begriffen.

Andrea drehte die Blätter um und begann noch einmal von vorn. Nachdem sie nun wußte, wonach sie suchen mußte, sah sie es sofort. Jede einzelne Zeichnung war doppelbödig. Die kleinen schwarzen Würmer, die die Rosen benagten, die nackten Gestalten, die genial in den Falten der Gewänder versteckt waren, und die grinsenden Totenköpfe, die den Gesichtern zugrunde lagen. Nur der Offizier und die Braut waren, normale Zeichnungen, die unter diesen eigentlich fehl am Platz waren.

Seufzend schloß Andrea die Mappe. In der damaligen Zeit war es sicher ganz unmöglich, solche Zeichnungen aufzuheben. Sie mußten vor Eltern und Lehrern sorgfältig versteckt werden. Wahrscheinlich war das Mädchen, das die Bilder hier verborgen hatte, im hohen Grade neurotisch gewesen. Aber glücklicherweise waren Neurosen keine ansteckenden Krankheiten, so daß sie sich um Jim keine Sorgen machen mußte. Selbst wenn er dieselbe Luft wie das Mädchen atmete, würde er nicht infiziert werden.

6

Wenn Andrea abergläubisch gewesen wäre, dann hätte sie den seltsamen Fund für alles verantwortlich gemacht, was seitdem nicht so war, wie es sein sollte. Es regnete pausenlos, Linnie wurde immer fauler und schlampiger, und Martin hatte offenbar seine Arbeit völlig aufgegeben. Er diskutierte stundenlang mit Jim und war immer da, wo man ihn gerade nicht gebrauchen konnte.

Als Andrea eines Morgens in die Bibliothek kam, saßen Martin und Jim am Tisch, auf dem sie unzählige Bände aufgetürmt hatten. In aufgeräumtem Zustand war der dunkel getäfelte Raum mit den hohen Stühlen eine perfekte Kopie einer alten englischen Clubbibliothek. Nur der Fernsehapparat störte den Eindruck beträchtlich, aber wenn er nicht gebraucht wurde, verschwand er hinter einem handgestickten Paravent. Cousine Berthas Vorfahren waren keine großen Leser gewesen. Sie hatten hauptsächlich ›Gesammelte Werke‹ angeschafft, deren Blätter teilweise noch nicht einmal aufgeschnitten waren.

Andrea ersetzte den vollen Aschenbecher, der neben Martin stand, durch einen leeren.

»Vielen Dank«, sagte er und sah sie an.

»Keine Ursache! Überhaupt keine Ursache!« sagte sie und begann, die Bücher abzustauben.

Martin imitierte ihren Tonfall. »Der Regen scheint mittlerweile allen Leuten auf die Nerven zu gehen!«

»Wie geht es dem Buch?« fragte Andrea spitz.

»Im Augenblick gar nicht. Ich bin am berühmten toten Punkt angekommen«, sagte Martin und grinste.

Jim überhörte die Sticheleien. »Wir suchen nach

Material zur Geschichte dieses Hauses. In diesem Buch kommt es vor.«

Andrea sah ihm über die Schulter. »*Alte Häuser im westlichen Maryland – Kleine Herrenhäuser.* Klingt nicht gerade schmeichelhaft.«

Ein altes, schlecht reproduziertes Foto zeigte das Haus, wie es im Jahr 1925 ausgesehen hatte. Es hatte sich seitdem nur unwesentlich verändert.

»Damals muß das Haus Cousine Berthas Vater gehört haben«, meinte Andrea. »Sie muß damals etwa zwanzig Jahre alt gewesen sein.«

»Hieß sie mit Familiennamen Webber?« fragte Martin.

»Ganz genau.«

»Hier steht es!« sagte Jim. »›Mr. Josiah Webber, ein vermögender Kaufmann aus Ladiesburg, ist der augenblickliche Besitzer.‹ Er hatte das Haus von seinem Vater geerbt, dieser hatte es im Jahr 1900 gekauft. Es steht nicht dabei, von wem.«

»Also habe ich richtig geschätzt«, sagte Martin. »Es muß ungefähr 1862 gebaut worden sein.«

»Aber nicht von den Springers«, ergänzte Jim. »Der Erbauer war ein Mann namens Broadhurst. Wenn ihm so viel Land gehört hat, wird er ganz schön reich gewesen sein.«

»Ich wüßte gern, womit er sein Geld verdient hat. Vielleicht hat er sich am Krieg bereichert...«, spekulierte Martin.

»Alle Millionäre sind also nur auf Kosten der Armen reich geworden?« fragte Andrea.

»Damals schon. Dann haben sie Waisenhäuser und wohltätige Stiftungen gegründet, um ihr schlechtes Gewissen loszuwerden.«

Andrea gab auf. Sie unterlag ohnehin immer. »Das ist ja alles sehr interessant«, sagte sie.

»In diesen Büchern stehen immer nur die nackten Fakten«, sagte Martin. »Man erfährt so wenig über die Bewohner selbst. Über die Tragödien, die Morde und die Liebesaffären.«

»Wie melodramatisch!« meinte Andrea.

»Genau wie das Leben«, sagte Martin. »Einem Schriftsteller wirft man oft Übertreibung vor, aber das wirkliche Leben ist noch viel schlimmer!«

»Mich interessiert das jedenfalls nicht«, sagte Andrea und kletterte auf die Leiter, um die oberen Bücher abzustauben.

»Dann wollen Sie heute abend sicher auch nicht mit zum Treffen der Historischen Gesellschaft von Ladiesburg kommen?«

»Nein, danke! Ich habe hier im Haus genug Probleme!«

»Jim und ich werden aber hingehen.«

»Deshalb also diese große Suche nach Material!«

»Ja, wir machen sozusagen unsere Hausaufgaben«, sagte Jim. »Willst du wirklich nicht mitkommen?«

»Nein, danke.«

Seit Wochen war Andrea zum erstenmal allein im Haus, und sie genoß es. Die beiden Männer hatten beschlossen, im *Peace and Plenty* zu essen, bevor sie zu der Zusammenkunft gingen, die im Haus eines Antiquitätenhändlers abgehalten wurde. Andrea hatte es sich in einem Bademantel bequem gemacht und verbrachte den Abend vor dem Fernsehgerät. Sie stellte sich die Mitglieder der Historischen Gesellschaft als Tattergreise vor, die nach einem Treffen möglichst rasch nach Hause wollten. Deshalb war sie etwas erstaunt, als die beiden erst nach zwölf Uhr nach Hause kamen.

»Du bist noch auf?« fragte Jim.

»Ihr seid spät dran. Wie war das Treffen?«

»Wir waren noch im Shamrock Club und haben ein paar Gläser Bier getrunken«, sagte Martin und warf seinen nassen Regenmantel über einen Stuhl.

Andrea hatte Jim schon lange Zeit nicht mehr so glücklich gesehen. Er grinste fröhlich, während er auf seinen Krücken lehnte, und auf seinem Kopf hatten sich wegen der Feuchtigkeit viele tausend kleine Locken gebildet, die er morgen wieder verbissen mit Bürste und Fön bearbeiten würde.

»Hat es dir gefallen, mein Schatz?« fragte sie.

»Das Treffen war ganz interessant«, sagte Jim. »Wußtest du, daß dieses Haus schon früher einmal ein Hotel gewesen ist?«

»Verulkst du mich auch nicht? Weshalb stand das nicht in diesem Buch?«

Martin schenkte sich eine Tasse Kaffee ein und setzte sich. »Es war nicht die Art von Hotel, auf die man stolz ist. Niemand wußte etwas Genaues, aber es war herauszuhören, daß es offenbar ein fragwürdiges Etablissement gewesen sein muß.«

»Wie scheußlich!« sagte Andrea.

»Sei doch nicht so prüde, Andy!«

»Dafür hätte ich jedenfalls nicht die halbe Nacht aufbleiben wollen! Hast du wenigstens nette junge Leute getroffen, Jimmie?«

»Ich glaube, ich war der einzige unter achtzig Jahren!«

»Vielen Dank für das Kompliment!« sagte Martin.

»Du mußt doch wissen, daß ich es nicht so gemeint habe!«

»Klar doch!« sagte Martin grinsend.

Mit hochgelegten Beinen saß Andrea auf ihrem Stuhl und hörte dem Austausch von Freundlichkeiten zu. Die beiden duzten sich inzwischen und schienen sich köstlich amüsiert zu haben. Und sie saß hier im Bademantel und benahm sich, als gehörte Martin zur Familie.

Wie war es dazu gekommen? Eigentlich konnte sie Martin nichts vorwerfen. Er bezahlte für alle Privilegien, die er genoß, und die gelegentlichen Vorträge, die er ihr hielt, hatte sie immer wieder durch hilfesuchende Fragen herausgefordert. Sie wollte sich in Zukunft ein wenig mehr zurückhalten, beschloß sie. Im Grunde wußten sie und Jim überhaupt nichts über Martin Greenspan, während er ihr Leben in- und auswendig kannte.

Nachdem Jim in sein Zimmer gegangen war, ging sie hinter Martin her in die Halle.

»Vielen Dank für den heutigen Abend«, sagte sie leise.

»Weshalb danken Sie mir? Ich habe mich herrlich amüsiert.«

»Nicht deswegen! Sie haben es für Jim getan.«

»Nicht nur für Jim.«

Er stand ganz ruhig am Fuß der Treppe, doch etwas in seinem Blick ließ Andrea einen Schritt zurücktreten. Sei nicht kindisch! ermahnte sie sich selbst.

»Ich habe es auch für Sie getan«, sagte Martin ruhig. »Sie beide gewähren mir hier mehr als normale Gastfreundschaft. Hier bin ich plötzlich Teil einer Familie. Das ist für mich eine ganz neue Erfahrung, die mir aber sehr gut gefällt. Nur einen Fehler hat die Sache noch: Ich möchte auch ›du‹ zu dir sagen, Andrea.«

Andrea fühlte, wie sie rot wurde. Wie hatte sie auch nur einen Augenblick lang glauben können ... »Ja, gern. Ich freue mich sehr, daß du so darüber denkst. Aber ich möchte dich nicht ausnutzen. Du mußt schließlich arbeiten. Und Jim geht es schon viel besser.«

»Wirklich?«

»Na, das sieht man doch! Er ist viel lustiger und munterer.«

»Verdammt noch einmal!« rief Martin und schlug mit

der Faust auf das Treppengeländer. »Wie kann eine kluge Frau nur so dumm und kurzsichtig sein! Merkst du denn nicht, daß Jim sich hier wie ein Gefangener vorkommt? Er kann nicht weg! Glaubst du wirklich, daß ein neunzehnjähriger Junge mit der Gesellschaft von uns zwei Alten glücklich ist? Er braucht Freunde, Freiheit und ein wenig Unabhängigkeit...« Er brach ab und sagte dann mit normaler Stimme: »Ich rege mich immer so sehr auf! Los, jetzt bist du dran!«

»Ach, zum Teufel mit dir!« rief Andrea wütend. »Du bringst mich immer ganz durcheinander! Ich gehe ins Bett!«

»Fürs erste war es gar nicht so übel«, sagte Martin. »Eine schöne Familie sind wir!«

In dieser Nacht träumte sie wieder, aber diesmal notierte sie sich am nächsten Morgen das Datum. Als sie vom Schlagen der Flügel erwachte, war noch kein Licht im Zimmer. Zitternd und frierend zog sie die Decke über sich, um sich vor dem eisigen Lufthauch zu schützen. Doch dann war es plötzlich da – zuerst winzig klein und flackernd. Sie streckte die Hand danach aus. Und dann wuchs es, wurde sanfter, schließlich zu einer leuchtenden Gestalt, die verschwand und Wärme und Stille zurückließ.

Das faszinierendste an dem Traum war nach Andreas Ansicht die Schnelligkeit, mit der das schreckliche Erlebnis in der Erinnerung verblaßte. In der Nacht würde sie am liebsten jeden Psychiater, ja sogar einen Exorzisten anheuern, aber am Tag fand sie die Traumbilder nur halb so schlimm. Sie beschloß, nicht daran zu denken. Dann würde alles von allein verschwinden.

Am nächsten Tag hatte sie nicht einmal eine Sekunde Zeit, um an Träume oder Ähnliches zu denken, denn sie erwachte vom Trommeln der Regentropfen. Es goß in Strömen, wie sie es noch nie zuvor gesehen hatte. Die Ausläufer eines Hurrikans überschütteten das Land mit sintflutartigen Regenfällen, die Straßen überschwemmten und Brücken wegrissen. Zuerst fiel der Strom aus und anschließend das Telefon, doch Andrea wußte auch so, daß heute keiner ihrer Gäste kommen würde. Mittags stand die Brücke, die ihr Grundstück mit der Stadt verband, unter Wasser, und die Wiese war eine einzige Schlammpfütze. Durch alle Ritzen an Fenstern und Türen drang immer wieder Wasser ins Haus, und Andrea verbrachte fast den ganzen Nachmittag damit, die Pfützen aufzuwischen. Nach der ersten Aufregung zog Martin sich wieder in sein Zimmer zurück. Er war glücklich, daß er seine altmodische Schreibmaschine nicht gegen eine moderne elektrische eingetauscht hatte! Und Jim verzog sich wieder auf seinen Dachboden, wo er den restlichen Nachmittag verbrachte.

Als es dämmerte, ließ sich Andrea erschöpft auf den Stufen der Treppe nieder. Kurze Zeit später kam Martin aus seinem Zimmer, und er wäre über sie gestolpert, wenn sie sich nicht bemerkbar gemacht hätte.

»Was tust du denn hier?« fragte er überrascht.

»Ich gebe auf«, sagte Andrea. »Meine Hände sind eiskalt. Ich habe mehr als zwanzig Eimer aufgewischt, aber das Wasser kommt immer wieder herein.«

»Du brauchst einen Drink und etwas Anständiges zum Essen!«

»Der Herd ist doch nicht zu benutzen«, sagte Andrea.

»Ach, ihr armen Stadtkinder! Was hättet ihr denn in der Pionierzeit getan?«

»Ich hätte mir die Kehle durchgeschnitten.«

»Komm mit! Jetzt wird Onkel Martin einmal zeigen, was er kann!«

Zehn Minuten später brannte ein herrliches Feuer im

Kamin der Bibliothek, Andrea hatte warme Sachen angezogen und nippte an einem Sherry, während sie Martin beobachtete.

»Das Schlimmste scheint vorbei zu sein«, meinte Martin fachmännisch. »Morgen ist bestimmt schönes Wetter, aber wer weiß, wie lange es dauert, bis wir wieder Strom bekommen. Heute kochen wir etwas Einfaches. Haben wir Hot dogs im Haus? Warte, ich schaue, was ich finden kann.«

Summend ging er davon und kam einige Zeit später mit einem großen Tablett zurück. Er verteilte die Töpfe und Pfannen um das Feuer und meinte: »Gut, daß du den Wasserkessel gefüllt hast. Vielleicht wird das auch noch knapp. Komische Vorstellung, nicht wahr, wenn es draußen so naß ist wie sonst nie?«

»Für Notfälle haben wir Wasser in Flaschen in der Vorratskammer«, sagte Andrea.

»Wenn es noch schlimmer wird, müssen wir Wasser aus dem Fluß holen, um die Toiletten zu spülen. Haben wir eigentlich einen eigenen Brunnen?«

»Ach, du Himmel! ... Ja, ich glaube, es gibt einen Brunnen. Natürlich mit einer elektrischen Pumpe!«

»Du wirst dich an solche Zwischenfälle gewöhnen müssen, wenn du auf dem Land lebst! Ein tolles Essen haben wir! Hot dogs und gebackene Bohnen!«

Andrea lachte. »Es ist wie bei einem Pfadfindertreffen!«

»Ich könnte etwas Hilfe gebrauchen. Nein, du bleibst sitzen! Wo ist Jim?«

»Oben. Ich wüßte gern, was er dort im Dunklen macht. Hoffentlich bricht er sich nichts, wenn er herunterkommt!«

Martin ging in die Halle. »Jim? Wo bist du?«

Andrea konnte die Antwort nicht hören, doch als Martin zurückkam, sagte er: »Er kommt sofort.«

»Er wird fallen, Martin! Er kann doch nichts sehen!«

»Er hat doch eine Taschenlampe! Er ist doch nicht dumm!«

»Oh!«

»Möchtest du noch Sherry?«

»Ja, bitte.«

Kurze Zeit später kam Jim. »Gibt es etwa Abendessen?« fragte er voller Hoffnung.

»Nur, wenn du dich bewegst und mir ein bißchen hilfst«, sagte Martin.

»Schaut mal, was ich gefunden habe«, rief Jim und entfaltete ein Bündel, das er in der Hand hielt. Es entpuppte sich als spitzenbesetzte Unterhose von größeren Ausmaßen.

Martin setzte sich vor Lachen hin. »Wundervoll!«

»Hör auf!« rief Andrea, als Jim versuchte hineinzusteigen. »Solche Hosen sind eine Menge Geld wert! Das neue Geschäft *Linen and Laces* zahlt dir sicher einen guten Preis!«

»Und ich zahle dir achtzig Dollar, wenn du sie beim Einkauf im Supermarkt trägst«, bot Martin an.

Der Abend endete sehr fröhlich. Obwohl Andrea ein verräterisches Kratzen im Hals spürte, schlief sie trotzdem auf der Stelle ein, wozu der Sherry sicher sein Teil beigetragen hatte.

Als es am nächsten Morgen an der Tür klingelte, sah Andrea überrascht von der Zeitung auf. Sie hatte es ganz allein geschafft, ein Feuer zu entfachen und Kaffeewasser zu kochen. Der Regen hatte aufgehört, der Himmel war blau, und die Zeitung war angekommen, was eine teilweise Rückkehr zum normalen Leben versprach. Jedenfalls war die Straße zur Stadt wieder passierbar. Es war Andreas erster freier Sonntag, und sie hatte sich sehr auf ein gemütliches Frühstück gefreut.

Mißmutig ging sie zur Tür und sah sich zu ihrem Entsetzen Linnie Hochstrasser gegenüber.

»Du brauchst heute nicht zu kommen, Linnie! Ich konnte dich nicht anrufen, weil das Telefon ausgefallen war. Aber du konntest dir doch sicher denken, daß unsere Gäste auch nicht gekommen sind, nicht wahr?!«

»Ich dachte...«, stotterte Linnie und versuchte, an Andrea vorbei in den Flur zu blicken.

»Ich brauche dich wirklich nicht!«

»Ja, gut, aber...«

»Geh nach Hause!« sagte Andrea energisch.

»Gut, Ma'am!« Mit hängenden Schultern zog sie ab.

Andrea schloß die Haustür. »Herrgott! Jim! Wie kannst du mich nur so erschrecken! Ich dachte, du wärest noch im Bett!«

»Ich habe die Klingel gehört.«

»Es war nur die dumme Linnie! Ich kann sie heute nicht gebrauchen.«

»Vielleicht wollte sie mit dir reden«, sagte Jim, während er ihr in die Küche folgte.

»Weshalb denn?«

»Sie hat Probleme mit ihrem Freund. Sie möchte ihn gern loswerden, aber er ist nicht einverstanden.«

Während er weitersprach, vertiefte sich Andrea wieder in die Zeitung. Sie wollte am liebsten überhaupt nicht sprechen, aber am allerwenigsten über die Probleme von Linnie Hochstrasser.

»Schließlich leben wir in einem freien Land«, sagte Jim. »Wenn sie nicht will...« Da er keine Antwort erhielt, suchte er sich den Sportteil der Zeitung.

Am Nachmittag funktionierte das Telefon wieder. Reba war die erste, die sich nach ihrem Befinden erkundigte. Während Andrea ausführlich Martins Kampf gegen die Naturgewalten beschrieb, wurde ihr plötzlich bewußt, daß sie Reba eine Menge verdankte.

»Reba, Sie müssen uns unbedingt besuchen! Wissen Sie, daß Sie noch nie in diesem Haus waren?«

»Ich komme ungern überraschend«, sagte Reba.

»Sie brauchen keine spezielle Einladung! Von heute an gelten Sie als eingeladen! Sie müssen sich nur noch den Tag aussuchen. Ich bin keine gute Köchin, aber Kaffee oder Drinks haben wir immer!«

Die Freude, mit der Reba die Einladung annahm, sagte mehr als alle Worte, daß sie doch ein wenig gekränkt gewesen war. »Eigentlich wollte ich auch nach Linnie fragen«, sagte Reba. »Wie macht sie sich denn?«

»Ganz gut.« Schließlich hatte Reba das Mädchen vermittelt. Andrea wollte sie nicht durch zu heftige Bemerkungen vor den Kopf stoßen, doch Rebas nächster Satz machte so viel Sorge überflüssig.

»Sie werden sie entlassen müssen.«

»Weshalb?«

»Weil sie ein Auge auf Jim geworfen hat, deshalb.«

»Ich vermutete es bereits«, sagte Andrea, »aber ich glaube nicht, daß ihn das interessiert. Für ihn ist sie nur ein Kind.«

»Ich habe das Gegenteil gehört, doch es ist nicht meine Sache, was die beiden treiben oder nicht. Ich mache mir nur Sorgen wegen dieses verrückten Gary Joe. Er hat gedroht, Jim zu verprügeln.«

»Gary Joe? Ist das nicht Linnies Verlobter?«

»So kann man es auch nennen! Dieser Gary Joe Bloomquist ist der übelste Typ, den ich kenne. Haltlos, faul und dumm. Früher oder später wird er im Gefängnis enden, weil er immer betrunken fährt. Ich finde es schlimm, daß Linnie ausgerechnet an ihn geraten ist, denn sie ist nicht schlecht, nur ein bißchen lahm und simpel. Gary Joe ist sehr sexy – wenn man diesen Typ

Mann mag – dunkel, eine breite Brust und dicke Lippen. Linnie wird ihm gehörig von Jim vorgeschwärmt haben! Nun, den Rest können Sie sich denken.«

Andrea fühlte ein wenig Mitleid mit der kleinen Linnie, für die Jim so etwas wie ein Traummann sein mußte – höflich, empfindsam und gefühlvoll. Und außerdem noch ein wenig bemitleidenswert. Linnie würde wohl gehen müssen. Irgendwie schien es ihr ausgeschlossen, daß ihr intelligenter Jim dem Charme einer Linnie erlegen sein sollte. Aber trotzdem...

»Ich danke Ihnen, Reba, daß Sie es mir erzählt haben«, sagte Andrea. »Wollen Sie nicht gleich am Donnerstag kommen?«

Sie einigten sich auf den Donnerstag, und dann verabschiedeten sie sich.

Um fünf Uhr verließ Martin das Haus, um ins Restaurant zu gehen. Sie hatten immer noch keinen Strom und somit auch kein Wasser. Andrea konnte nicht viel mehr tun, als immer wieder kleine Pfützen zu beseitigen.

Der Geruch nach gebratenem Fleisch zog sie schließlich unwiderstehlich in die Bibliothek, wo Jim eine seiner zwei Spezialitäten zubereitete. Er briet Hamburger und drehte sich um, als sie niesen mußte. »Hast du dir eine Erkältung geholt?«

»Ich hoffe nicht!«

»Nimm doch ein paar Tabletten und schlafe dich aus. Das wirkt Wunder!«

Weil seine Fürsorge sie rührte, war sie einverstanden. Sie hatte es zu gern, von Jim bemuttert zu werden. Er brachte ihr einen heißen Grog ans Bett, sorgte für ein spannendes Buch, Papiertaschentücher und ähnliche Dinge, die sie zwar nicht brauchte, aber trotzdem gern in Empfang nahm. Die Pillen und der Alkohol entfalteten bald ihre Wirkung, und sie war schon fast eingeschlafen, als Jim noch einmal ins Zimmer schaute.

»Schläfst du schon?«

»Bald.«

»Ich wollte dir nur sagen, daß ich noch ein wenig fortgehe. Der Knabe von der Historischen Gesellschaft hat angerufen und mich eingeladen. Es wird nicht spät.«

Er war weg, bevor sie ihm Fragen stellen konnte. Wenn sie nicht so erschöpft gewesen wäre, wäre sie ihm sicher nachgelaufen und hätte ihn ausgefragt, gedrängt, was natürlich alles falsch gewesen wäre. Dieser Schnupfen war gerade zur rechten Zeit gekommen.

Sie ließ ihr Licht brennen und blickte immer wieder auf die Uhr. Zwischendurch schlief sie ab und zu ein, doch dann hörte sie ihn nach Hause kommen. Er hatte sein Versprechen gehalten. Es war noch nicht einmal halb zwölf Uhr, als er noch einmal kurz zu ihr hereinsah, um ihr eine gute Nacht zu wünschen.

»War es denn schön?« fragte sie.

»Ja, ja, das Übliche.«

»Beim nächstenmal solltest du deinen Freund hierher einladen.«

»Ja, natürlich«, sagte Jim. »Gute Nacht, Andy!«

Am nächsten Morgen war die Erkältung weder besser noch schlechter, aber nach acht Stunden Putz- und Reparaturarbeiten und unzähligen Telefonanrufen war Andrea trotzdem wieder ziemlich am Ende und froh, daß Jim die Initiative ergriff.

»Es ist wirklich schlimm mit dir, Andy. Jedesmal, wenn du dich besser fühlst, nimmst du deine Tabletten nicht mehr, und auf diese Weise wird alles nur schlimmer. Du brauchst vor allem viel Schlaf!«

Andrea war ein wenig überrascht, wie energisch er war. »Aber im Bett ist es so langweilig«, meinte sie.

»Ich kann dir ja den Fernsehapparat bringen. Heute abend gibt es einen guten Film.«

Die Tabletten mußten sie noch zusätzlich müde gemacht haben, denn jeder normale Mensch hätte bei so viel Eifer ein komisches Gefühl gehabt. Andrea wurde erst mißtrauisch, nachdem der Film bereits begonnen hatte. Sie schlüpfte aus dem Bett und suchte nach Jim, der aber weder in der Küche noch in seinem Zimmer war.

Nachdem Andrea oben auf dem Dachboden nachgesehen hatte, klopfte sie an Martins Tür.

»Ist etwas passiert?« fragte er, als er ihren beunruhigten Gesichtsausdruck bemerkte.

»Ist Jim hier?«

Martin trat einen Schritt zurück und öffnete seine Tür sperrangelweit. Mitten auf dem Bett thronte Satan und blinzelte. Jim war nicht da.

»Wo kann er denn sein? Er ist nicht im Haus.«

»Wahrscheinlich ist er ausgegangen«, sagte Martin. »Was ist daran so schlimm? Schließlich ist er nicht mehr sechs Jahre alt.«

»Aber...« Andrea schluckte. »Aber er ist doch behindert!«

»Deswegen mußt du aber noch lange nicht seine Krankenschwester spielen!«

»Ach, sei ruhig! Du verstehst das nicht.«

»Doch«, sagte Martin und seufzte. Er hatte die Hemdsärmel aufgerollt, den Kragen geöffnet und seine Brille wieder nach oben auf die Stirn geschoben. »Hast du schon nachgesehen, ob er nicht vielleicht einen Zettel hinterlassen hat?«

»Nein, hab' ich noch nicht.« Andrea drehte sich um und rannte zur Treppe.

Martin blickte Satan an, aber die Katze gähnte nur. »Du hast ganz bestimmt recht«, murmelte Martin. »Aber so kaltblütig bin ich wiederum nicht.« Er folgte Andrea nach unten.

Der Zettel lag mitten auf dem Küchentisch und war mit der Zuckerdose beschwert. Andrea las ihn gerade, als Martin in die Küche kam.

»Er ist wieder mit dem Mann von der Historischen Gesellschaft unterwegs«, sagte sie ärgerlich. »Er wollte mich nicht stören ... Wer ist dieser Mann?«

Martin zog die Augenbrauen hoch. »Ich kann mich an niemand erinnern.«

»Jim sagte doch, daß alle über achtzig gewesen wären.«

»Weshalb muß dieser Freund denn gleichaltrig sein?« fragte Martin.

»Ich finde es komisch, daß er ihn nicht zu sich nach Hause einlädt. Warum tut er mir das an?«

Martin schüttelte den Kopf und fragte dann: »Kann ich dir einen Rat geben, oder reißt du mir den Kopf ab?«

»Wahrscheinlich reiße ich dir den Kopf ab«, sagte Andrea, während sie unruhig auf und ab lief und den Zettel zwischen den Fingern zerknüllte.

»Ich werde es riskieren: Geh ins Bett und warte nicht auf ihn!«

»Ich tue genau, was mir gefällt!«

»Ich weiß!« Martin seufzte. »Ich nehme an, daß ich dir nicht auch noch Gesellschaft leisten soll, oder?«

»Nein, danke.«

»Also gut, falls du mich brauchst, kannst du mich rufen. Ich bin oben in meinem Zimmer.«

Andrea trank eine Tasse Kaffee nach der anderen und rannte eine Stunde lang von der Tür zum Fenster und umgekehrt. Sie rauchte ununterbrochen, bis ihr schließlich der Hals weh tat. Irgendwann rückte sie sich einen Stuhl ans Fenster des grünen Salons, von wo aus sie die Einfahrt sehen konnte, und beobachtete die Autos, die vorbeifuhren.

Um halb zwei Uhr hielt sie es nicht länger aus. Sie

ging in Jims Zimmer, dessen Schwelle sie sonst nie ohne sein Wissen übertreten hatte, aber das war der Dank! Er hatte die Regeln gebrochen, also hatte sie jetzt auch das Recht, nach einem Adreßbuch oder besser nach einem der unzähligen Zettel zu suchen, denn Jim hatte die Angewohnheit, Namen und Telefonnummern auf Zettelchen zu schreiben, die dann überall herumlagen. In der Aufregung bemerkte Andrea überhaupt nicht, daß der Schreibtisch völlig leer war. Sie zog alle Schubladen heraus und fand schließlich ein Notizbuch. Als sie es schüttelte, fiel ein Blatt Papier heraus.

Auf den ersten Blick sah sie, daß es nicht das war, was sie gesucht hatte. Es sah aus wie ein Brief oder ein Gedicht, aber sie hatte keine Zeit, es zu lesen, denn plötzlich hörte sie ein Auto in der Einfahrt. Rasch stopfte sie das Papier in die Tasche ihres Bademantels und lief zur Haustür. Doch da war der Wagen bereits um die Ecke gebogen. Als sie die Hintertür erreicht hatte, fuhr das Auto schon wieder los. Sie konnte es in der mondlosen Nacht nicht genau erkennen, aber das Motorengeräusch verriet ihr alles.

Jim kam seltsam schräg durch die Tür. Als er Andrea sah, kicherte er: »Oh, verdammt! Du hast mich erwischt!«

Der Geruch nach Bier war so stark, daß er eine Menge über seine Kleidung geschüttet haben mußte. »Komm her, falls du überhaupt noch laufen kannst!«

»Aber klar!« Der erste Schritt war nicht mehr als ein Taumeln, und Andrea sprang auf ihn zu und fing sein Gewicht mit der Schulter auf. Sie spürte, wie er lachte. Als das volle Licht auf sein Gesicht fiel, schrie sie laut auf. Sein Mund war geschwollen, das Kinn völlig blutverkrustet, und auch Stirn und Wangen waren mit blutigen Kratzern bedeckt.

»Du solltest erst mal den anderen Kerl sehen«, murmelte Jim. Er ließ die Krücken achtlos zu Boden fallen und warf sich auf einen Stuhl.

»Habe ich nicht gerade ein Auto...« Martin war hereingekommen, aber zuerst hatte es ihm die Sprache verschlagen. »Guter Gott!« sagte er dann und begann zu lachen.

Jim lachte ebenfalls. »Du müßtest den anderen sehen!« sagte er.

Andrea sah fassungslos von einem grinsenden Mann zum anderen. Dann brach sie in Tränen aus.

Ihre Tränen ernüchterten Jim auf der Stelle. »Hey, Schwesterchen! Nicht weinen! Ich... ich fühle mich großartig.« Seine Augen wurden plötzlich ganz groß, aber Martin reagierte sofort. Er packte ihn und zog ihn vom Stuhl hoch.

»Los, bis zum Badezimmer schaffst du es!«

Dem hastigen Aufbruch folgten würgende Geräusche aus dem Badezimmer, die nur ab und zu von Martins energischer Stimme unterbrochen wurden. Als er wieder in die Küche kam, hatte Andrea aufgehört zu weinen und saß stocksteif auf einem Stuhl.

»Ich habe ihn ins Bett gebracht«, sagte Martin, während er seine Hemdsärmel herunterrollte. »Er ist nicht ernstlich verletzt, nur ein paar Beulen und Hautabschürfungen und ein lockerer Zahn. Er hat sich nicht schlecht gewehrt. Ich habe diesen Gary Joe neulich gesehen. Ein Riesenkerl, aber nicht gut trainiert.«

»Ihr seid verrückt«, sagte Andrea. »Alle beide. Alle Männer!«

»Möchtest du einen Kaffee?«

»Wenn ich noch mehr trinke, explodiere ich.«

»Dann vielleicht Tee? Das altmodische Heilmittel für Ladys.«

Sie sagte nichts mehr. Martin brachte ihr eine Tasse und setzte sich ihr gegenüber an den Tisch.

»Kommt jetzt der Vortrag?« fragte Andrea.

»Sag das doch nicht immer. Ich kann Jim nur besser verstehen, weil wir demselben Geschlecht angehören. Wir Männer!«

»Also, dann sage mir, was du so gut verstehst.«

»Kannst du dir denn nicht vorstellen, daß Jim nicht nur ein Bein, sondern weit mehr, eigentlich sein ganzes Selbstbewußtsein als Mann verloren hat? Er kann keinen Sport mehr treiben, nicht mehr Auto fahren, wo doch diese Dinger der Jugend mehr bedeuten als nur ein Fortbewegungsmittel. Kannst du ihm da übelnehmen, daß er versucht, seine Männlichkeit auf andere Art zu beweisen?«

»Durch Hurerei und Prügeleien?«

»So kann man es nennen, wenn man möchte!«

»Er war doch mit Linnie zusammen, nicht wahr? Ich habe den Lastwagen ihres Vaters am Geräusch erkannt.«

»Sie ist die einzige heiratsfähige Tochter, die er hat«, sagte Martin.

Andrea wollte den zynischen Unterton überhören. »Aber weshalb ... weshalb machen sie es nicht hier im Haus?«

»Hast du das jetzt im Ernst gefragt, Andrea?«

»Ach, ich weiß nicht mehr, was ich sage!« Sie ließ den Kopf auf die Arme sinken.

»Morgen wirst du dich besser fühlen«, sagte Martin und schob seinen Stuhl zurück. »Jim wahrscheinlich weniger ... Gute Nacht, Andrea!«

»Gute Nacht!« Sie wartete, bis er die Tür geöffnet hatte. »Danke, Martin!«

»Ist schon gut.«

Andrea blieb am Tisch sitzen und dachte nach. Es war nicht allein ihre Schuld, daß Jim fast alle seine Schulfreunde verloren hatte. Ab und zu hatte sie vielleicht einmal vergessen, einen Anruf auszurichten, aber Jim wußte, daß seine Freunde jederzeit willkommen waren. Nein, er selbst hatte die Kontakte vernachlässigt. Aber vielleicht mochte er sich auch jetzt so nicht mehr bei den Mädchen zeigen, mit denen er früher auszugehen pflegte.

Martin hatte die Tür zu Jims Zimmer offengelassen, so daß sie ihn schnarchen hörte. Das tat er nur, wenn er zuviel getrunken hatte. Vorsichtig schlich sie zu ihm. Martin hatte ein kleines Nachtlicht brennen lassen, so konnte sie sich die Schrammen noch einmal ansehen. Jims Gesicht war überall voller Jod, aber die Verletzungen schienen wirklich nicht so schlimm zu sein. Leise und vorsichtig zog sie ihm die Decke über die nackten Schultern.

»Ich liebe dich so sehr, Jimmie«, flüsterte sie. »Jimmie, ich liebe dich!«

Plötzlich drehte sich Jim auf die Seite, und das Schnarchen wich einem langsamen, ruhigen Atmen.

Andrea ließ die Tür offen, als sie hinüber in ihr Zimmer ging. Als sie sich ausziehen wollte, knisterte etwas in der Tasche des Bademantels. Ach ja, das Papier! In der Aufregung hatte sie es völlig vergessen.

Sie widerstand der Versuchung, es sofort zu lesen, sondern legte sich erst ins Bett. Es war kein Brief, wie sie zuerst angenommen hatte, doch als sie die Zeilen entzifferte, legte sich die Angst wie eine kalte Hand auf ihr Herz.

Die Karte liegt vor mir. Ich folge den Linien
Dicke schwarze Tinte, über Straßen und Flüsse
Sie zeigen den Weg, den ich gehen wollte.
Jetzt ist alles umsonst. Eingestürzte Brücken und keine Straßen mehr.
»Umleitung.« Nicht diesen Weg. Finde einen anderen.

Es gibt andere Linien. Andere Straßen, andere Flüsse.
Sie führen zu schönen Orten auf der Karte.
Zu hohen Bergen, die ich auch erreichen kann.
Also, warum fühle ich mich verloren
Und schlimmer noch? Ein Fremder in einer fremden Welt.
Gibt es keine Karte von der Welt, in die ich gehöre?

7

»Er denkt, daß er sterben wird«, sagte Andrea.

»Er wird sterben, genau wie du und ich. Das ist die einzige Tatsache, auf die in dieser unsicheren Welt Verlaß ist.«

»Hör auf! Du weißt, was ich meine.«

Martin warf das Blatt Papier auf den Tisch und ging zum Fenster hinüber. Der Boden neben seinem Schreibtisch war mit zerknülltem Papier bedeckt, doch auf dem Tisch lag ein kleiner Stapel fertiger Blätter, auf denen sich Satan als Briefbeschwerer breitgemacht hatte.

Offenbar ging Martins Arbeit nicht gut voran. Andrea fühlte sich ein wenig schuldig, aber Jim war wirklich wichtiger. Sie hatte an Martins Tür geklopft, sobald sie heute morgen die ersten Lebenszeichen von ihm gehört hatte.

»Verstehst du es genauso wie ich?« fragte sie. »Oder lese ich zuviel hinein?«

»Was liest du denn darin?«

Sie konnte das Wort kaum aussprechen. »Selbstmord.«

»Möglich.«

Sie starrte ihn an. Das war nicht die Antwort, die sie erwartet hatte. »Ich hätte dich nicht damit belästigen sollen«, sagte sie und stand auf.

»Wozu braucht man Freunde?« Er lächelte sie an.

Andrea sank wieder zurück auf ihren Stuhl. »Ich danke dir. Aber ich war schon so lange mit niemandem mehr befreundet, daß ich manchmal gar nicht weiß, was es eigentlich bedeutet.«

Martin warf sich in Pose. »Ein Freund«, begann er,

»ist jemand, der dir aufhilft, wenn du gefallen bist. Wenn das nicht geht, legt er sich neben dich und hört dir zu.«

»Von wem stammt denn das? Mark Twain?«

»Von Martin H. Greenspan. Ich habe es soeben erfunden, Andrea. Ich würde mich gern hinlegen und zuhören, aber ich fühle mich etwas unsicher.«

»Sage mir einfach, wie du darüber denkst.«

»Hoffentlich irre ich mich nicht«, murmelte Martin, »aber meiner Meinung nach ist dieses Gedicht – nicht gerade große Literatur, oder? Jeder weiß, daß die Selbstmordrate bei Jugendlichen besonders hoch ist, daß sie eine gewisse Lust dabei empfinden, sich mit Tod und Sterben zu beschäftigen. Ich selbst habe in meiner Jugend ähnliche Dinge zu Papier gebracht. Du etwa nicht?«

»Nein.« Andrea mußte lächeln.

»Heute bin ich froh, daß keine Zeile davon mehr vorhanden ist«, lachte Martin.

»Wenn ich nicht bald gehe, wird es bald überhaupt keine Zeile mehr von dir geben«, lachte Andrea. »Ich danke dir! Mir geht es wieder ein bißchen besser.«

Andrea konnte sich vorstellen, wie es Jim heute zumute war. Er schleppte nicht nur einen dicken Kopf mit sich herum, sondern hatte bestimmt auch noch Schmerzen und obendrein ein schlechtes Gewissen. Mit einem Ohr horchte sie auf ein Lebenszeichen aus Jims Zimmer, während sie in der Küche das Frühstücksgeschirr spülte. Linnie war vorsichtshalber gar nicht erst zur Arbeit erschienen. Eigentlich schade, denn heute wäre sie entlassen worden.

Nachdem Andrea mit der Küche fertig war, ging sie in die Halle, um nach dem Reservierungsbuch zu sehen. Wie es im Augenblick aussah, stand ihr eine arbeitsreiche Woche bevor. Mitte der Woche hatte sie Gäste, Reba wollte kommen, und ab Freitag war das Haus wieder ausgebucht. Sie hob den Kopf, als sie Motorengeräusch von draußen hörte. Als sie erkannte, von welchem Wagen es stammte, sprang sie auf und lief zur Tür. Das könnte der kleinen Hexe so passen. Mit zwei Stunden Verspätung zu erscheinen!

Aber es war nicht Linnie, sondern ihr Vater, der aus dem Lastwagen stieg. Offenbar hatte er sich fein gemacht, denn sein Overall war zwar alt, aber ganz sauber, und sein Hemd war am Hals zugeknöpft. Hochstrasser würde wenigstens keine Szene machen, denn er war ein ruhiger Mensch. Außerdem war er überraschter als sie, daß sie so plötzlich vor ihm stand. Er nahm seine Kappe ab und drehte sie zwischen den Fingern.

»Morgen, Miß Torgesen! Kann ich Sie vielleicht eine Minute lang sprechen?«

»Kommen Sie herein!« Sie hielt die Tür auf und versuchte, sich zu fangen.

»Ich würde lieber draußen bleiben, weil ich nicht fein genug angezogen bin für Ihre Polstermöbel.«

Also setzten sie sich auf die Veranda. Andrea nahm in der Schaukel Platz, und Hochstrasser balancierte auf der vordersten Kante eines Stuhles.

»Ich weiß nicht genau, wie ich anfangen soll«, sagte Hochstrasser nach einigem Husten und Räuspern, doch dann faßte er sich ein Herz. »Ich nehme an, daß Sie von dem Kampf in der letzten Nacht gehört haben?«

»Ich habe vor allem die Auswirkungen gesehen«, sagte Andrea. »Wie kann man nur so feige sein, einen Mann auf Krücken anzugreifen. Ich werde mir Schritte überlegen!«

»Madam, ich weiß nicht, ob das so gut ist«, sagte

Hochstrasser, während so etwas wie ein Lächeln auf seinem verrunzelten Gesicht erschien. »Nach dem, was ich gehört habe, hat Jim mindestens so gut ausgeteilt, wenn nicht sogar besser!«

»Das hat doch nichts damit zu tun.«

»Ja, nun...« Hochstrassers Kiefer kauten in einem fort. Andrea vermutete, daß er auf diese Weise besser denken konnte. »Ich meine, daß Sie damit alles verderben, denn Jim hat durch diesen Kampf großes Ansehen errungen. Er hat sich nicht feige verkrochen, sondern ist Gary Joe entgegengetreten. Die anderen hatten großen Respekt vor ihm, daß er sich das getraut hat, und haben Gary Joe aus dem Lokal geworfen. Verstehen Sie, Madam, wenn Sie jetzt...«

»Ich denke, ich verstehe, was Sie meinen.«

Daß man sich durch Mut Respekt verschaffte, konnte sogar sie verstehen. Dank Martins Belehrungen hatte sie ja nun auch einen Einblick in die männliche Psyche erhalten. Gewalt war in dieser Welt nicht das letzte Mittel, sondern gewissermaßen ein Gütesiegel.

»Um Gary Joe müssen Sie sich keine Sorgen mehr machen. Der hat jetzt einen Heidenrespekt vor Jim.«

»Aber er ist doch ein ziemlich gewalttätiger junger Mann, Mr. Hochstrasser.«

»Er wird noch eines Tages im Gefängnis enden«, meinte Hochstrasser. »Aber eigentlich bin ich gar nicht deswegen gekommen, sondern wegen Linnie.«

Jetzt kommt es, dachte Andrea und machte sich auf etwas gefaßt.

Hochstrasser blickte nachdenklich auf seine Stiefelspitzen und sagte dann etwas kummervoll: »Es ist heutzutage nicht leicht für einen Vater, eine Tochter zu erziehen. Ich habe mir große Mühe gegeben und auch viel gebetet, aber irgend etwas muß trotzdem schiefgegangen sein! Schlecht ist meine Linnie nicht! Wirklich nicht, Madam! Sie sollte sich einen Mann suchen, zur Ruhe kommen, einige Kinder bekommen – dann wird es ihr gutgehen.«

»Und welchen Mann haben Sie sich ausgesucht?« fragte Andrea.

Hochstrasser starrte Andrea fassungslos an. Dann begann er zu lachen, wobei er ein etwas knarrendes Geräusch machte, so als hätte er seinen Kehlkopf lange nicht mehr benutzt.

»Sie haben doch hoffentlich nicht gedacht, daß ich gekommen bin, um ... Guter Gott! Sie haben es wirklich gedacht!«

Er setzte sich zurück und legte ein Bein über das andere. Jetzt endlich hatte er den Mut, sich bequem hinzusetzen. »Nein, Madam«, fuhr er fort, wobei er wieder dauernd Kaubewegungen machte, »ich wollte niemals, daß meine Linnie einen wie Jim heiratet. Ich denke dabei nicht an sein Bein, das müssen Sie mir glauben! Aber die beiden würden niemals glücklich!« Und wieder packte ihn das Lachen, daß er sich sogar aufs Knie schlug. »Eigentlich bin ich nur gekommen, um Ihnen zu sagen, daß Linnie nicht mehr bei Ihnen arbeiten kann, weil ich sie wieder zur Schule schicken werde.«

»Das ist eine wirklich gute Idee«, sagte Andrea, die immer noch ein bißchen rot und sehr beschämt war.

»Ich hätte sie gar nicht erst abgehen lassen sollen«, sagte Hochstrasser und stand auf. »Glauben Sie mir, mit Mädchen hat man es nicht leicht. Vieles war sicher Linnies Schuld. Auf Wiedersehen, Madam. Ich hoffe, ich habe Sie nicht zu lange aufgehalten!«

»Auf Wiedersehen, Mr. Hochstrasser!« sagte Andrea und war sich noch nie im Leben so dumm vorgekommen.

Doch nach einiger Zeit siegte ihr Sinn für Humor.

Jetzt mußte sie selbst über sich lachen und hatte große Lust, Jim die ganze Geschichte zu erzählen. Vielleicht würde es ihm helfen, sein schlechtes Gewissen zu überwinden.

Er war nicht mehr in seinem Zimmer, doch sie folgte seiner Spur von den zerknüllten Bettlaken über die leere Kaffeetasse auf dem Küchentisch zur Hintertür, die offenstand. Jetzt wußte sie, wo sie suchen mußte. Obwohl die Sonne vom blauen Himmel schien, näherte sie sich dem Friedhof immer wieder nur mit einer gewissen Zurückhaltung.

Doch als sie dort angekommen war, staunte sie. Das Gras war so saftig grün, daß man kaum glauben konnte, daß Jim es erst kürzlich gesät hatte. Er hatte alle Steine geschrubbt und hinten, unter dem Rosenbusch, eine alte Steinbank aufgestellt, die sie bei der Renovierung halb zerfallen unter dem großen Eichenbaum vor dem Haus gefunden und in einen Schuppen hatte bringen lassen. Wie er das gewichtige Ding hierhin transportiert hatte, war ihr ein Rätsel. Auf den Blumenbeeten wuchs um diese Jahreszeit natürlich nichts, und die Wildblumen waren im großen Regen ertrunken.

Jim hatte sie bisher noch nicht bemerkt. Er saß auf der Steinbank und hatte den Kopf in die Hände gestützt. Leise schlich sie zu ihm hin und setzte sich neben ihn. Ungläubig wandte er ihr sein zerschundenes Gesicht zu und drehte sich dann wieder um.

»Wenn du dich so mies fühlst, wie du aussiehst, dann hast du mein tiefstes Mitgefühl«, sagte sie lächelnd.

»Ich habe noch nicht in den Spiegel geschaut! Ich fühle mich beschissen!«

Sie legte ihm den Arm um die Schultern, aber er stieß ihn zurück. »Fang lieber gleich an! Dann haben wir es wenigstens bald hinter uns!«

»Ich wollte dich nicht schimpfen!«

»Dann tue ich es. Ich habe dich angelogen, dir unnötige Sorgen gemacht und mich blöde benommen. Und weißt du was?«

»Was?«

Er blickte sie kämpferisch an. »Es tut mir überhaupt nicht leid!«

Damit war alles gesagt. Jedes weitere Wort war überflüssig.

Nach einer Pause sagte Andrea: »Linnie ist heute nicht zur Arbeit gekommen, aber ihr Vater war gerade da.«

»Ach, du lieber Himmel!« entfuhr es Jim.

Andrea spürte, daß Jim im Augenblick keinen Sinn für die Komik haben würde, und sagte: »Beruhige dich! Es ist nicht so, wie du denkst.« Sie berichtete in kurzen Worten, was Hochstrasser gesagt hatte, und Jim wurde immer finsterer.

»Also hat Linnie jetzt alles auszubaden«, sagte er. »Und mir geschieht nichts? Was ist das nur für ein Vater!«

»Er ist ein netter Mann, der nur das Beste für seine Tochter will. Er hat vielleicht ein wenig altmodische Ansichten, aber du darfst nicht vergessen, daß die meisten Leute heute noch so denken. Die Frau ist immer die Schuldige!«

»Denkst du auch so?«

Wenigstens hatte er eine Frage formuliert. »Du solltest mich besser kennen, Jim. Ich wollte Linnie ohnehin kündigen, weil sie nicht sorgfältig genug gearbeitet hat. Jedenfalls geht sie wieder zur Schule, und das sollte dich freuen. Du bist mindestens so verantwortlich wie sie! Eigentlich hättest du vernünftiger sein sollen, denn du hast mehr Verstand!«

»Es freut mich, das von dir zu hören, Andy!« feixte

Jim. »Ich kann dir sogar versprechen, daß es nicht wieder vorkommen wird.«

»Ich glaube dir, mein Schatz!« Sie glaubte ihm wirklich, daß er diesen Fehler nicht noch einmal machen würde. Aber es würde sich ganz bestimmt ein anderer finden, aber an diesem schönen Morgen war ihr nicht bange. Während sie Jims Hand in der ihren hielt, wußte sie, daß alles gut werden würde.

»Du hast hier wahre Wunder vollbracht, Jim«, sagte Andrea nach einer Weile.

»Gefällt es dir?«

»Sehr sogar«, sagte sie. »Früher hatte ich hier immer ein mulmiges Gefühl, aber jetzt... jetzt verstehe ich, daß du gern hier bist.«

»Ich will versuchen, einiges über die Geschichte herauszufinden«, sagte Jim enthusiastisch. »Martin hat mich auf die Idee gebracht.«

»Das ist sicher sehr interessant«, sagte Andrea.

»Ach, du hast überhaupt keine Fantasie, Andy! Spürst du denn nicht, daß es hier ein Geheimnis zu entdecken gibt?«

»Ich weiß nicht recht...«

»Schau doch!« Er drehte sich um und deutete auf die Erde direkt hinter der Bank. »Kannst du dich noch an den Stein mit der seltsamen Aufschrift erinnern? Wer war diese Mary, und wer hat ihr diesen Grabstein gesetzt? Wer hat die Rose gepflanzt? Ich habe oft darüber nachgedacht, und ich möchte gern wissen, wer sie war und was mit ihr geschehen ist...« Jim unterbrach sich, weil er über seinen eigenen Eifer erschrocken war. »Ich will einfach einige Nachforschungen anstellen.«

»Und wie willst du das machen?«

»Ich habe mit einem Mitglied der Historischen Gesellschaft gesprochen.« Jim warf ihr einen Seitenblick zu. »Ich habe dort wirklich einige Leute getroffen – aber ich war mit keinem von ihnen in der Kneipe.«

»Also weiter«, sagte Andrea und lachte.

»Er hat mir den Tip gegeben, mich beim Gerichtsarchiv umzusehen, weil dort alle Verkäufe registriert werden. Vielleicht finde ich ja wirklich etwas...« Er zögerte.

»Das Gerichtsarchiv dieser Gegend ist aber in Frederick«, sagte Andrea. »Da wirst du das Auto brauchen. Am besten fährst du gleich heute in die Stadt und erkundigst dich, ob du eine besondere Fahrerlaubnis brauchst.«

Das Leuchten in seinen Augen entschädigte sie für viele Ängste. In Wirklichkeit geht er ja nicht weg, sagte sie sich, sondern ich gewinne ihn wieder ganz zurück.

Später am Nachmittag dachte Andrea plötzlich wieder an Marys Grabstein und an die seltsame Aufschrift. Wahrscheinlich hatten sie genau über ihrem Grab gesessen. Andrea fühlte eine gewisse Bewunderung für diese Frau, die es in der damaligen Zeit gewagt hatte, ihre Ansicht so klar zum Ausdruck zu bringen, obwohl sie damit gegen jede Sitte verstieß.

Ohne Linnies Hilfe hatte sie jedoch soviel zu tun, daß ihr gar nicht die Zeit blieb, weiter darüber nachzudenken noch sich Sorgen um Jim zu machen, der mit dem Auto unterwegs war. Sie erwartete Reba jede Minute und mußte sich beeilen, damit die Gästezimmer bis dahin in Ordnung waren.

Da Reba keinen Sinn für vornehme Zurückhaltung besaß, fuhr sie immer den neuesten Mercedes. Sie brauste mit Schwung in die Einfahrt und hielt mit quietschenden Reifen genau vor der Veranda. Sekunden später fiel sie aus dem Auto. Wahrscheinlich war sie mit dem Absatz hängengeblieben, denn Andrea hörte ein unterdrücktes »Verdammte Hacken!«. Andrea hatte sich diskret zurückgezogen, um Reba die Peinlichkeit zu ersparen, aber die stürmte auf die Veranda, begrüßte ihre Gastgeberin und warf sich in den nächstbesten Sessel. »Ich habe gerade platt auf meinem Hintern gesessen«, verkündete sie fröhlich. »Schade, daß Sie mich nicht gesehen haben! Es wäre sicher einen Lacher wert gewesen!«

Andrea betrachtete Rebas rotes Gesicht und riet: »Bleiben Sie erst einmal ruhig sitzen! Ich hole unsere Drinks heraus.«

»Aber ich möchte Ihnen keinesfalls Umstände machen.«

»Das sind doch keine Umstände! Hier draußen ist es heute viel schöner als im Haus.«

In der Halle begegnete Andrea Satan, der ihr in weitem Bogen aus dem Weg ging und dann seelenruhig Richtung Küche davonlief. Siedendheiß fielen Andrea die Käseplätzchen ein, die noch auf dem Tisch standen, doch als sie die traurigen Reste erblickte, konnte sie nur noch feststellen, daß Satan Käse ausgesprochen gern mochte.

Glücklicherweise hatte er die kleinen Brötchen nicht angerührt oder noch keine Gelegenheit dazu gehabt, denn er sah ihr äußerst wehmütig nach, als sie mit der Platte in der einen und dem Tablett mit Wein und Gläsern in der anderen Hand hinaus auf die Veranda ging. Reba hatte in einer Zeitschrift geblättert. Ihre Gesichtsfarbe war wieder normal, und sie atmete ruhiger.

»Heiß ist es!« stöhnte sie. »Ich wünschte, das Wetter würde sich endlich ändern!«

»Wenn die Wettervorhersage recht behält, gibt es heute noch ein Gewitter«, sagte Andrea.

Reba war ganz begeistert von Andreas Brötchen, und sie lobte den Wein und besonders die hübschen Gläser. Doch dann wechselte sie plötzlich das Thema. »Möchten

Sie jetzt gleich darüber sprechen oder lieber später?« fragte sie direkt.

»Am liebsten überhaupt nicht.«

»Lassen Sie sich einen Rat geben, mein Kind! Seien Sie nicht so empfindlich. Jeder von uns hat seine kleinen Geheimnisse, und niemand darf sich deswegen schämen!«

»Ich hätte es kommen sehen müssen.«

»Ich habe noch versucht, Sie zu warnen«, sagte Reba, »aber Kinder sind meistens sehr unberechenbar. Sie können ja nicht jede Sekunde hinter ihm herlaufen.« Sie senkte die Stimme. »Wo ist Jim? Ich möchte nicht, daß er uns hört.«

»Er ist nicht da. Er ist nach Frederick gefahren, nehme ich an.«

»Gut. Also, ich wollte eigentlich auch nur sagen, daß die Geschichte ein Gutes hat: Jims Ansehen ist gewaltig gestiegen.«

»Mir ist das ziemlich gleichgültig.«

»Das sollte es aber nicht sein, Andrea, denn wenn Sie beide für immer hier leben wollen, dann muß jeder seinen Platz in der Gemeinschaft suchen.«

Andrea bemerkte, daß Rebas Glas leer war, und schenkte ihr nach. Dann wechselte sie das Thema. »Sie wissen sicher, daß Linnie nicht mehr hier arbeitet. Wissen Sie einen Ersatz für mich?«

»Ich werde mich umhören. Wie alt soll sie denn sein?«

»Am liebsten eine mittelalterliche Großmutter. Sie sollte kochen können. Nicht, daß ich mit Ihnen konkurrieren möchte...«

»Sie glauben doch nicht, daß ich Ihnen geholfen hätte, wenn Sie die Absicht gehabt hätten, ein Restaurant aufzumachen, oder?«

Andrea goß wieder nach. »Nein, natürlich nicht. Ich denke dabei in erster Linie an das Frühstück«, sagte

Andrea. »Später würde ich nachmittags gern Tee servieren mit belegten Brötchen, kleinen Kuchen und ähnlichen Sachen.«

»Hmm. Das kann ich mir gut vorstellen. Es würde gut zu Ihrem Haus passen, und Sie könnten die Preise ein wenig anheben.«

Sie diskutierten das Thema sehr engagiert, so daß sie die Umgebung vergaßen. Erst als Andrea mit einem kleinen Schreckensschrei rief: »Reba, sehen Sie diese riesige Wolke? In wenigen Minuten wird es regnen. Schnell! Wir müssen ins Haus.«

»Ich nehme den Wein«, sagte Reba und machte sich auf den Weg.

Gerade als sie alles gerettet hatten, klatschten die ersten Tropfen vom Himmel. »Wenn ich nur wüßte, wo Jim steckt«, sagte Andrea mit einem sorgenvollen Blick zum dunklen Himmel.

»Sie sollten sich um das große Kind nicht so viele Sorgen machen«, sagte Reba und stieß die Fliegengittertür auf, während es hinter ihr zum erstenmal blitzte und donnerte.

Drinnen im Haus war es ziemlich dunkel. Andrea, die ihrem Gast gefolgt war, stieß fast mit dem Tablett gegen Reba, die mitten in der Halle plötzlich stehengeblieben war.

»Einen Augenblick«, sagte Andrea, »ich mache sofort Licht.«

Nachdem sie es angeknipst hatte, trug sie das Tablett in den roten Salon. Erst als sie merkte, daß Reba nicht nachgekommen war, stellte Andrea fest, daß sie immer noch stocksteif mitten in der Halle stand.

»Hier bin ich«, sagte Andrea, aber Reba bewegte sich nicht. Da rief Andrea noch einmal viel lauter, doch Reba setzte nur zögernd einen Fuß vor den anderen.

Andrea schaltete mehrere Lampen ein. Sie freute sich

darauf, Reba das Haus zeigen zu können. Der rote Salon war besonders an Regentagen viel anheimelnder und gemütlicher als das grüne Gegenstück auf der anderen Seite der Halle.

Reba ließ sich in einen der mit rotem Samt gepolsterten Sessel plumpsen. Sie sah sehr erschöpft aus, und Andrea beschloß, ihr vorerst keinen Rundgang durch das Haus vorzuschlagen. Reba sollte erst in Ruhe ihren Wein austrinken und sich ein wenig erholen.

Mittlerweile regnete es heftig. Kurze Zeit später kam Martin herunter und verkündete: »Es regnet.«

»Ich habe es bereits bemerkt«, erwiderte Andrea trocken. »Sieh, wer hier ist.«

»Hey, Reba«, sagte Martin und ging zur Tür. »Der Wind kommt aus Süden. Ich glaube, ich hole besser die Kissen herein.«

Er verschwand und kam kurze Zeit später mit einem Arm voller Sitzpolster herein, die er einfach auf den Boden fallen ließ.

»Ich sehe, ihr habt den ganzen Wein getrunken«, bemerkte er, während er sich das feuchte Haar zurückstrich.

»Öffnest du bitte eine neue Flasche?« bat Andrea.

»Nur, wenn ihr auch noch etwas wollt. Sonst trinke ich lieber Whisky«, sagte Martin und ging zur Bar hinüber. »Und du, Reba?«

»Einen doppelten, bitte.«

Andrea dachte sich nichts dabei. Auch als Reba das Glas in einem Zug leertrank, sah sie nur zu, denn man erzählte sich allgemein, daß Reba schon so manchen Mann unter den Tisch getrunken hatte. Sie bemerkte auch nicht, daß Reba schon seit einiger Zeit nichts mehr gesagt hatte. Martin erzählte dafür um so mehr.

Nach einiger Zeit fragte Andrea: »Reba, möchten Sie jetzt einen Rundgang durch das Haus machen?«

Reba starrte krampfhaft vor sich hin. »Nein, es ist schon spät. Ich muß unbedingt zurück!«

»Ach was«, sagte Martin, »dein Personal kann das auch einmal allein! Möchtest du noch einen Drink?«

»Nein.« Reba stellte ihr Glas direkt auf die Tischkante, doch Martin fing es gerade noch auf. Dann stand sie auf und hielt sich entsetzt den Mund zu. Ihre Augen hatten plötzlich einen ängstlichen, gehetzten Ausdruck.

»Was ist los?« fragte Andrea beunruhigt.

»Vielleicht war der Whisky nach dem Wein nicht gut«, sagte Martin und legte beruhigend einen Arm um Rebas Schultern, nachdem er zuvor einen besorgten Blick mit Andrea gewechselt hatte.

»Wahrscheinlich hast du recht! Ich fühle mich nicht wohl. Ich möchte nach draußen...«

Damit schob sie Martin beiseite und stürzte auf die Tür zu. Die anderen folgten, doch sie holten sie erst draußen ein. Reba atmete tief die kühle Luft ein. Es regnete fast überhaupt nicht mehr.

»Ich muß nach Hause«, sagte Reba seufzend. »Es tut mir leid, Andy, aber mir ging es ja auch heute nachmittag schon nicht gut...«

»Jetzt sehen Sie schon viel besser aus«, sagte Andrea mitfühlend.

»Sicher«, sagte Reba. »Es geht mir auch schon wieder gut... Mir hat es hier gefallen...«

Martin erkannte, daß kein Wort der Wahrheit entsprach, und entschied: »Ich fahre dich nach Hause!«

»Das brauchst du aber nicht.«

»Das weiß ich! Gib mir die Schlüssel!«

Er ließ Reba einsteigen und lief dann rasch zurück zu Andrea. »Ich laufe nach Hause«, sagte er leise. »Ich werde erst nach dem Essen zurückkommen. Reg dich nicht auf! Vielleicht bekommt sie ja nur eine Erkältung.«

Seit Jim das Auto benutzen konnte, bemühte er sich, pünktlich zu sein. Er kam, als Martin und Reba gerade gegangen waren. »Ich dachte, du bist beruhigter, wenn ich bei Regen nicht fahre. Ich habe am Straßenrand gehalten, bis das Schlimmste vorbei war.«

»Das war klug von dir, mein Schatz.«

»Mann, das sieht ja richtig gut aus«, sagte er, als er die Platte mit den Brötchen sah. Sofort war das erste in seinem Mund verschwunden. »Viel habt ihr mir ja nicht übriggelassen. Wer war denn hier?«

»Ich habe dir doch gesagt, daß Reba kommen würde.«

»Ach, ja. Schade, daß sie schon weg ist.«

»Ihr war plötzlich nicht gut. Hoffentlich nicht vom Essen!«

»Die schmecken herrlich!« bekräftigte Jim noch einmal. »Du kannst dich beruhigen, Schwesterchen, denn es wird einem nicht sofort schlecht, wenn man etwas Verdorbenes gegessen hat.«

»Hoffentlich!« Andrea lächelte immer noch ein wenig gezwungen. »Was hast du heute gemacht?«

»Ich war im Archiv.«

»Hattest du ein bißchen Glück?«

»Ja, ein bißchen. Ich erzähle es dir später. Wo ist Martin?«

Offenbar war die Runde der Zuhörer ohne Martin unvollständig, dachte Andrea und war für einige Augenblicke eifersüchtig. »Er hat Reba nach Hause gefahren und wird erst nach dem Essen wiederkommen.«

»Du hörst dich immer noch erkältet an. Soll ich kochen?«

»Ich habe einen Auflauf im Kühlschrank, den machen wir uns jetzt. Ich kann die ewige Pizza nicht mehr sehen.«

Sie aßen früh, und anschließend verschwand Jim nach oben, während Andrea in der Küche auf Martin wartete.

Sie fürchtete sich ein wenig vor dem morgigen Tag, denn sechs Gäste wurden erwartet. Hoffentlich war ihre Erkältung dann wenigstens besser.

Einige Zeit später hörte sie Martin hereinkommen, aber er kam nicht zu ihr in die Küche, sondern mußte irgendwo in der Halle stehengeblieben sein, denn sie konnte seine Schritte nicht mehr hören. Schließlich machte sie sich auf die Suche.

Die Halle war leer. Um Elektrizität zu sparen, brannte nur auf dem Empfangspult, wo das Gästebuch lag, ein kleines Licht. Beide Salons lagen im Dunkel. Andrea wollte schon nach oben gehen, als sie im roten Salon etwas wahrnahm.

»Ich bin es«, sagte Martin, als sie lauschend stehenblieb.

»Was tust du da? Ich habe mich zu Tode erschrocken!«

»Das tut mir leid«, sagte Martin und kratzte sich nachdenklich am Kinn, was ein fürchterlich schabendes Geräusch verursachte. Andrea hätte fast etwas gesagt, aber da erschien Jim oben auf dem Treppenabsatz.

»Martin? Bist du wieder da? Ich muß dir etwas erzählen.«

»Ja? Dann komm!« antwortete Martin eifrig, während seine Augen auf Andrea blickten. »Reba geht es wieder gut. Sie hat sogar mehr gegessen als ich!«

»Gott sei Dank! Warum hast du das nicht gleich gesagt?«

Doch Martin mußte nicht antworten, weil Jim ihn bereits wieder etwas gefragt hatte: »Rate, was ich heute gemacht habe.«

»Was denn?«

»Ich habe herausgefunden, wer sie war! Ich habe Mary gefunden!«

8

»Sie wurde im Jahr 1823 geboren und war das älteste und einzige überlebende Kind von Franklin Broadhurst, Esquire. Broadhurst kaufte diesen Besitz 1854 bei einer Versteigerung, und zwar das Gebäude, alle Nebengebäude, den Grund und zwei Mühlen am Fluß. Das alte Haus muß abgerissen worden sein, denn er baute dieses im Jahr 1862. Er war damals ein reicher Grundbesitzer, doch als er 1866 starb, hinterließ er seiner Tochter nur dieses Haus mit dem umgebenden Land. Den größeren Rest hatte er verkaufen müssen. Außerdem bat er seine Tochter ausdrücklich um Verzeihung.

Mary war dreiundvierzig Jahre alt und mit einem Colonel John Fairfax, C. S. A. verheiratet gewesen, der jedoch wahrscheinlich im Krieg gefallen ist, denn 1866 war sie Witwe und hatte ein vier Jahre altes Mädchen. Marys Mutter war einige Jahre vorher gestorben, so daß sie nun ganz allein dastand.

Sie suchte nicht lange nach einem Mann, der sie versorgt hätte, sondern verwandelte das Haus in eine Pension – das Fairfax' Hotel, das auch im Jahr 1900 noch bestand. Als sie starb, hinterließ sie ein Testament, das seinesgleichen sucht. Sie vererbte einer langen Liste von Verwandten einen Dollar zu gleichen Teilen. Der Rest des Geldes sollte zwischen ihrem Anwalt, Mr. Wilberforce, und verschiedenen wohltätigen Organisationen aufgeteilt werden. Die beste Idee war es, dem Anwalt einen Teil des Vermögens zu hinterlassen, denn nur so konnte sie sicher sein, daß das Testament nicht erfolgreich angefochten werden konnte und daß außerdem die Bestimmungen für ihre Beerdigung auch eingehalten wurden. Ihr Grabstein war bereits fertig, und nur er und kein anderer sollte ihr Grab auf dem alten Springer Friedhof bedecken. Falls diese Bedingungen nicht erfüllt werden sollten, würde der Anwalt seinen Anteil verlieren und dieser ebenfalls unter den Organisationen aufgeteilt werden. Darunter befand sich auch ein Heim für herrenlose Tiere, das das Geld nur erhielt, wenn es den Kater Beelzebub in Pflege nahm. Der Anwalt wurde verpflichtet, einmal im Monat nach dem Tier zu sehen.«

Jim sah von seinen Notizen auf und wartete auf die Anerkennung, die er von Martin auch sofort erhielt.

»Wie hast du das alles nur herausgefunden?« fragte Andrea voller Verwunderung.

»Das ist eine lange Geschichte«, sagte Jim bescheiden.

Sie saßen um den großen Tisch in der Küche, und Jim hatte seine Notizen vor sich liegen. Er hatte seinen Vortrag wie ein gelernter Historiker gehalten und sich nur ab und zu einen Schluck aus einer Bierdose gegönnt.

»Ich muß dich bewundern, mein Schatz«, sagte Andrea begeistert.

»Es ist gar nicht so schwer«, sagte Jim. »Man muß nur geduldig ein Steinchen zum anderen fügen, und irgendwann ist das Mosaik fertig.«

»Du hast ganze Arbeit geleistet«, lobte Martin. »Erzähle doch einmal, wie du vorgegangen bist.«

»Also, gut. Marys Grabstein hat mich von Anfang an fasziniert. Ich wollte gern wissen, wer sie war, aber das Problem war, daß ich ihren Nachnamen nicht kannte. Erst der Mann von der Historischen Gesellschaft konnte mir weiterhelfen. Wenn ich erst einige der Besitzernamen kannte, würde ich sie vielleicht ausfindig machen können.

Jedesmal, wenn ein Grundstück den Besitzer wechselt, wird eine Urkunde ausgefertigt, die auch auf Vorbesitzer verweist, aber je weiter man im Datum zurückgeht, desto lückenhafter werden die Angaben.«

»Das kann ich mir denken«, sagte Martin und fragte dann interessiert: »Aber wenn ein Grundbesitz vererbt wird? Wird dann auch eine Urkunde ausgestellt?«

»Ja, aber die Testamente sind nach dem Namen geordnet. In den allermeisten Fällen wird entweder der Vorbesitzer auch noch genannt, oder es finden sich Verweise auf die Urkundensammlung. Ich begann mit Cousine Bertha Webbers Testament, das aussagte, daß sie den Besitz von ihrem Vater geerbt hatte. Also suchte ich sein Testament aus dem Jahr 1937 heraus, aber ich erfuhr nur, daß auch er ihn nur geerbt hatte. Sein Vater war im Jahr 1902 gestorben. In seinem Testament stand folgendes: ›Der Besitz, der unter dem Namen Springers' Grove bekannt ist, wurde von der verstorbenen Mrs. Mary Fairfax gekauft.‹

Der Name war ein Schock für mich, doch ich konnte nicht sicher sein, daß es unsere Mary war. Nachdem ich den Nachnamen kannte, fand ich ihr Testament und dann das ihres Vaters. Nun hatte ich den Beweis, denn der alte Mann hatte den Besitz von den Springers gekauft. Außerdem passen die schwachen Spuren, die noch auf Marys Grabstein vorhanden sind, auf den Namen Fairfax.«

»Klasse!« sagte Martin voller Begeisterung.

»Manches habe ich nicht finden können«, fuhr Jim fort. »Es gibt zum Beispiel keine Todesurkunde von Marys Ehemann, aber da sie im Testament ihres Vaters als Witwe des Colonel John Fairfax, C. S. A. beschrieben wird, ist es logisch anzunehmen, daß er im Krieg gefallen ist.«

»Ich wüßte gern, mit wem der alte Broadhurst sympathisiert hat. Mary hätte doch niemals einen Südstaatler geheiratet ...«

Jim unterbrach Martins Spekulationen. »Genau diese Mutmaßungen sind fehl am Platz, wenn man ernsthaft recherchieren will!«

Doch Andrea hinderte diese Kritik nicht, ihrerseits ein bißchen abzuschweifen. »1866 hat diese Mary das Fairfax' Hotel gegründet, sagst du? Ich überlege, ob sich das nicht in unserer Werbung verwenden läßt. ›Gegründet 1866.‹ Das hört sich doch gut an, oder?«

»Immer dieses geschäftliche Interesse ...«, neckte sie Martin.

»Und weshalb nicht?«

»Interessieren dich die Menschen denn überhaupt nicht? Diese Mary, die sich so energisch in einer Männerwelt durchsetzt, müßte dir doch gefallen. Sie war dir sicher ein wenig ähnlich!«

Doch Andrea zuckte nur die Achseln. »Jimmie, dabei fallen mir diese Zeichnungen ein! Ich wette, daß die Frau im schwarzen Kleid Mary ist! Ich würde sie gern rahmen lassen und in der Halle aufhängen.«

»Welche Zeichnungen?« fragte Martin.

»Hat Jim sie dir noch nicht gezeigt?«

»Nein.«

»Wo sind sie, Jimmie?«

»Wieder im Versteck«, sagte Jim.

»In diesem dreckigen Loch? Hole sie doch, bitte!«

»Also gut«, sagte Jim und stand auf.

»Weshalb hat er sie mir nicht gezeigt?« fragte Martin, nachdem Jim nach oben gegangen war.

»Ich glaube nicht, daß etwas dahintersteckt. Sie sind zwar etwas seltsam, aber mit Jim haben sie nichts zu tun. Wir haben sie oben im Turmzimmer unter einem losen Dielenbrett gefunden. Jim will übrigens nach oben ziehen.«

»Das hat er mir erzählt«, sagte Martin. »Wahrscheinlich ist das die Erklärung! Er betrachtet diesen Raum als seinen und möchte nicht, daß andere ihre Nase in seine Angelegenheiten stecken.« Martin zog Jims Notizbuch zu sich herüber. »Wenn Mary im Jahr 1823 geboren wurde, dann war sie ja neununddreißig, als sie ihr Kind bekommen hat. Ganz schön spät, nicht wahr?«

»Woher willst du wissen, daß sie nicht mehrmals verheiratet war? Vielleicht hatte sie ja auch zwölf Kinder. Damals haben längst nicht immer alle überlebt.«

»Ja, aber... Ah, Jim! Sind dies die Zeichnungen?«

Jim reichte Martin die Blätter und setzte sich wieder.

Martin nahm sich Zeit und betrachtete die Zeichnungen sehr sorgfältig. Aus seiner Miene war zu lesen, daß er sehr viel schneller als Andrea den morbiden Zug in ihnen erkannt hatte.

Als er das Blatt mit der schwarzen Frau betrachtete, sagte Andrea: »Das muß sie sein! Der Schnitt des Kleides, die Witwenfarbe. Es muß Mary sein!«

»Und Beelzebub«, murmelte Martin.

»Ja, im Testament wird der Kater ja erwähnt.«

»Dir scheint die Bedeutung des Namens nicht klar zu sein«, sagte Martin, während er immer noch das Bild betrachtete.

»Welche Bedeutung?« fragte Jim.

»Beelzebub ist eine andere Bezeichnung für den Teufel, für Satan.«

»Und ein nicht sehr seltener Name für eine schwarze Katze«, sagte Andrea leichthin. »Die Leute sind oft so abergläubisch.«

»Jedenfalls werde ich meinen Zimmergenossen in Zukunft mit etwas mehr Respekt behandeln! Weißt du, daß diese Zeichnungen sehr bemerkenswert sind? Ich wüßte gern, wer sie gemacht hat!«

»Keine ist signiert«, sagte Andrea. »Ich glaube nicht, daß Mary ...«

»Ein Selbstporträt? Nein«, meinte Martin, ging aber nicht weiter darauf ein, sondern fragte Jim: »Wo willst du deine Nachforschungen fortsetzen?«

»Das Gerichtsarchiv gibt wohl nicht mehr viel her«, meinte Jim. »Ehrlich gesagt, ich weiß nicht, wo ich weitermachen könnte.«

»Dann habe ich einen guten Tip für dich – das Zeitungsarchiv. Wenn du mich jetzt fragst, ob es damals schon Zeitungen gab, dann haue ich dich!«

»Auch in diesen vorsintflutlichen Tagen?« grinste Jim.

»Wir werden morgen in die Bibliothek gehen«, verkündete Martin.

»Jim kann seine Hobbys wirklich allein betreiben«, sagte Andrea. »Du bist doch mit deiner Arbeit so weit zurück!«

»Und wenn schon«, sagte Martin. »Ich muß zugeben, daß diese Frau mich fasziniert. Solch ein Testament schreibt nicht jeder! Toll, die Verwandten so abzufertigen! Was ist eigentlich aus der Tochter geworden, Jim? Sie hatte doch eine Tochter!«

»Die Tochter hieß Alice«, sagte Jim. »Sie starb 1879, als sie siebzehn Jahre alt war.«

Siebzehn Jahre.

Während Andrea am darauffolgenden Tag die Zimmer für die Gäste vorbereitete, mußte sie immer wieder daran denken. Zwei Jahre jünger als Jim.

Reba hatte angerufen und sich für ihren überstürzten Aufbruch entschuldigt. Außerdem hatte sie einen Ersatz für Linnie gefunden – eine Frau mittleren Alters, die eine Weile aushelfen wollte, bis sie Arbeit in der

Fabrik finden würde. Leider konnte sie erst am Montag anfangen. Andrea wurde zwar angst und bange, wenn sie an das bevorstehende Wochenende dachte, doch sie bedankte sich trotzdem sehr höflich.

Während sie ihrer Arbeit nachging, dachte sie immer häufiger an Mary und sah manchmal ihr Bild vor sich. Sie und Mary Fairfax schienen in der Tat manche Gemeinsamkeiten zu haben. Beide waren sie sehr streitbare, energische Frauen, die hart für ihren Lebensunterhalt kämpfen mußten und nur eine Person abgöttisch liebten. Weshalb war sie sich so sicher? Wahrscheinlich wegen Marys Testament, das von Verachtung für alle Menschen geprägt war – für alle Menschen, aber nicht für ihren Kater.

Andrea war der festen Überzeugung, daß die Skizzen von Alice gezeichnet worden waren, denn wer sonst hätte Mary mit solcher Liebe und gleichzeitiger Kritik sehen können? Diese Haltung war doch typisch für alle Kinder gegenüber ihren Eltern.

Siebzehn. Damals starb man jung. Andrea dachte an Sätze wie ›Gott hat sie zu sich gerufen‹ oder ›So jung, so rein, so frei von Sünde ...‹ Der Tod wurde als Erlösung, als Befreiung von einem schwierigen Leben angesehen.

Aber Mary hatte diese Gelegenheit nicht. Sie mußte leben und den Tatsachen ins Auge sehen. Andreas Sympathien waren deutlich auf seiten Marys. Alice war entkommen, aber ihre Mutter mußte leben.

Sie hatte ihr Haus Fremden öffnen müssen, um leben zu können, und wahrscheinlich dieselben Arbeiten getan, die Andrea heute tat. Vielleicht stammten sogar noch einige Möbel aus Marys Zeit. Alice muß um 1880 gestorben sein – zu dieser Zeit hatte Mary noch zwanzig Jahre Leben vor sich. Ja, sie sympathisierte eindeutig mit Mary! Außerdem mochte sie den Namen Alice nicht. Wahrscheinlich hatte sie einmal eine Klassenkameradin gehabt, die immer alle verpetzt hatte und der Liebling sämtlicher Lehrer gewesen war.

Irgendwie ging das Wochenende vorbei. Der Montag kam und mit ihm Mrs. Shorb, die langersehnte Hilfe. Aber von Hilfe war nichts zu merken. Andrea mußte ihr sogar zeigen, wie man ein Bett macht. Jim fand das Gesicht der Frau so abstoßend, daß er schnellstens in seinem Turm verschwand, von wo aus den ganzen Tag über seltsame Geräusche nach unten drangen.

Nachdem Mrs. Shorb gegangen war, setzte Andrea sich völlig erschöpft an den Küchentisch. Auf der einen Seite hatte sie die Sherryflasche und auf der anderen die Papiertaschentücher stehen. So fand Martin sie, als er nach Hause kam.

»Vielleicht solltest du mit dieser Erkältung doch einmal zum Arzt?« fragte er mitfühlend.

»Ich kenne das schon«, sagte Andrea. »Ich habe sehr empfindliche Stirnhöhlen.«

»Ich habe dir ein Geschenk mitgebracht«, sagte Martin und legte ein Bündel Papier auf den Tisch. »Hoffentlich gefällt es dir.«

Während sie danach griff, hörte sie Jim herunterkommen. Martins Gegenwart zog ihn magnetisch an. »Hi, Martin! Hast du ... hast du gefunden, was du gesucht hast?«

»Einiges«, sagte Martin und setzte sich an den Tisch. »Du hättest mitkommen sollen.«

»Ich mußte einiges machen«, sagte Jim und deutete an die Decke. »Was hast du denn entdeckt?«

»Hier«, sagte Andrea und deutete auf den Stapel. »Einen wahren Berg von Fotokopien!«

Martin nahm einige der Blätter. »Ich habe sie nicht geordnet, aber wahrscheinlich stimmt die Reihenfolge so ungefähr. Hier ist eine Notiz aus dem *Frederick Exami-*

ner vom 17. Juli 1869. Das zehnseitige Blättchen erschien wöchentlich und verbreitete wie alle Zeitungen der damaligen Zeit fast nur Lokalnachrichten.« Martin reichte Andrea eines der Blätter.

Sie las amüsiert die altmodischen Anzeigen. »Oh! Hier ist ja eine Anzeige des Fairfax' Hotel!« rief sie. »Hast du das Blatt deswegen kopiert, Martin?«

»Ich dachte, es würde dich interessieren.«

»›Fairfax' Hotel, Ladiesburg, Maryland. Mrs. Mary W. Fairfax, Besitzerin. Ein Haus erster Klasse. Separater Salon für Damen. Handlungsreisende willkommen.‹ Schade, ich dachte, ich fände etwas Außergewöhnliches, was ich in meine Broschüre aufnehmen könnte.«

»Vielleicht ist das interessanter«, sagte Martin und reichte ihr eine weitere Seite. Die dicke Überschrift ›Notiz‹ fiel ihr sofort ins Auge.

»›Mitteilung an alle Bürger von Ladiesburg, aber besonders an diejenigen, welche für die verschiedenen Zwischenfälle auf meinem Grund und Boden verantwortlich sind: Jeder, der in Zukunft unbefugt mein Grundstück betritt, muß damit rechnen, daß ich von den Pistolen meines Vaters Gebrauch machen werde! Auch wenn ich nur ›eine schwache Frau‹ bin, habe ich keine Hemmungen, die Waffen gegen jeden zu richten, der mich von meinem Grund und Boden vertreiben will! Ich habe das Recht, hier zu sein, und genau hier werde ich auch bleiben! Mrs. Mary Fairfax, Besitzerin, Fairfax' Hotel.‹«

»Hier bleibe ich«, wiederholte Andrea. »Also deshalb ... War sie ein bißchen verrückt, oder hat man sie wirklich belästigt?«

»Das geschah wirklich. Hier ist eine Notiz in den *Ladiesburg News:* ›In der Nacht zum 8. August wurde Mrs. Fairfax' Vorratshaus ein Opfer der Flammen. Man vermutet Brandstiftung, aber der Täter ist unbekannt.

Die Feuerwehr erreichte das Grundstück erst, als es für alle Löschversuche zu spät war.‹«

»Wann war das?« fragte Andrea und warf einen Blick auf den Artikel. »Im August ... da sind doch alle Straßen frei ...?«

»Es gibt noch mehrere Vorfälle«, sagte Martin. »Man hat ihr auch öfter die Pfosten an der Einfahrt beschmiert und Schilder mit eindeutigen Beleidigungen ans Tor gehängt.«

»Warum nur? Weshalb war sie so unbeliebt?«

Martin zuckte die Achseln. »Ich kann höchstens raten.«

»Da bin ich aber gespannt«, sagte Jim.

»Eine alleinstehende Frau, die in einer so abgelegenen Gegend eine Pension führt, kann bei ihren Gästen nicht wählerisch sein. Wer weiß, welche Attraktionen sie geboten hat, um Gäste anzuziehen?«

»Wenn du vermutest, daß sie ein Bordell geführt hat, nenne ich dich einen Lügner«, sagte Andrea zornig. »Dieses Porträt ist das Bild einer anständigen Frau. Ich hätte dich nie für so chauvinistisch gehalten, Martin Greenspan!«

»Hey, Moment mal! Mir ist gleich, womit sie ihren Lebensunterhalt verdient hat! Ich ziehe meinen Hut vor der Dame, die sich so zu wehren weiß! Ich liebe Kämpfernaturen, männliche genauso wie weibliche!« sagte er und grinste sie an.

»Also gut«, gab Andrea nach, »wir nehmen deine Entschuldigung an. Ich halte die Nachbarn mit ihren dreckigen Vermutungen für die wahren Schuldigen und dann erst die schrecklich prüde damalige Zeit.«

»Das stimmt sicher«, meinte Martin, »aber du darfst nicht vergessen, daß Ladiesburg ein winziges Städtchen war. Dort haben die Leute ein langes Gedächtnis, und wer erst einmal gegen ein Tabu verstoßen hat, kann

Waisenhäuser bauen, Wohltaten verteilen – er wird diesen Ruf nie mehr los.«

»Das stimmt«, sagte Andrea und dachte an Jim. Eine gewonnene Schlägerei hatte ihm Respekt verschafft, den er so schnell nicht mehr verlieren würde.

»Es funktioniert auch genau anders herum. Wenn die Stadt einmal hinter dir steht, mußt du schon zum Massenmörder werden, bevor sie dich fallenlassen. Aber wahrscheinlich werden wir niemals die Wahrheit erfahren, denn die meisten Leute unternehmen große Anstrengungen, um ihre Sünden zu vertuschen.«

»Mir ist gleich, was sie getan hat«, sagte Andrea. »Ich stehe voll und ganz auf ihrer Seite.«

Da Andrea wußte, daß sie morgen wieder einen Tag mit der unsäglichen Mrs. Shorb verbringen mußte, nahm sie ihre Taschentücher unter den Arm und verabschiedete sich ziemlich früh. Doch bevor sie ins Bett stieg, holte sie Marys Bild aus der obersten Kommodenschublade. Beelzebubs goldene Augen sahen sie an, aber Marys Blick war auf etwas anderes gerichtet – auf ihre Feinde? Jedenfalls blickte sie ein wenig düster und sehr entschlossen zur Seite. Bemerkenswert, daß ein Kind diesen Ausdruck festgehalten hatte. ›Hier bleibe ich!‹

Nur zu, Mary, dachte Andrea. Dasselbe gilt für mich.

Sie hatte Marys Bild an sich genommen und die restlichen Zeichnungen Jim gegeben. Mary wollte sie für sich haben. Sie wollte einen passenden Rahmen auftreiben, damit sie das Bild an einem würdigen Platz in der Halle aufhängen konnte. Darunter wollte sie ein kleines Schild befestigen: ›Mary Fairfax, Besitzerin von Fairfax' Hotel, gegründet 1866.‹

Andrea glaubte an den Werbeeffekt solcher Kleinigkeiten. Diese Geschichte wäre sicher manchen Spezialzeitschriften einen Artikel wert. Doch bis dahin sollte

Mary nicht in der dunklen Schublade liegen müssen. Mit dem Bild in der Hand ging Andrea in ihrem Zimmer herum und betrachtete die Bilder, die ihr früher einmal viel bedeutet hatten. Doch im Vergleich zu Mary verblaßten sie, und Andrea fiel es leicht, eines von ihnen aus dem Rahmen zu nehmen. Wenige Minuten später hing Mary Fairfax an der Wand und sah mit warnendem Ausdruck zur Tür.

9

Gegen Ende der Woche kämpfte Andrea immer noch mit ihrem Schnupfen, ewigem Regen und Mrs. Shorb. Um so erfreuter war sie, als eine Anruferin fünf Zimmer für zehn Gäste mieten wollte. Nachdem Andrea erklärt hatte, daß sie nur vier Zimmer hatte, war die Dame so entgegenkommend, die Gruppe zu verkleinern und nur noch mit acht Personen anzureisen. Am liebsten wäre ihr das nächste Wochenende, doch sollte das nicht passen, konnten sie auch einen anderen Termin ausmachen.

Dieses fast beflissene Entgegenkommen hätte Andrea mißtrauisch machen müssen, aber sie fand es eher schmeichelhaft, daß sie die Termine der Gäste bestimmen konnte. Mrs. De Granges Scheck kam kurze Zeit später und hatte als Absender eine der besten Adressen Washingtons.

Das Wochenende war sehr regnerisch, aber trotzdem hatte Andrea drei Gäste, die sie mit Hingabe versorgte, um ihnen den Aufenthalt angenehm zu machen. Am Montag kündigte Mrs. Shorb, aber sie wollte noch zwei Tage lang kommen, um bei den Vorbereitungen für den Aufenthalt der Gruppe zu helfen.

Am Montag schien die Sonne, am Dienstag war es trüber, und am Mittwoch regnete es wieder. Glücklicherweise kamen die Gäste erst am Nachmittag, so daß Andrea bequem ihre Vorbereitungen treffen konnte.

Und dann kamen sie. Sieben lächelnde, nickende und händeschüttelnde Menschen und eine Frau, die sich etwas abseits hielt. Sie war groß und blond, trug einen weiten Pelzmantel und benahm sich wie ein ehemaliges

Mannequin. Die Karriere hatte sie aber nicht erst kürzlich aufgegeben, denn trotz eines tadellosen Make-ups waren die Falten nicht zu leugnen.

Zu Andreas Verwunderung war aber nicht sie die Leiterin der Gruppe, sondern eine dickliche, gackernde Brillenträgerin entpuppte sich als Mrs. De Grange, die die große blonde Dame als Mrs. Jones vorstellte. Andrea legte ihnen das Gästebuch vor, und nacheinander trugen sich alle ein.

Mrs. De Granges Gruppe war die gemischteste, die Andrea bisher beherbergt hatte. Mr. Abbott war gerade erst zwanzig Jahre alt und betrachtete die Welt durch dicke Brillengläser. Miß Gorman und Miß Wilkins waren mittelalte Jungfrauen, die eine kurz und dick, die andere mit dem Gehabe und dem Aussehen eines grauen Kaninchens. Das älteste Mitglied der Gruppe war eine wandelnde Mumie namens Professor Schott, der Andrea seine schlechtsitzenden Zähne zeigte, als er sie mit einem erstaunlich kräftigen Händedruck begrüßte. Mr. und Mrs. Nasmith waren das einzige Ehepaar. Sie bezogen ein gemeinsames Zimmer, worauf die anderen unter Gelächter und Gekicher die drei anderen Räume unter sich aufteilten. Miß Gorman, Miß Wilkins und Mrs. De Grange zogen zusammen, desgleichen der Professor und Mr. Abbott. Mrs. Jones wohnte allein, aber das sollte nicht Andreas Sorge sein. Vielleicht wollte niemand bei ihr schlafen, weil sie schnarchte.

Nachdem sich alle häuslich eingerichtet hatten, kamen sie wieder nach unten, um zum Abendessen zu gehen. Andrea wünschte ihnen *bon appétit* und erkundigte sich, ob ihnen die Räume zusagten. Daraufhin wurde sie mit einem wahren Schwall von Komplimenten überhäuft.

»Können wir uns nachher in der Bibliothek niederlassen, oder haben Sie etwas dagegen?« fragte Mrs. De Grange.

»Sie können sich in jedem der Räume aufhalten«, sagte Andrea.

»Oh, natürlich! Sehr gut. Außerdem möchte ich noch sagen, daß Sie sich nicht um uns kümmern müssen. Wir möchten Ihnen keinesfalls Umstände machen oder den nötigen Schlaf rauben...«

Mrs. Jones hüstelte, worauf sich Mrs. De Grange rasch von Andrea verabschiedete. »Ich fürchte, ich muß gehen. Gute Nacht, Miß Torgesen.«

Während Andrea ihnen nachsah, überlegte sie, was diese Gruppe wohl ausgerechnet hierher geführt hatte. War etwa Martin Greenspan der Grund und das Ganze ein Fantreffen der Washingtoner Verehrer dieses Herrn?

Andrea ließ sich in der Küche nieder, legte die Beine hoch und ruhte sich aus. Etwas später kam Jim herein.

»Du siehst müde aus. Soll ich etwas zum Essen holen?«

»Nein, danke, es ist alles schon fertig.«

»Ißt Martin mit uns?« fragte Jim.

»Er wollte zu Reba gehen. Wir essen heute allein.«

Als sie fertig waren, hatte Andrea schon fast wieder eine ganze Packung Taschentücher verbraucht, doch Jims Ermahnungen, bald ins Bett zu gehen, quittierte sie mit einem gähnenden »Erst wenn die Gäste versorgt sind. Es könnte sein, daß sie noch etwas brauchen.«

»Ich bin oben, falls du mich brauchst«, sagte Jim und preßte seine Hand gegen die Stirn.

»Das machst du jetzt schon zum drittenmal, Jimmie! Hast du Kopfschmerzen?«

»Vor dir kann man aber auch nichts verbergen.« Er drehte sich um. »Es ist nicht so schlimm, ich habe schon Aspirin genommen.«

»Wahrscheinlich verträgst du den Geruch der Farben nicht. Mach doch mal eine Pause!«

»Ich wünschte, du würdest einmal nicht an mir herumkritisieren!« fauchte er und war verschwunden, bevor sie noch ein Wort sagen konnte.

Sie nahm ihm diesen Ausbruch nicht übel, denn es war klar, daß er die Sanftmut, die er in der letzten Zeit an den Tag gelegt hatte, nicht ewig würde durchhalten können. Wenigstens mußte sie nicht befürchten, daß er sich heimlich zu einem Rendezvous mit Mrs. Shorb davonschlich.

Andrea widmete sich ihrem Buch. Nach einer Weile hörte sie, wie die Gäste nach Hause kamen. Leises Stimmengemurmel drang an ihr Ohr, doch dann verstummte es, und Andrea nickte ein wenig ein.

Sie erwachte, als Martin in die Küche kam, seinen nassen Regenmantel auszog und auf einen Stuhl legte. »Bist du wach?« fragte er.

»Jetzt schon.«

»Tut mir leid, aber ich dachte, ich muß dir erzählen, was hier vor sich geht.«

Andrea setzte sich auf. Plötzlich überfielen sie hundert Ängste und Befürchtungen. »Was denn?« fragte sie. »Ein Nudistentreffen? Oder eine Orgie?«

Martin lachte. »Ganz so schlimm ist es auch wieder nicht. Hast du die Frau bemerkt?«

»Welche Frau?«

»Nach dem Gästebuch nennt sie sich Mrs. Jones«, sagte Martin trocken. »Nicht sehr originell ... Sie ist das Medium Starflower Morningcloud. In der *Post* kann man öfter etwas von ihr lesen. Kennst du ihre Kolumne?«

»Ich? Nein, solchen Quatsch lese ich nicht!«

»Dann bist du eine Ausnahme«, stellte Martin fest. »Starflower ... ihr richtiger Name ist Ruby Dowdy. Sie gehört zu den einflußreichsten Leuten in Washington. Leute aus dem Kongreß gehen bei ihr ein und aus. Man will sogar schon die Frau des Präsidenten bei ihr gesehen haben.«

»So ein Quatsch!« Andrea ließ sich zurückfallen. »Mein Kopf fühlt sich an, als wäre er mit Watte ausgestopft. Vielleicht bin ich deshalb etwas langsam ... Was willst du mir eigentlich sagen, Martin?«

»Nun, vielleicht bin ich ja dumm, aber ich meine nicht, daß wir in einem verhexten Haus wohnen ...«

»Natürlich nicht!« Andrea sprang auf. »Was tun diese Leute?«

»Nach meiner Meinung ist es so etwas wie eine Séance. Ich habe vor einiger Zeit von einem Fall gehört, wo Starflower Morningcloud einen Poltergeist austreiben wollte. Die Leute haben sie auf Schadenersatz verklagt, weil niemand mehr bei ihnen wohnen wollte! Andrea ... Andrea! Überlege lieber erst ...«

Doch er konnte sie nicht mehr aufhalten.

Andrea hatte im roten Salon und in der Bibliothek ein Kaminfeuer entzündet und die Lampen im grünen Salon brennen lassen. Die Schiebetüren, die von hier aus in die Bibliothek führten, waren geschlossen ... Wütend riß Andrea die Türen auseinander und erblickte im Schein des Kaminfeuers nur Schatten, die um den großen Tisch saßen. Am Kopfende thronte ›Mrs. Jones‹, die sich als erste von dem Schrecken erholte. Sie brach in lautes Schreien aus und wand sich in Krämpfen.

Professor Schott deutete auf Andrea und schrie: »Sie Mörderin! Lady Starflower war in tiefer Trance! Dieser Schock kann sie umbringen ...«

Andrea, die sich normalerweise immer in Selbstbeherrschung übte, hörte sich wie ein Marktweib schreien. »Verlassen Sie sofort mein Haus! Und zwar alle!

Nehmen Sie diese verrückte Hexe und scheren Sie sich von dannen!«

Beruhigend legte sich eine Hand auf ihren Arm, und Martins Stimme sagte laut: »Erst einmal wollen wir uns alle beruhigen!« Doch Andrea hatte nicht die Absicht, worauf Martin sie leicht schüttelte. »Ich werde die Sache in die Hand nehmen. Jim, bitte versuche, deine Schwester zu beruhigen.«

»Versuche es, Schwesterchen!« sagte Jim und legte den Arm um sie.

Martin knipste das Licht an, und sofort verlor die Szene den gespenstischen Eindruck. Alle blinzelten, und Starflower stellte das Schreien ein und setzte sich auf.

»Ah«, stöhnte sie und faßte sich ans Herz, »diese Qual! Wo bin ich?... Was ist geschehen?«

»Stehen Sie auf, Ruby! Ihr Kleid sieht schlimm aus!« Martin zog ein Päckchen Zigaretten aus der Tasche und zündete sich eine an. Vergnügt lächelnd betrachtete er die Szene und fuhr fort: »Sie haben einen hübschen Narren aus sich gemacht! Da habe ich gleich ein Thema für meine Kolumne, natürlich ohne Namen zu nennen.«

Ruby erhob sich, schüttelte die helfenden Hände ihrer Freunde ab und wandte sich an Martin.

»Dann werde ich mich nicht lumpen lassen, Greenspan! Aber ich werde Namen nennen! Der Schock, den ich erlitten habe...«

»Der existiert nicht! Davon werden Sie in diesem Land keinen Arzt und keinen Richter überzeugen können, Ruby. Miß Torgesen dagegen kann Sie wegen Vertragsbruch, Anstiftung zum Aufruhr und einigen anderen Punkten ganz schön in die Zange nehmen.«

Ruby sah Martin eindringlich an. »Dieses Haus wird von bösen Einflüssen beherrscht!« sagte sie mit schriller Stimme. »Ich habe es vom ersten Augenblick an gespürt! Tod und Unglück werden über die Bewohner kommen ...!«

Martin unterbrach sie. »Ist ja schon gut, Ruby! Wenn Sie den Mund halten, werde ich mich auch zurückhalten. Aber was Sie getan haben, war eine brutale Verletzung der Gastfreundschaft dieser Dame! Jeder, der ähnliche Vorstellungen plant, muß wenigstens so höflich sein und um Genehmigung bitten! Außerdem haben Sie sich unter falschem Namen eingetragen, Ruby ...«

»Ich werde dieses Haus auf der Stelle verlassen!« erklärte Ruby.

»Miß Torgesen hat keineswegs die Absicht, Sie in die Nacht hinauszuschicken«, sagte Martin, »aber ich empfehle Ihnen, Ihren Aufenthalt abzukürzen.«

Ohne ein weiteres Wort rauschte Ruby hinaus, und ihre Freunde folgten betreten. Als sie außer Sichtweite waren, rief Martin ihnen nach: »Da Miß Torgesen Ihnen die Zimmer reserviert hat, erwarten Sie wohl keine Rückzahlung.«

Am nächsten Morgen verließen die Spiritisten das Haus. Andrea brachte ihnen um halb acht Uhr ihre Frühstückstabletts. Bei Tageslicht besehen, fand sie ihr Benehmen gar nicht mehr so schlimm. Sie hatte schließlich allen Grund gehabt, dagegen einzuschreiten, denn Ruby und ihre Jünger hatten schließlich die Gemeinschaftsräume benutzt.

Martin erschien nicht, aber Jim war da, um ihr moralische Unterstützung zu geben. ›Starflower‹ rauschte wortlos an ihnen vorbei und aus der Tür, die Jim grinsend aufgestoßen hatte. Die anderen folgten, schauten einmal kurz auf oder murmelten etwas Unverständliches. Schulter an Schulter standen Andrea und Jim unter der Haustür und schauten der Abfahrt ihrer Gäste zu. ›Starflower‹ saß allein in einem Cadillac, der von Mr. Abbott gesteuert wurde, und die anderen drängelten sich alle in ein zweites Auto.

Plötzlich löste sich eine hagere Gestalt aus der Gruppe, suchte in allen Taschen und blickte in ihre Handtasche. Schließlich kam Miß Wilkins auf das Haus zu, und Andrea trat zurück, damit sie hereinkommen konnte. Wahrscheinlich hatte sie etwas vergessen oder verloren.

Aber Andrea hatte sich getäuscht, denn plötzlich ergriff Miß Wilkins ihre Hand und murmelte: »Ich habe so getan, als hätte ich etwas verloren, denn ich muß noch einmal mit Ihnen reden, Miß Torgesen! Dieses Haus beherbergt das Böse! Ich fühle es, obwohl ich nicht ›Starflowers‹ Fähigkeiten habe. Sie sollten sie bitten, das Haus zu befreien... Ich fühle es so deutlich...«

Hinter Andreas Rücken sagte Jim ruhig: »Lassen Sie es gut sein, Madam! Wir wissen schon, was wir tun!«

Miß Wilkins ließ Andreas Hand fallen und packte Jims. Mit Tränen in den Augen sagte sie flüsternd: »Armer Junge. So jung – und so unvorbereitet...«

Ein Hupton von draußen ließ sie zusammenzucken, und unter Tränen eilte sie zu den Wagen. Andrea schmiß die Tür hinter ihr ins Schloß.

»Na, endlich sind sie fort! Wenn ich nur wüßte, wer sie uns auf den Hals gehetzt hat!«

»Was soll das heißen?« fragte Jim.

»Du glaubst doch nicht, daß ›Starflower‹ ihre Informationen aus dem Jenseits erhält, oder?« fragte Andrea aufgebracht. »Irgend jemand muß ihr einen Hinweis gegeben haben!«

»Martin war es nicht.«

»Habe ich das gesagt?«

»Nein, aber gedacht! Kannst du ihn nicht ein bißchen netter behandeln? Er hat so viel für uns getan...«

»Darüber mag ich jetzt nicht reden«, sagte Andrea schniefend.

»Wie geht es deinem Schnupfen?«

»Bestens, vielen Dank!«

»Warum gehst du...«

»Falls du mich wieder ins Bett schicken willst, schreie ich! Ich will nicht ins Bett gehen! Ihr sollt mich alle in Ruhe lassen!«

Den restlichen Tag über gingen ihr die Männer nach Möglichkeit aus dem Weg. Gegen Mittag machte Martin einen Annäherungsversuch, der aber noch im Keim erstickt wurde, so daß er wieder in seinem Zimmer verschwand. Als er es um fünf Uhr noch einmal versuchte, ging Andrea gerade im Regenmantel zur Tür.

»Wohin gehst du?«

»Wen interessiert das?«

Martins Augenaufschlag galt Jim. »Uns beide interessiert es. Wir würden dir ja gern helfen...«

»Du«, sagte Andrea rasch, »du bist hier Gast. Ein zahlender Gast und nicht mein Laufbursche!«

Bevor noch jemand etwas sagen konnte, hatte sie die Tür hinter sich ins Schloß geworfen.

Um diese Tageszeit waren viele Leute im Supermarkt. Andrea rannte nervös durch die Gänge und sammelte ihre Einkäufe ein, und als der Manager sie freundlich begrüßte und wegen ihrer Erkältung bemitleidete, hätte sie ihn am liebsten gefressen. Am Ende der Regalreihe, in der sie gerade nach Papiertaschentüchern suchte, erblickte Andreas plötzlich eine vertraute Gestalt, die langsam außer Sichtweite verschwand. Wie eine Krabbe, die einen Fischer entdeckt hatte, dachte Andrea und überlegte, ob Reba ihr mit Absicht aus dem Weg ging. Da sie auch keinen gesteigerten Wert auf ein Zusammentreffen legte, war es reiner Zufall, als sie an der Kasse plötzlich nebeneinanderstanden.

»Sie sehen ja schlimm aus!« sagte Reba voller Mitleid, was Andreas Stimmung ein wenig hob. Irgendwie schien Reba in Eile zu sein, denn sie schob ihren Wagen unruhig hin und her.

»Ich bin ziemlich niedergeschlagen«, gab Andrea zu. »Ich habe Ihnen doch von der Gruppe erzählt, die diese Woche kommen sollte?«

»Ja«, sagte Reba und nahm noch einige Orangen.

»Sie können sich ja nicht vorstellen, was geschehen ist«, sagte Andrea.

»Doch. Ich habe es gehört.«

»Und wie? Durch Martin, nehme ich an.«

»Nun ...«

»Ich habe mich nicht sehr klug verhalten«, räumte Andrea ein. »Ich fürchte mich vor der Macht dieser Frau, sie kann mich ruinieren!«

»Aber nein«, sagte Reba beruhigend. »Ich kann verstehen, daß Sie jetzt aufgeregt sind, aber ...«

»Aufgeregt? Können Sie sich vorstellen, wie alle meine lieben Großväter und Großmütter reagieren werden, wenn sie hören, daß mein Haus von Unheil bedroht ist? Ich wünschte nur, ich wüßte, wer dieser Starflower Crazyhorse den Tip gegeben hat, mein Haus zu besuchen?!«

Reba bückte sich, um eine einzelne Orange aufzuheben, doch Andrea hatte ihr Gesicht gesehen. »Nicht Sie!« rief sie.

Reba hatte sich wieder aufgerichtet. Sie war ganz rot geworden. »Am besten gebe ich es gleich zu, damit Sie nicht noch jemand anderen verdächtigen ... Gott! Es tut mir leid, Andy. Ich hätte nie gedacht ...«

»Haben Sie es ihr gesagt?« fragte Andrea ganz ruhig.

»Sie ist eine alte Kundin von mir«, sagte Reba geknickt. »Ich habe es bestimmt nicht mit Absicht gesagt, das schwöre ich! Es war in der Nacht, als mir so schlecht geworden war... nein, es war ja nicht mein Magen... Es war irgend etwas in diesem Haus! Es überfiel mich... ach, ich kann es nicht beschreiben.«

»Erzählen Sie weiter!«

»Martin brachte mich nach Hause. Sie erinnern sich doch?« fragte Reba. »Mir ging es schon viel besser, sobald ich das Haus verlassen hatte, aber ich habe immer noch ein bißchen gezittert. Als ich an Rubys Tisch vorbeigegangen bin und sie begrüßt habe, hat sie mich gefragt, weshalb ich so schlecht aussehe, und ich... Sie weiß doch über solche Dinge Bescheid, aber wenn ich gewußt hätte...«

»Wem sonst haben Sie es erzählt?« fragte Andrea.

»Niemandem. Das kann ich beschwören. Andy, wenn ich irgend etwas tun kann...«

»Nein, danke, vorläufig reicht mir das.« Andrea schob ihren Einkaufswagen zu einer anderen Warteschlange, und als sie fertig war, war Reba längst verschwunden.

Als Martin ihr half, die Einkäufe ins Haus zu tragen, erzählte sie ihm die ganze Geschichte. Sie hatte es ein wenig als Entschuldigung dafür gedacht, daß sie ihn zu Unrecht verdächtigt hatte.

»Reba hat wirklich nicht versucht, dir Schwierigkeiten zu machen, Andy«, sagte Martin. »Während ich sie nach Hause fuhr, hat sie gezittert, gewürgt und gestottert... So habe ich sie noch nie erlebt...«

»Weshalb hast du mir das nicht erzählt?«

»Ich wußte nicht, wie ich es hätte erklären sollen. Ich habe sie natürlich gefragt, ob sie irgend etwas gesehen hätte, aber sie konnte es auch nicht beschreiben...

vielleicht noch am ehesten als wachsende Gewißheit, daß etwas geschehen würde... etwas Übernatürliches...« Er zuckte hilflos die Achseln. »Als ich dann nach Hause kam, wollte ich versuchen, ob ich auch etwas fühle. Ich kam mir sehr dumm vor, als ich dort im Dunkel stand. Ich empfinde das Haus als freundlich, gemütlich und heimatlich. Leute wie Ruby gehen mir gegen den Strich, aber Reba ist eine Frau, die ich kenne und bewundere. Das, was ihr geschehen ist, war real – jedenfalls für sie. Ich kann nicht behaupten, daß es nicht existiert – nur weil ich selbst es nicht gefühlt habe.«

»Philosophie interessiert mich eigentlich weniger«, sagte Andrea. »Wenn jemand Halluzinationen hat, dann sollte er die Tatsache für sich behalten.«

»Rückgängig machen läßt sich die Sache leider nicht mehr – aber ich meine, daß du dich zu sehr aufregst. Vergiß es doch einfach. Ein Krach mit Reba ist doch keine Lösung!«

Dagegen gab es keine Einwände, und Andrea war klug genug, nichts mehr zu sagen. Als sie und Jim zu Abend aßen, hörten sie die Haustür ins Schloß fallen. »Sicher geht er wieder zu Reba! Die beiden werden sich darüber unterhalten, welch gräßliche Hexe ich doch bin!«

Jim legte eine Hand auf ihre Stirn. »Du fühlst dich heiß an!«

»Ich habe kein Fieber! Und ich gehe nicht zu Bett! Jimmie, denkst du auch, daß ich unvernünftig bin?«

»Nein. Das wolltest du doch von mir hören, oder?« Er stand auf, sah sie wie ein Fremder an und ging hinaus.

Am liebsten wäre sie ihm nachgelaufen, hätte sich entschuldigt. Wofür eigentlich? Jim verehrte Martin, er war immer auf seiner Seite!

Müde und erschöpft erledigte sie noch das Nötigste. Als sie fertig war, war Jim immer noch nicht heruntergekommen. Ihr Körper schmerzte in jeder Faser, und ihre Nase lief unaufhörlich. Als sie ihre Zähne putzte, entdeckte sie die Schlaftabletten, die ihr damals nach Jims Unfall verschrieben worden waren. Kurz entschlossen nahm sie eine aus der fast unberührten Packung und schluckte sie.

Im Bett las sie noch einige Seiten, bis sie spürte, wie sich eine wohltuende Schläfrigkeit in ihrem Körper ausbreitete. Schließlich rutschte ihr das Buch aus der Hand, und ihr letzter Blick galt Mary, die wie immer aufmerksam zur Tür sah.

»Das ist gut«, flüsterte sie. »Passe nur gut auf mich auf und lasse niemanden herein zu mir!«

Andrea schlief fest und traumlos. Als sie erwachte, hatte sich das Wetter geändert. Wunderbare, sonnige Herbsttage mit kalten Nächten folgten, und das Laub färbte sich in den herrlichsten Farben und verzauberte die Landschaft. Als Folge des einmaligen Wetters waren die Zimmer fast immer ausgebucht, und es gab viel Arbeit.

Eine ganze Reihe von Hausmädchen kamen und gingen. Manche waren so unfähig, daß sie schon nach zwei Tagen nach Hause geschickt werden mußten. Die Männer halfen, wo sie konnten. Jim konstruierte sogar eine Art Rucksack, mit dem er Holz transportieren konnte. Martin machte einige Versuche, hilfreich zu sein, aber Andrea war es nie recht, so daß er es bald aufgab und sich in sein Zimmer zur Schreibmaschine und zu Satan zurückzog.

Andrea begann, sich ihre Gäste ein wenig näher anzusehen. In diesem Haus sollte nie wieder eine Séance oder Ähnliches stattfinden. Eine kleine, grauhaarige Dame, die im Salon auf dem Sofa lag und sich mit der Zimmerdecke unterhielt, wurde diskret aus dem Haus komplimentiert. Aber sonst ereigneten sich keine weiteren Zwischenfälle. Als Starflowers Artikel in einer Washingtoner Zeitung erschien, gab es noch einmal einige Spekulationen, weil von übernatürlichen Begegnungen in einem Landgasthaus berichtet wurde, das etwa fünfzig Meilen von der Hauptstadt entfernt lag. Eine Anruferin erkundigte sich direkt: »Ist es Ihr Haus, das Starflower in ihrem Artikel erwähnt hat?« Doch Andrea reagierte gelassen und bedauerte, auf absehbare Zeit kein freies Zimmer zu haben.

Eines Abends, als Andrea von der dauernden Überanstrengung völlig erschöpft war und fast über Jims Hamburgern eingeschlafen wäre, schubste er sie leicht am Ellenbogen und sagte: »Hey, Andy! Du hast mir überhaupt nicht zugehört!«

Andreas Ellenbogen gab nach, ihr Kopf fiel nach vorn, und sie biß sich auf die Zunge. Sofort füllten sich ihre Augen mit Tränen, während Jim sich kaum das Lachen verbeißen konnte. »Jesus, Andy! Es tut mir leid ... wein doch nicht ...«

»Es ist schon gut! Ich hab' mir nur auf die Zunge gebissen. Es tut eben weh!«

»Du bist völlig fertig, und ich bin zu nichts nütze«, sagte Jim bitter.

»Aber das stimmt doch nicht! Aber du könntest noch viel mehr tun, wenn du dir ...« Sie biß sich auf die Lippen.

»Wenn ich mir eine Prothese anpassen lassen würde.«

»Dabei denke ich doch nur an dich, Jimmie!«

»Ich habe kein Knie mehr«, sagte Jim ganz ruhig. »Das macht die Sache viel schwieriger. Also vergiß das Ganze. Ich gehe außerdem nie wieder in das Krankenhaus zurück!«

»Also gut! Vergessen wir die Sache!« sagte Andrea und trocknete ihre Tränen. »Was wolltest du mir sagen, bevor wir den Faden verloren haben?«

»Ich könnte eigentlich anfangen zu streichen«, sagte Jim, »aber eine Fensterbank ist kaputt, die muß ich ersetzen. Ich dachte, ich könnte vielleicht morgen in die Stadt fahren und einiges besorgen. Ich brauche ...« Er machte eine kleine Pause und fuhr dann fort: »Ich brauche einen Rat. Kannst du nicht mitkommen und mich beraten?«

Am nächsten Morgen war Andrea ganz aufgeregt. Es war das erstemal seit langer Zeit, daß Jim sie gebeten hatte, ihn zu begleiten. Vielleicht war sie ja selbst schuld, weil sie so wenig Interesse für seine Arbeit gezeigt hatte, aber sie hatte ja auch selbst viel um die Ohren gehabt. Ab jetzt wollte sie sich jedenfalls mehr Mühe geben.

Jim fuhr und unterhielt Andrea mit einem Vortrag über Vor- und Nachteile bestimmter Farben. Nach kurzer Fahrt waren sie bereits da und wurden von Mr. Burton wie alte Freunde begrüßt. Jim und er diskutierten die anstehenden Probleme ausführlich, und Andrea kam sich bald überflüssig vor. Sie wanderte im Laden umher und wartete, bis Jim fertig war.

Während die Einkäufe im Kofferraum des Wagens verstaut wurden, stieß Jim Andrea an und sagte: »Sieh mal, dort drüben!«

Die Fassade des *Peace and Plenty* glänzte im milden Sonnenlicht, und auf den Stufen davor stand Reba, die in ihrem Pelzmantel wie ein alter, dicker Bär aussah.

Jim winkte mit einer seiner Krücken. »Hallo! Reba!«

»Laß das!« zischte Andrea.

»Sei doch nicht so! Es wird Zeit, daß ihr miteinander redet.«

Andrea mußte lächeln. »Hast du das verabredet?«

»Einen Krach so lange zu konservieren, ist unnatürlich«, meinte Jim.

»Vielleicht hast du recht ...«

Als sie hinübergingen, sah ihnen Reba voller Hoffnung entgegen.

»Guten Morgen«, sagte Andrea.

Doch Floskeln waren nicht Rebas Stärke. »Sind Sie mir immer noch böse?« fragte sie.

»Natürlich nicht. Ich habe es längst vergessen.«

»Gott sei Dank! Kommen Sie, wir wollen eine Tasse Kaffee trinken. Sie brauchen doch sicher immer noch eine Hilfe? Ich habe mir Gedanken gemacht...«

Grinsend lehnte Jim die Einladung ab. »Ich habe keine Zeit, mir den neuesten Klatsch anzuhören. Rufe mich an, Andy, und ich hole dich dann ab.«

Andrea war gerührt von Rebas Bemühungen, sich mit ihr wieder zu vertragen. Sie hatte im Lauf der Jahre ein dickes Fell bekommen, doch als Reba ihr jetzt auftischte, was das Haus zu bieten hatte, und viel zuviel Zucker in den Kaffee schüttete, war sie sehr froh, hierhergekommen zu sein.

Nachdem Reba einige Damen beschrieben hatte, die als Hilfe in Frage kommen würden, einigten sie sich darauf, es mit Mrs. Horner zu versuchen...

»Sie ist ein wenig langsam«, sagte Reba, »aber dafür absolut zuverlässig. Wenn sie einmal angefangen hat, hört sie erst auf, wenn Sie es ihr sagen. Der einzige Nachteil ist – sie redet nicht gern.«

»Ich bin nicht sicher, ob das unbedingt ein Nachteil ist«, sagte Andrea und stand auf. »Ich möchte jetzt...«

»Ich werde Sie nach Hause fahren, dann müssen Sie Jim nicht stören.«

»Wollen Sie wirklich dieses entsetzliche Haus noch einmal betreten?« fragte Andrea im Spaß.

Reba sank auf ihren Stuhl zurück und sah ganz unglücklich aus. »Ich wollte schon mit Ihnen darüber reden, aber mir hat einfach der Mut dazu gefehlt.«

»Über Starflower oder über das Haus?«

»Über das Haus. Ich möchte nicht, daß Sie mich für eine dumme Alte halten.«

»Aber nein . . .«

»Aber natürlich tun Sie das. Wer an Übernatürliches glaubt, ist dumm! Ich tue es nicht . . ., aber es ist trotzdem passiert!«

Auch Andrea setzte sich wieder. »Wie haben Sie es gespürt?«

»Das ist schwer zu beschreiben.« Reba lachte kurz. »Ich fühlte mich entsetzlich schlecht. Ich fror und hatte eine Gänsehaut.«

»Konnten Sie etwas sehen?«

»Nein, aber ich wußte, daß es da war. Es kam irgendwie von außen. Keine Erkältungsanzeichen wie Schüttelfrost. Ich bin weggelaufen, weil ich Angst hatte, daß ich es sonst möglicherweise sehen würde.«

»Ist es Ihnen schon früher passiert?« fragte Andrea.

»Ja, ungefähr sechsmal. Am deutlichsten auf einem Empfang für einen Politiker in einem Hotel. Damals war es der Mensch und nicht das Gebäude, das mir diese Angst eingeflößt hat. Ich wußte nicht einmal, wie der Mensch hieß. Ein netter, freundlicher Mann mittleren Alters. Einige Monate später hat er seine Frau mit der Schaufel erschlagen.«

Reba wischte sich den Schweiß von der Stirn. Andrea war beeindruckter, als sie zugeben wollte. »Dieses Gefühl muß ja entsetzlich sein! Sind Sie einmal beim Arzt gewesen?«

»Ich dachte, daß Sie diese Frage stellen würden«, lachte Reba etwas verächtlich. »Er hat gemeint, ich müßte fünfzig Pfund abnehmen und aufhören zu rauchen. Ich weiß nicht, was es ist, aber wenn es passiert, dann laufe ich weg, so schnell ich kann. Ich hätte viel eher gehen sollen, aber es hat mir so gut gefallen, und ich wollte Sie doch nicht beunruhigen.«

»Das ist jetzt vorbei«, sagte Andrea tröstlich.

»Ja«, meinte Reba seufzend, »ich fühle mich besser. Und jetzt wollen wir das Thema endlich begraben.«

»Könnte ich Ihnen noch eine einzige Frage stellen?«

»Aber selbstverständlich.«

»Sie haben doch ab und zu Cousine Bertha besucht. Weshalb hatten Sie damals dieses Gefühl nicht?«

»Damals gab es das noch nicht«, sagte Reba.

10

Andrea schlug Rebas Angebot, sie nach Hause zu fahren, aus und ging zu Fuß. Sie wollte ein bißchen nachdenken. Reba war bekannt für ihre Skepsis, und deshalb wog ihre Aussage weit mehr als das alberne Gerede einer Starflower Morningcloud. Rebas Ernsthaftigkeit konnte man nicht in Zweifel ziehen. Jetzt verstand Andrea auch, weshalb Martin mit seiner Erzählung so zurückhaltend gewesen war.

Wenn es nur Rebas Erfahrungen gegeben hätte, würde Andrea nicht weiter darüber nachdenken, aber es gab ja noch andere Anzeichen, die sich einander hoffnungslos widersprachen. Reba rannte voller Schrecken aus diesem Haus fort, Martin fand es gemütlich und vertraut. Ein Gast hatte Engelsflügel gehört, und sie selbst hatte sich vor dem Schlagen der mächtigen Flügel gefürchtet.

Als Andrea an der Einfahrt angekommen war und das Haus vor sich liegen sah, betrachtete sie es mit kritischen Augen. Wenn ich Reba wäre, würde ich jetzt nach lauernden Gestalten Ausschau halten. Aber sie sah ihr Haus mit anderen Augen. Es war ihr Haus, ihre Schöpfung. Sie hatte es zu dem gemacht, was es jetzt war, und sie liebte es, wie ein Künstler seine Werke liebt, die er mit Herz und Händen hergestellt hat. Falls dieses Unternehmen fehlschlagen sollte, würde ein großes Stück von ihr selbst verlorengehen.

Aber es würde nicht fehlschlagen. »Hier bin ich«, sagte sie laut in die klare Luft, und sie hatte den Eindruck, als hätte das Haus sie genau verstanden und als freute es sich.

Der Spaziergang hatte seinen Zweck erfüllt und ihre Gedanken wieder etwas geklärt, nachdem Reba sie doch sehr beeindruckt hatte. Andrea war froh, daß sie mit Martin jetzt nicht darüber reden mußte, denn er hatte offenbar seinen toten Punkt wieder einmal überwunden und klapperte pausenlos auf seiner Schreibmaschine.

Jim hatte anscheinend eine Lösung für seine Probleme gefunden, denn mittlerweile war er an einem Punkt angelangt, wo er allein nicht mehr zurechtkam. Am Nachmittag hielt ein Lieferwagen vor dem Haus. Der Fahrer stellte sich als »Wayne – meinem Vater gehört der Eisenwarenladen« vor. Andrea war etwas ratlos, doch Jim hatte den jungen Mann offenbar erwartet. Er kam gerade rechtzeitig die Treppe herunter. »Wayne hilft mir ein bißchen«, erklärte er.

»Ja, Madam«, war alles, was Wayne dazu sagte.

Es war alles, was er zu Andrea sagte, später hörte sie die beiden pausenlos reden, während sie allerlei Werkzeug und Maschinen nach oben schleppten. Andrea hatte keine Ahnung, was oben vorging, aber sie beherrschte sich. Wenn es Jim Freude machte, war es in Ordnung.

Mrs. Horner erschien früh am nächsten Morgen. Andrea war nicht sehr begeistert, als sie ihren Watschelgang bemerkte. Außerdem mochte ihr die Frau nicht direkt in die Augen sehen. Sie sprach während der ersten Stunde wirklich keine drei Worte. »Morgen« war das einzige, sonst hatte sie nur genickt, den Kopf geschüttelt oder aber nur gestarrt.

Nachdem Andrea ihr das Haus und die verschiedenen Putzmittel erklärt hatte, ließ sie Mrs. Horner allein in einem Badezimmer im ersten Stock. Als sie nach einer halben Stunde wiederkam, war zwar nur das halbe Zimmer geputzt, aber so sauber hatte Andrea es noch nie gesehen.

Sie hüpfte förmlich nach unten, um einen Anruf zu beantworten. Eine ihrer ›Großmütter‹ rief an und fragte, ob sie und ihr Mann über Thanksgiving willkommen wären. Andrea mochte die beiden ganz besonders und versicherte, daß sie sich freuen würde, sie hier zu haben. Nachdem sie aufgehängt hatte, fuhr sie mit einem Bleistift nachdenklich durch den Kalender. Thanksgiving war bereits in zwei Wochen. Dieser schöne Indianersommer hatte sie jedes Zeitgefühl verlieren lassen. Es schien unglaublich, daß in Kürze Weihnachten sein sollte. Sie war in der vergangenen Zeit so beschäftigt gewesen, daß sie noch nicht überlegt hatte, was sie an den Feiertagen tun sollte. Am besten würde sie schließen und den Tag allein mit Jim verbringen.

Mit gerunzelter Stirn studierte sie den Kalender. Thanksgiving war geöffnet. Hatte Jim nicht erwähnt, daß Kevin möglicherweise kommen würde? Für sie stand es ziemlich fest, denn Kevins Eltern waren geschieden und ständig beleidigt, wenn der Sohn vermeintlich den einen Elternteil bevorzugte und öfter besuchte. Er wählte oft den einfachsten Weg und kam zu Jim.

Kevin – und Martin, der Dauergast. Offenbar war er nicht verheiratet, aber vielleicht hatte er Kinder oder Verwandte, bei denen er diesen Tag verbringen wollte. Seltsam, daß sie so wenig von ihm wußte, aber höchstwahrscheinlich war es ihr eigener Fehler. Sie hatte ihn nie ausgefragt. Es war ihr eigentlich gar nicht in den Sinn gekommen, weil sie so sehr mit sich selbst beschäftigt gewesen war.

Andrea hatte sich entschieden, daß sie für Weihnachten keine Reservierungen annehmen würde. Sie und Jim würden diesen Tag unter allen Umständen allein verbringen. Sie würden einen Baum aufstellen und sich beschenken. Dank Martins Zahlungen konnte sie Jim sogar etwas Schönes kaufen.

Martin – immer Martin. Spontan griff Andrea zum Telefonhörer, aber bevor sie wählte, überlegte sie noch einmal und legte den Hörer wieder auf. Martin hatte nämlich die Angewohnheit, oben im Flur auf und ab zu laufen, weil er dabei besser denken konnte, doch sie wollte keinesfalls, daß er zuhörte, wenn sie Reba ein bißchen über ihn ausfragte...

Entsetzt sprang Andrea auf. Sie hatte Mrs. Horner total vergessen, doch die treue Seele stand mit ihrem Putzzeug mitten im Flur und wußte nicht mehr weiter.

»Es tut mir leid, Mrs. Horner«, sagte Andrea, »möchten Sie jetzt eines der Schlafzimmer richten?«

Doch Mrs. Horner starrte nur dumpf in die Gegend. Andrea hätte beinahe gelacht, aber sie bezähmte sich. Statt dessen besann sie sich auf eine einfachere Formulierung. »Sie können jetzt eines der Schlafzimmer richten«, teilte sie ihr mit.

Mrs. Horner strahlte und nickte. »Warten Sie, ich will nur sehen...« Sie klopfte an Martins Tür, weil sie gerade kein Schreibmaschinengeklapper hörte.

Er stieß die Tür auf und schaute so unfreundlich, daß Andrea vorsichtshalber einen Schritt zurückwich und prompt Mrs. Horner, die ihr wie ein Hund gefolgt, war, auf den Fuß trat. Martins Hemd war zerknautscht und sein Haar stand in alle Himmelsrichtungen vom Kopf ab. Außerdem war er von oben bis unten voller Tinte.

»Was ist denn los?« fragte sie.

»Ich wechsle gerade mein Farbband, ich habe gerade mein Farbband gewechselt«, sagte er, »und ich werde mein Farbband wechseln, für immer und immer, bis ans Ende der Welt. Amen!«

Da sprach Mrs. Horner ihr zweites Wort: »Amen!« wiederholte sie geflissentlich. Andrea verwandelte ihren Lachanfall höflicherweise in einen Hustenanfall.

Als sie in das Zimmer blickte, verschlug es ihr die Sprache. Mitten auf dem ungemachten Bett thronte Satan auf einem Haufen aus Decken und Tüchern, und der Boden war mit zerknüllten Manuskriptseiten bedeckt, weil der Papierkorb längst zu klein geworden war.

»Ich werde dein Farbband wechseln, wenn du für eine halbe Stunde aus dem Zimmer gehst und Mrs. Horner arbeiten läßt«, sagte Andrea. »Mrs. Horner, darf ich Ihnen Martin Greenspan vorstellen.«

Mrs. Horner war bis an die gegenüberliegende Wand des Flurs zurückgewichen und starrte mit schreckgeweiteten Augen in Martins Zimmer. »Nein, Madam, hier kann ich nicht arbeiten. Nein! Nicht mit diesem Biest!«

»Soll ich ihn herausholen?« bot sich Martin an.

Doch Mrs. Horner schüttelte den Kopf. »Den kriegen Sie nie heraus. Der geht nur, wenn er will!«

»Dann werde ich Mr. Greenspans Zimmer richten«, erklärte Andrea, um es sich nicht gleich mit Mrs. Horner zu verderben. »Sie übernehmen dann eben das andere Zimmer am Ende des Flurs.«

Zu Andreas Erleichterung nickte Mrs. Horner und ließ sich alles Notwendige erklären. Dann lief Andrea wieder zurück zu Martins Zimmer.

Er beobachtete fasziniert, wie sie das Farbband wechselte, und fragte schließlich: »Woher hast du denn diese entzückende Frau?«

»Von Reba natürlich. Sie ist ein bißchen seltsam, aber sie arbeitet ausgezeichnet. Ich hoffe nur, daß Satan seinen alten Gewohnheiten treu bleibt und nicht dauernd umzieht.«

Doch Satan schien nicht die Absicht zu haben. Als Andrea sich dem Bett näherte, schloß er die Augenlider bis auf einen ganz schmalen Spalt, durch den er Andrea beobachtete. Entschlossen packte sie zu, faßte die Decke und zog sie blitzschnell vom Bett, so daß Satan herunterrollte und alle viere in die Luft streckte. Martin lachte, und Satan fauchte.

»Paß auf!« warnte Martin, als sie die Hand nach dem Tier ausstreckte.

»Ach, sei doch nicht albern«, sagte Andrea und nahm das Tier hoch. »Du lieber Gott! Ist er schwer!« ächzte sie.

»Das macht er mit Absicht!« sagte Martin. »Er kann sein Gewicht verdoppeln, wenn er will!«

Andrea ließ den Kater zu Boden plumpsen. »Und jetzt bleibst du hier sitzen, verstanden?«

Satan war zwar etwas unwirsch, aber er folgte.

»Siehst du, so macht man das«, sagte Andrea, »und nun geh du auch und laß mich arbeiten.«

Martin schüttelte nur den Kopf und verschwand in Richtung auf das andere Zimmer am Ende des Flurs. Als er eine halbe Stunde später zurückkam, war Andrea gerade fertig. Er wartete, bis sie den Staubsauger ausgestellt hatte, und dann sagte er: »Es sieht wirklich besser aus!«

»Wie kannst du nur in einer solchen Unordnung leben?«

»Ich kenne es nicht anders.«

»Und wie hat dir Mrs. Horner gefallen?«

»Wenn sie erst einmal angefangen hat, redet sie auch weiter. Sie ist wirklich einmalig! Ich könnte ein Buch über sie schreiben! Weißt du, was sie über Satan gesagt hat? Er ist der Kater einer Hexe und hat noch einige seiner neun Leben übrig. Er war schon hier, als mein Großvater noch lebte, und er wird auch noch am Leben sein, wenn wir alle längst gestorben sind.«

»Sie ist sehr abergläubisch«, meinte Andrea.

»Wir sollten uns nicht über sie lustig machen«, sagte Martin. »Sie ist eine gute Seele, und außerdem hat sie versprochen, mir einen Apfelkuchen zu backen.«

»Sie kann kochen?« Andrea strahlte förmlich. »Dann kann sie meinetwegen an Hexen und Geister glauben, so lange es ihr Spaß macht.«

Weil Andrea die kleinen Kuchen nicht mehr sehen konnte, kramte sie gleich am nächsten Morgen alle Kochbücher und Magazine zusammen und brachte sie Mrs. Horner, die sich zwar die Bilder ansah, aber dann erklärte: »Ich kann nicht nach Büchern kochen!«

»Sie können gern Ihre eigenen Rezepte verwenden«, sagte Andrea eifrig.

»So ... Soll ich einen Zopf backen?« fragte Mrs. Horner und deutete auf ein braunschimmerndes Prachtexemplar in einem der Hefte.

»Wie Sie wollen, Mrs. Horner«, sagte Andrea geduldig. »Irgend etwas, das ich meinen Gästen zum Frühstück servieren kann.«

Mrs. Horner nickte, und Andrea ließ sie allein. Während sie die Wohnräume in Ordnung brachte, kam ihr plötzlich der Gedanke, daß Mrs. Horner vermutlich gar nicht lesen konnte. Anschließend fegte sie in der warmen Herbstsonne die Veranda, was sonst eine ihrer liebsten Arbeiten war. Aber heute erledigte sie alles in kürzerer Zeit, weil sie von den herrlichsten Düften magisch ins Haus zurückgezogen wurde.

Jim saß bereits am Tisch, was Andrea aber gar nicht wunderte, denn er konnte eine Tafel Schokolade durch mehrere Verpackungen hindurch meilenweit riechen. Er hatte die Arme aufgestützt und labte sich genüßlich an Zimtkuchen, wobei Mrs. Horner voller Vergnügen zusah. Auf dem Tisch standen bereits zwei Bleche voller glasierter Kekse, und auf der Anrichte ging ein Teig zu einer herrlichen Halbkugel auf. Als Andrea eintrat, drehte sich Mrs. Horner gerade um, um ein weiteres Blech aus dem Ofen zu holen. Fasziniert beobachtete Andrea, wie Mrs. Horner eine goldfarbene Flüssigkeit auf die heißen Hörnchen verstrich.

»Magst du auch ein Stück versuchen?« fragte Jim mit vollem Mund. »Diese Dame ist die größte Köchin aller Zeiten. Wir haben uns soeben verlobt!«

Andrea hatte Mrs. Horner noch nie lachen hören, aber sie vermutete, daß diese glucksenden Laute etwas Ähnliches sein sollten. »Da muß ich Sie aber erst noch füttern«, meinte sie, »denn so sind Sie mir viel zu dünn!«

Beide explodierten vor Lachen.

Schnuppernd kam Martin durch die Tür und blickte ungläubig auf die Herrlichkeiten. In Gegenwart der beiden Männer wurde Mrs. Horner immer munterer, und als Martin ihr ebenfalls einen Heiratsantrag machte, antwortete sie: »Tut mir leid, Sir, aber ich bin bereits verlobt!« Jim und Mrs. Horner zwinkerten einander zu und brachen erneut in Lachen aus.

Nachdem die beiden Männer ein ganzes Blech leergegessen hatten, scheuchte Andrea sie mehr oder weniger gewaltsam aus der Küche und ging nach oben, um die Badezimmer zu putzen.

Um ein Uhr glich die Küche einem Bäckerladen. Kaum zu glauben, daß Mrs. Horner das alles mit ihren dicklichen Fingern in so kurzer Zeit geschaffen hatte. Andrea beglückwünschte sie zu ihrer Leistung, doch Mrs. Horner nickte nur. Nachdem die Männer gegangen waren, war sie wieder in ihr übliches Schweigen verfallen. Als sie ging, begleitete Andrea sie zur Tür.

»Bis morgen«, sagte sie fröhlich.

»Nein, Madam, morgen komme ich nicht!«

»Was? Weshalb denn nicht?« Es klang wie ein Aufschrei.

»Schnee«, sagte Mrs. Horner. »Bei Schnee kann ich nicht fahren.«

»Schnee?« Andrea betrachtete den blauen Himmel und die im warmen Herbstwind wirbelnden Blätter. »O nein, Mrs. Horner! Sie müssen sich irren. Der Wetterbericht...«

»Bei Schnee kann ich nicht fahren.«

Damit verabschiedete sich Mrs. Horner und kletterte in ihr betagtes Vehikel, während Andrea in die Küche lief, um ihre Schätze vor den gierigen Dieben in Sicherheit zu bringen.

Nachdem Jim oben in seinem Turm verschwunden war und Martin sich wieder hinter seine Schreibmaschine verzogen hatte, setzte Andrea sich ins Auto und fuhr in die Stadt. Reba freute sich sehr, sie zu sehen. »Schon wieder, Andy! Sie werden noch zur Herumtreiberin! Setzen Sie sich, und essen Sie einen Happen!«

»Danke, das haben wir gerade hinter uns. Aber eine Tasse Kaffee hätte ich gern!«

»Ich freue mich über diese Überraschung! Ich dachte nämlich, daß Sie gerade jetzt viel zu tun haben. Einen solch schönen Herbst hatten wir schon lange nicht mehr!«

»Mrs. Horner behauptet, daß es morgen Schnee gibt. Ich bin gespannt, wie sie im Winter zu mir kommen wird. Sie hat gesagt, daß sie bei Schnee nicht fahren kann.«

»Oh, verdammt!« rief Reba. »Ich wollte morgen nach Baltimore fahren! Nun, das werde ich wohl besser absagen.«

Danach sprachen sie noch eine Weile über Mrs. Horner, und Andrea erfuhr, daß Mrs. Horner außerhalb der Stadt an einem Feldweg wohnte, den man bei schlechtem Wetter nur mit dem Jeep befahren konnte.

»Aber eigentlich bin ich gekommen, weil ich mit Ihnen über Martin reden möchte«, sagte Andrea und versuchte das Dilemma zu erklären, in dem sie sich befand. »Ich weiß nicht, ob er an den Feiertagen bei uns sein wird, aber ich möchte ihn auch nicht fragen, weil er sonst glauben könnte, er wäre uns nicht willkommen.«

»Ich glaube nicht, daß er wegfahren wird«, sagte Reba. »Ich wüßte auch nicht wohin.«

»Hat er keine Familie, keine Freunde?«

»Freunde bestimmt, aber niemanden, der ihm nähersteht...« Reba schwieg und rührte etwas Zucker in ihren Kaffee. »Es fällt mir schwer, über einen Freund solche Auskünfte zu geben...«

»Dann sagen Sie es mir nicht.«

»Doch, es ist sicher besser. Er hat ein Kind, einen Sohn, der mittlerweile zwölf sein dürfte. Martin hat ihn seit drei Jahren nicht mehr gesehen.«

Andrea blieb der Mund offen vor Verwunderung, doch Reba sprach gleich weiter: »Sehen Sie! Das ist genau das, was ich meine. Wenn Sie nur die Fakten wissen, wissen Sie nämlich noch gar nichts. Martin liebt dieses Kind über alles. Es ist einfach eine Tragödie.

Er hat seine Frau über alle Maßen verehrt, obwohl sie es nicht verdient hatte. Sie war ein blondes, blauäugiges Dummchen, doch Martin war verrückt nach ihr. Ich kenne die beiden, seit er damals ein hungernder Reporter war. Aus diesem Grund waren ihre Eltern gegen eine Heirat – und weil er Jude ist. Die einzige mutige Tat, die Marietta jemals vollbracht hat, war, von zu Hause wegzulaufen und Martin zu heiraten.

Aber es kam, wie es kommen mußte, das reiche Mädchen konnte nicht wirtschaften. Nach einem Jahr waren sie hoch verschuldet. Als sie dann auch noch ein

Kind erwartete, wollte sie wieder nach Hause, aber die Familie sperrte sich. Doch nachdem Marietta bei der Geburt des Kindes gestorben war, machte die Familie plötzlich alle Macht und allen Einfluß geltend und erhielt das Sorgerecht. Martin trank damals unglaublich viel und hatte keine Aussichten, das Kind zu bekommen.«

»Davon hatte ich überhaupt keine Ahnung«, sagte Andrea. »Jetzt ist er aber ganz anders.«

»Ja«, sagte Reba. »Die Tatsache, das Kind verloren zu haben, hat ihn so sehr geschockt, daß er keinen Tropfen mehr getrunken hat. Er wurde beruflich immer besser und erfolgreicher. Als er schließlich bekannt war, setzte er ein Besuchsrecht durch, aber da war es schon zu spät. Die Familie hatte das Kind beeinflußt, so daß es Martin ablehnte. Martin gab nach, um das Kind nicht unnötig zu quälen.«

»Ich bin froh, daß Sie es mir erzählt haben«, sagte Andrea. »Mit ihm werde ich natürlich nicht darüber reden.«

»Lieber nicht, ich möchte nicht noch einmal einen Freund wegen meines Mundwerks verlieren!«

»Falls Sie mich damit meinen, Reba: Sie haben meine Freundschaft nicht verloren«, sagte Andrea lächelnd. »Ich werde ihn bitten, Thanksgiving mit uns zu verbringen.«

»Das wird ihn sicher ...« Reba unterbrach sich, sprach aber kurz darauf weiter, »das wird ihn sicher sehr freuen. Er fühlt sich wohl bei Ihnen und Jimmie. Andy, haben Sie eigentlich einmal darüber nachgedacht ...«

»Worüber?«

»Ach, nichts«, murmelte Reba.

»Ich verstehe nicht, wovon Sie sprechen, Reba. Aber ich fände es schön, wenn Sie auch kämen. Einverstanden?«

»Kommen Sie lieber zu mir.« Rebas Gesicht war ganz

grau geworden, und sie vermied es, Andrea in die Augen zu schauen. »Ich wollte Sie sowieso einladen«, sagte sie schnell. »Für mich ist es viel einfacher, wenn Sie hierherkommen...«

»Sie fürchten sich immer noch vor dem Haus«, sagte Andrea ungläubig.

Reba gab keine Antwort.

Als Andrea am nächsten Morgen erwachte, war ihr Zimmer in sanftes Zwielicht gehüllt, und dicke Schneeflocken tanzten vor den Fenstern. Es mußte schon eine ganze Weile so geschneit haben, denn der Garten war schon förmlich in der weißen Pracht ertrunken. »Verdammt!« rief Andrea und stampfte mit dem Fuß auf. Woher hatte Mrs. Horner das gewußt? Wahrscheinlich würden die meisten Gäste absagen müssen.

Der erste Anruf kam um acht Uhr, und als es elf Uhr war, hatten alle abgesagt. Andrea nahm sich einige von Mrs. Horners Orangenplätzchen und setzte sich an den Küchentisch, um in Ruhe Zeitung zu lesen. Es war ihr erster richtiger Wintertag in diesem Haus.

Als sie Jim zum Essen rief, wollte er erst noch einige Sachen streichen, weil Wayne später kommen und ihm bei einigen Arbeiten zur Hand gehen wollte. Sie konnte fast nicht zusehen, wie er dort oben auf der Leiter stand. Es schneite? Na und! Waynes Vater hatte einen Jeep. Andrea wäre gern ein wenig bei Jim geblieben, aber er war verschlossen und antwortete nur kurz. Also ging sie bald wieder nach unten und machte einige Sandwiches, die sie ihm nach oben brachte. »Danke, ich werde sie später essen.« Das war alles.

Weil Martin ebenfalls nicht zum Essen kam, machte Andrea es sich gemütlich. Sie legte sich auf das Sofa, das in der Küche stand, und las. Zwischendurch ließ sie Wayne ins Haus, der es tatsächlich geschafft hatte, sich bis zu ihnen durchzuschlagen. Später hörte sie, wie er wieder ging, aber sie erhob sich nicht.

Erst als gegen Abend ein einzelner Sonnenstrahl auf die Seite fiel, auf der sie gerade las, stand sie auf und trat ans Fenster. Mittlerweile hatte der Schneefall aufgehört, und die Wolken hatten sich ein wenig gelichtet, so daß an manchen Stellen das rote Licht der untergehenden Sonne durchbrach und die Schneelandschaft in ein rosafarbenes Märchenland verwandelte.

Rasch zog Andrea Stiefel und Mantel an, nahm einen Besen mit und verließ das Haus. Die Luft war unglaublich klar, und das Licht veränderte sich mit jeder Minute. Andrea hatte kaum angefangen, die Veranda zu fegen, als sie den Besen auch schon wieder beiseite stellte. Statt dessen stapfte sie durch den Schnee die Auffahrt entlang bis zum Tor.

Dort drehte sie sich um und blickte zurück zum Haus, zu ihrem Haus, das im lilafarbenen Abendlicht das helle Weiß des Schnees zu reflektieren schien. Martins Zimmer war erleuchtet, und sie konnte ihn als Schatten auf und ab laufen sehen. Auch oben in Jims Turm brannte Licht. Sonst war alles dunkel. Die Birne in der Halle mußte durchgebrannt sein, denn Andrea konnte sich genau erinnern, das Licht angemacht zu haben.

Auf der Straße hinter ihr war keinerlei Verkehr. Langsam wurden die Schatten dunkler und größer, und die Erinnerungen aller, die in diesem Haus gelebt und sicher oft von hier aus seine Schönheit bewundert hatten, umgaben sie. Kurze Zeit später war es fast ganz dunkel, und Andrea folgte ihrer Spur zurück ins Haus.

Als sie die Halle betrat, war es um sie herum stockfinster. Mit ruhigen, sicheren Schritten ging Andrea hinüber zum Lichtschalter, doch als sie die Hände danach ausstreckte, spürte sie, wie hinter ihrem Rücken etwas an ihr vorbeistrich und nach oben ging.

Sie hatte es genau gespürt und hatte es begrüßen wollen, denn es war etwas Vertrautes wie Martin oder Jim, aber als sie sprechen wollte, stellte sie fest, daß sie nicht wußte, was sie sagen sollte. Ihre Finger fanden den Schalter, und sie blinzelte in der plötzlichen Helle. Noch bevor sie sich umblickte, wußte sie, daß sie niemanden entdecken würde.

Oben im Flur öffnete sich eine Tür, und kurz darauf rief Martin: »Andrea?«

»Ja«, antwortete sie ruhig.

»Wo bist du?« Sie hörte seine Schritte im Flur.

»Ich bin hier unten. Was ist denn los?«

Martin blieb auf dem Treppenabsatz stehen und sah zu ihr herunter. »Was möchtest du denn?« fragte er, und als er ihre schneebedeckten Stiefel bemerkte: »Warst du vor einer Minute oben an meiner Tür?«

»Nein, ich bin gerade hereingekommen.«

Er kam die restlichen Stufen herunter. »Hast du nicht gerade eben an meine Tür geklopft?«

»Nein.«

»Vielleicht werde ich ja verrückt«, sagte er und strich sich nachdenklich über den Kopf.

»Vielleicht war es Jim«, meinte Andrea. Sie wollte ihm nichts von ihrem Erlebnis erzählen, damit er nicht fragen und alles mit Rebas schrecklicher Erzählung in einen Topf werfen konnte. Es war nichts Schreckliches gewesen ... es war ihre ganz private Begegnung gewesen, und das ging niemanden etwas an.

Sie hörte Jim die Treppe herunterkommen. Während er oben im zweiten Stock über den Flur lief, trafen sich ihre und Martins Augen, und sie wußte, was er dachte. Jim konnte nicht bei ihm geklopft haben, denn er hätte niemals ungehört verschwinden können. Trotzdem fragte ihn Martin.

»Ich habe nicht geklopft! Ich war den ganzen Nachmittag oben. Vielleicht war es ein höflicher Räuber, der vorher anklopft.«

Martin hatte keinen Sinn für Späßchen. »Ich kann nicht beschwören, daß jemand geklopft hat«, sagte er nachdenklich. »Ich habe angenommen, daß jemand vor meiner Tür stand, weil Satan plötzlich aufgesprungen und zur Tür gelaufen ist. Er miaute und wollte nach draußen. Er schnurrte sogar, und sein Schwanz fegte aufgeregt hin und her...«

»Du solltest doch vielleicht besser Gruselromane schreiben«, sagte Andrea munter. »Martin, ich glaube, du verschwendest ein ganz großes Talent!«

»Als ob der Kater jemanden begrüßen wollte!« sagte Martin, der gar nicht genau zugehört hatte.

11

Am nächsten Morgen kam Mrs. Horner pünktlich zur Arbeit. Andrea war überhaupt nicht verwundert, denn über Nacht war es wärmer geworden, und der Schnee in der Einfahrt war weitgehend geschmolzen. Die Gäste, die gestern noch abbestellt hatten, fragten an, ob sie ihre Zimmer noch haben könnten.

Martin ging mittags zu Reba, nicht ohne vorher noch mit Mrs. Horner gescherzt zu haben. Erst nachdem sie gegangen war, tauchte Jim auf und verschlang sein Mittagessen in atemberaubendem Tempo, weil er noch einmal in die Stadt mußte, um einiges zu besorgen. Ob er etwas Geld haben könnte? Vielleicht zwanzig Dollar?

Andrea gab ihm das Geld, ohne etwas zu sagen, aber sie nahm sich vor, ihm noch einmal ganz gründlich ins Gewissen zu reden, denn er sah von Tag zu Tag schlechter und ungesünder aus.

Nach dem Essen ging sie nach oben, um die Gästezimmer noch einmal zu überprüfen. Im oberen Flur empfing sie ein eiskalter Luftzug. Wahrscheinlich hatte Jim alle Türen und Fenster zum Lüften geöffnet. Hastig stieg Andrea ganz nach oben, um wenigstens Jims Tür zu schließen, doch was sie vorfand, verschlug ihr den Atem. Eines der fast bis zum Boden reichenden Fenster war zusammen mit dem Rahmen aus der Mauer herausgenommen worden und lag jetzt mitten im Raum auf dem Fußboden. In der Wand gähnte ein gigantisches Loch.

Beim Reparieren der Fensterbank hatte Jim sicher einen größeren Schaden festgestellt und das ganze Fenster entfernen müssen. Wie er das geschafft hatte, blieb für Andrea ein Rätsel. Aber jetzt brauchte er sicher fachkundige Hilfe beim Einsetzen und war deshalb in die Stadt gefahren, um im Eisenwarenladen um Unterstützung zu bitten.

Vorsichtig näherte sich Andrea dem gähnenden Loch, dessen unterer Rand nur einen knappen Meter über dem Boden endete. Ein unvorsichtiger Schritt, ein Ausrutscher, und man fiel hinaus. Immerhin waren es hier bestimmt zehn Meter bis zum Boden. Sie überlegte, wie sie die Stelle absichern könnte, aber es blieb keine andere Möglichkeit, als die Tür zum Zimmer abzuschließen.

Eigentlich wollte sie gleich wieder gehen, aber irgendeine geheime Kraft trieb sie weiter, langsam immer näher zu der Öffnung, bis sie schließlich nach unten auf die Rhododendronbüsche blicken konnte. Die würden ihren Fall nicht wirksam bremsen, aber Andrea war sicher, daß der Tod kurz und schmerzlos sein würde.

Sie stand in der Öffnung und stützte sich auf beiden Seiten an der Mauer. Sie fühlte einen lautlosen Schrei in ihrer Kehle, als sie nach vorn gezogen wurde. Sie war wie gelähmt, und der Schweiß lief ihr in Strömen über das Gesicht.

Doch dann legte sich eine feste Hand von hinten auf ihre Schulter und hielt sie fest. Dadurch löste sich der Krampf, und sie stolperte zurück und sackte auf dem Dielenboden in sich zusammen.

»Andrea! Wo bist du?« Es war Martins Stimme. Dann hörte sie seine Schritte auf der Treppe. »Hast du schon bemerkt, daß es überall im Haus eiskalt ist? Ich dachte, Jim ... Du heiliger Himmel! Was ist geschehen? Bist du gefallen?«

Warme Hände faßten ihre Schultern, aber es waren nicht die Hände, die sie gerettet hatten – ganz und gar nicht! »Bist du verletzt?« fragte Martin. »Verdammt! Sag doch etwas!«

»Ich bin nicht gestolpert ... Ich wäre fast ... Martin! Ich

stand da und wollte springen! Mich einfach fallenlassen ...«

»Großer Gott!« Martin wurde ganz blaß, als er das Loch in der Wand erblickte. »Dieses verflixte Kind! Ich werde ihm alle Knochen brechen! Komm, Andy, wir wollen nach unten gehen.«

»Es war nicht sein Fehler ... Mach bitte die Tür zu, Martin!«

»Ja, natürlich ... Laß mich dir helfen.«

»Mir geht es ja gut.« Sein Griff gab ihr das Selbstvertrauen wieder. Auf der untersten Treppenstufe seufzte sie laut. »O Mann! Das war ein Erlebnis!«

»Es ist gar nicht so selten«, sagte Martin.

»Wirklich?«

»Viele Menschen können die Höhe nicht vertragen. Geht es dir jetzt wieder besser?«

»Ja, danke. Ich muß mit Jim reden. Es war nicht sein Fehler. Er konnte nicht damit rechnen, daß ich in sein Zimmer gehen würde. Und daß ich mich dann auch noch so verrückt aufführe!«

»Versprichst du mir, daß du nicht wieder hinaufgehst?«

»Aber ja, natürlich.«

Als Jim zurückkam, waren Mr. Burton und Wayne bei ihm, so daß Andrea sich rasch in die Küche verzog, bevor sie sie sehen konnten. Sie wollte Jim nicht vor seinen Freunden bloßstellen. Je länger sie darüber nachdachte, desto klarer wurde ihr, daß sie Jim mit Vorwürfen nur unnötigerweise belasten würde. Schließlich hatte sie sich so verrückt benommen ... nein, sie wollte es Jim nicht einmal erzählen. Sie mußte nur noch mit Martin reden. Es war ja purer Zufall, daß er sie gefunden hatte, bevor sie sich erholt hatte.

Sie wartete etwa eine Stunde, bevor sie nach oben ging, um nachzuschauen, was die drei dort machten.

Das Fenster war bereits eingesetzt, und Burton und Jim sahen Wayne beim Verputzen zu.

»Hallo, Mr. Burton! Ich habe Sie ja gar nicht kommen hören! Wie nett von Ihnen, daß Sie Jim helfen!«

»Keine Ursache, Madam, Jim hat ohnehin das meiste getan, aber zum Zusammensetzen braucht man ein paar Hände mehr! Ich habe dem Jungen ein paar Kniffe beigebracht. Im Laden war ohnehin fast nichts los.«

»Trotzdem vielen Dank«, sagte Andrea. Nachdem das Fenster wieder an Ort und Stelle war, fühlte sie überhaupt keine Unsicherheit mehr und konnte es kaum glauben, daß es jemals so gewesen sein sollte. Wenn jetzt noch der Schutt und Schmutz weggeräumt wurde, war der größte Teil der Arbeit schon geschafft.

Nachdem die beiden Burtons gegangen waren, kamen bereits die ersten Gäste. Sie entschuldigten sich wieder und wieder, doch Andrea beruhigte sie und führte sie in ihre Zimmer.

Mrs. Hinckley und ihr Mann waren freundliche Leute, die sich sehr genau nach allem erkundigten und viel Interesse für Antiquitäten zeigten. Sie waren beide so um die sechzig Jahre alt und versprachen, angenehme Gäste zu werden.

Die Familie aus Delaware dagegen, die kurze Zeit später eintraf, schien nur aus schwierigen Personen zu bestehen. Mr. Bascom beschwerte sich über die beschwerliche Reise, seine Frau sagte nichts, aber seine Kinder verlangten lautstark nach einem Fernsehapparat im Zimmer. Normalerweise nahm Andrea keine Kinder auf, es sei denn ältere, für die ein Aufenthalt auf dem Land keine Strafe mehr war.

Die Hinckleys gingen sehr früh zum Abendessen, und die Bascoms machten sich kurze Zeit später auf den Weg. Als Andrea nach oben ging, öffnete sich Martins Tür einen Spaltbreit.

»Wie sieht es aus?« fragte er.

Es hatte sich so eingespielt, daß Martin sich bei ihr nach den Gästen erkundigte. Wenn sie nett waren und er in guter Stimmung war, dann ließ er sich ab und zu unten sehen. Wenn das Urteil aber negativ ausfiel, blieb er lieber in seinem Zimmer.

»Mehr als gemischt«, meinte Andrea.

Martin verzog sich wieder, und Andrea stieg nach oben zu Jim. Er stand wieder einmal auf der Leiter und strich die Zimmerdecke.

»Wie sieht es aus?« fragte er grinsend.

Es war ja normal, daß man sein Vorbild nachmachte, aber so viel Imitation konnte Andrea manchmal nur schlecht ertragen. »Es sind sehr verschiedene Leute. Einige sind ganz nett, die anderen etwas schwierig, aber die beiden halbgaren Töchter werden dich lieben!«

»Hört sich vielversprechend an.«

Doch Andrea ging nicht weiter darauf ein. »Was möchtest du zum Abendessen?«

»Pizza.«

»Schon wieder?«

»Dann hast du nicht so viel Arbeit.«

»Du machst das richtig gut, mein Schatz! Sollen wir am Montag die Farbe für die Wände kaufen?«

»Nein, danke, ich möchte lieber tapezieren. Die Tapeten habe ich schon bestellt.«

»Was hast du denn ausgesucht?«

»Das möchte ich lieber nicht verraten. Große Überraschung! Einverstanden?«

»Gut, einverstanden. Wann möchtest du essen?«

»In etwa einer Stunde. Dann bin ich mit dem ersten Anstrich fertig.«

Andrea ging nach unten, durchquerte die Küche und ging ohne zu zögern in Jims Zimmer. Da er die nächste

Stunde lang beschäftigt sein würde, konnte sie wieder einmal in Ruhe seine Schubladen durchsehen.

Sie hatte damit angefangen, nachdem sie das Gedicht gefunden hatte. Sie hatte gar keine andere Wahl, denn Jim reagierte immer wieder so verschlossen und abweisend, daß sie sich Sorgen um ihn machte. Als kleiner Junge hatte er sich ähnlich verhalten, nachdem ihre Eltern bei dem Flugzeugabsturz umgekommen waren. Andrea konnte sich noch an sein bleiches, verschlossenes Gesicht erinnern.

Nach einiger Zeit hatte er angefangen, seine innere Spannung auszuleben, hatte Sport getrieben und sich ausgetobt, aber jetzt konnte er das nicht mehr. Er mußte ein anderes Ventil finden, und sie wollte ihm dabei helfen.

Die zweite Schublade seines Schreibtisches war verschlossen, doch für Andrea und die Nagelfeile war das einfache Schloß kein Problem. Sie fand eine Reihe von Zeitungsausschnitten, die alle Martin Greenspans Artikel enthielten, einige Briefe und ein Notizbuch, das sehr viele, ein wenig düstere Zitate enthielt, die ihn offenbar beeindruckt hatten. Er hatte also angefangen zu lesen und sich schon durch eine Menge Bücher durchgearbeitet. Andrea mußte lächeln, denn vor einem Jahr hätte Jim ein Sonett selbst dann nicht erkannt, wenn es ihn gebissen hätte. Andrea schloß das Notizbuch und legte es in die Schublade zurück. Heute abend wollte sie Jim sagen, daß sie morgen sein Zimmer putzen wollte. Sicher würde er sich freuen, daß sie seine Privatsphäre so respektierte.

Jim und Martin hatten nicht auf ihre Warnungen hören wollen und waren nach dem Abendessen in die Bibliothek gekommen. Die Dinge entwickelten sich so, wie Andrea es erwartet hatte, Mr. Bascom beschwerte sich über die schlimmen Restaurants, das furchtbare Wetter und die grauenvollen Menschen. Nachdem Martin ihn auf die richtige Fährte gelockt hatte, beschwerte er sich prompt auch über die schlimme Regierung, während die beiden Bascom-Töchter über Jim herfielen. Doch dieser hatte bald genug von der Vorstellung und verabschiedete sich. Eine knappe halbe Stunde später empfahl sich auch Martin.

Glücklicherweise blieben die Bascoms nur eine Nacht. Der Sonntag mit den Hinckleys verlief wesentlich angenehmer. Am Montag war Jim schon morgens in die Stadt gefahren, um seine Tapetenrollen abzuholen. Als er zurückkam, war Andrea gerade dabei, die Hinckleys zu verabschieden.

Jim entlud das Auto und transportierte seinen Einkauf nach oben, und kurze Zeit später kam auch Andrea in das Turmzimmer. Jim hielt gerade eine Rolle in der Hand, doch plötzlich entglitt sie ihm und rollte über den Boden.

»Ich bin richtig gespannt, was du dir ausgesucht hast«, sagte Andrea und hob die Rolle auf. Jim machte keine Anstalten, ihr dabei zu helfen.

Andrea entrollte ein Stück und rief spontan: »Du lieber Gott!«

»Du magst sie nicht!«

»Nein, das stimmt nicht. Das Muster ist... sehr schön. Aber ich hätte eben nicht erwartet, daß du dir dieses Muster aussuchen würdest.«

Auf einem cremefarbenen Damastgrund wucherten Rosen – Knospen und ganz entfaltete Blüten in allen Schattierungen, umwuchert von Ranken und Blättern. Andrea sah den fertigen Raum vor sich: Alles Holz weiß gestrichen, an den Wänden die rankenden Rosen, weiße dünne Vorhänge, ein niedriges Messingbett voller hübscher Kissen – das Zimmer eines jungen Mädchens.

»Es gefällt mir sogar sehr«, sagte Andrea. »Dieses

Muster ist genau das richtige für dieses Zimmer. Ich helfe dir gern beim Tapezieren.«

»Das kann ich schon selbst!«

»Aber der Raum ist doch so hoch, Schatz! Du kannst unmöglich allein...«

»Ich kann es allein! Ich will keine Hilfe!« schrie Jim. »Wie oft muß ich es dir denn noch sagen?«

Mit wütend verzerrtem Gesicht kam er auf sie zu, so daß Andrea zurückwich.

»Es tut mir leid«, stammelte sie. »Ich wollte doch nur...«

»Jetzt hau endlich ab!«

Atemlos und zitternd lief Andrea in ihr Zimmer und schloß sich ein. So wütend, so außer sich hatte sie Jim noch nie erlebt. Sie hatte sich ja richtiggehend bedroht gefühlt. Sicher würde es ihm später wieder leid tun, aber vorläufig wollte sie niemanden sehen. Sie würde in die Stadt fahren, denn sie mußte ohnehin wieder Frühstückskörbchen besorgen, die sich offenbar bei ihren Gästen größter Beliebtheit erfreuten.

Während sie durch die Straßen fuhr und die Leute sie von allen Seiten grüßten, beruhigte sie sich zusehends, und als sie vor dem Korbgeschäft hielt und tief die kühle Herbstluft einatmete, ging es ihr wieder gut.

Die Ladenbesitzerin Sue Vanderhoff war etwa so alt wie Andrea und hatte einen ausgezeichneten Geschmack. Sie führte nur ausgesucht schöne Keramik und Korbwaren. Seit kurzem hatte sie auch wunderschöne Kleidung in Einzelstücken im Angebot. Während Andrea nach ihren Körben suchte, erschien Sue Vanderhoff, die immer mit klimperndem Silberschmuck behängt war, und begrüßte Andrea herzlich.

»Wie geht das Geschäft?« fragte Andrea nach der Begrüßung.

»Danke, eigentlich recht gut«, antwortete Sue und

zündete sich eine Zigarette an. »Das habe ich auch Ihnen zu verdanken.«

»Bei mir läuft es erstaunlich gut«, sagte Andrea. »Im Herbst scheinen die Antiquitätensammler munter zu werden!«

»Genau das hat Al Wyckoff bei unserem Meeting gesagt. Sie hätten wirklich kommen sollen, Andrea!«

»Diese Interessengemeinschaft der Händler tagt immer am Freitag, und das ist genau mein wichtigster Tag.«

»Ich habe mit Al verabredet, daß das nächste Treffen günstiger gelegt wird, vielleicht auf den Mittwoch. Er will wieder über sein Lieblingsprojekt reden – einen Tag der offenen Tür, an dem wir alle teilnehmen sollen. Das Thema Weihnachten wäre dazu nicht schlecht.« Sie diskutierten eine Weile, und dann sagte Sue: »Zum nächsten Treffen müssen Sie aber kommen. Schließlich sollen Sie bei dem Projekt ja auch mitmachen.«

Andrea bedankte sich, bezahlte ihre Körbe und verließ den Laden. Sie hatte noch keine Lust, sofort nach Hause zu gehen, und wanderte die Straßen entlang, wo schon überall die Dekorationen für Thanksgiving hingen. Als sie am *Peace and Plenty* vorbeiging, winkte Reba, und plötzlich hatte Andrea Lust auf einen Schwatz.

»Wie geht das Geschäft?« fragte Andrea heute schon zum zweitenmal.

»Danke, um diese Zeit ist immer ziemlich viel los«, antwortete Reba. »Hatten Sie wieder ›interessante‹ Leute als Gäste?«

»Nein, aber am nächsten Wochenende kommt einer, der mir nicht ganz geheuer ist. Er soll ein Fachmann für alte Häuser sein und schon einige Bücher geschrieben haben. Er sagt, er schreibt gerade wieder eines. Wenn er echtes Interesse hat, habe ich nichts dagegen.«

»Wie heißt er denn?«

»Holderman. John William Holderman.«

»Den kenne ich«, sagte Reba langsam. »Er hat einige Bücher geschrieben. Über ... über Architektur und einiges andere.«

»Kann ich ihm vertrauen? Ich wollte schon in der Bibliothek nachsehen, aber ich hatte noch keine Zeit dazu.«

»O ja. Er ist sehr bekannt.«

»Aber Sie wußten noch nicht, daß er kommt, nicht wahr? Hat der direkte Draht diesmal nicht funktioniert?«

»Sie sollten nicht so abfällig von Martin sprechen, Andrea«, sagte Reba. »Er mag Sie wirklich sehr gern.«

»Ich ihn ja auch. Aber manchmal geht er mir auf die Nerven. Ich verdanke ihm viel, und es tut mir leid, wenn er uns verläßt.«

»Wann denn?«

»Wahrscheinlich im Frühling. Im März. Reba, können Sie mir sagen, wo ich ... Oh, Verzeihung, Sie wollten etwas sagen?«

»Ich habe es mir anders überlegt«, sagte Reba.

Als Andrea das Lokal verließ, war sie wesentlich besserer Stimmung. Rebas gute Laune wirkte ansteckend. Plötzlich wurde sie von einem taumelnden Mann unsanft gerempelt, worauf sie wütend hinter ihm her starrte. Irgendwie kam ihr die Gestalt bekannt vor, aber sie konnte sich erst erinnern, als sie kurz sein Gesicht sehen konnte, bevor er um die Ecke verschwand. Gary Joe! Linnies ehemaliger ›Verlobter‹! Von Reba hatte sie gehört, daß er bei Hochstrassers nicht mehr willkommen war und schon einige Zusammenstöße mit der Polizei gehabt hatte. Und heute lief er am frühen Mittag betrunken über die Straße!

»Ist Ihnen etwas passiert, Andrea?«

Die Hand, die ihren Ellenbogen festhielt, gehörte dem Antiquitätenhändler Al Wyckoff, dem Besitzer von *Past and Present.* »Ich sah, wie dieser kleine Gangster Sie anstieß! Falls Sie eine Anzeige machen wollen...«

»Mir ist ja nichts geschehen. Es war doch nur ein Versehen. Er konnte ja schon nicht mehr richtig gehen, so betrunken war er.«

»Er ist täglich betrunken«, wütete Al Wyckoff. »Hat den Job an der Tankstelle verloren! Seitdem trinkt er! Aber was ich Sie schon immer fragen wollte: Möchten Sie sich nicht einen Hund anschaffen?«

»Einen Hund?« fragte Andrea erstaunt. »Wofür denn das?«

»Als Schutz! Ihr Haus liegt doch ziemlich isoliert.«

»Schutz vor was denn? Du lieber Himmel, Al! Sie denken doch nicht etwa an Gary Joe?«

»Er hat etwas gegen Sie! Er macht Sie und Jim für sein Zerwürfnis mit Linnie verantwortlich!«

»Dann ist eine Pistole sicher wirkungsvoller«, sagte Andrea übermütig. »Damit kann ich ihn wenigstens durchlöchern!«

Al nahm sie ernst und nickte. »Hoffentlich sind Sie wirklich so vernünftig! Eine Genehmigung bekommen Sie sicher – und ich besorge Ihnen eine handliche Waffe.«

»Ich werde Ihnen Bescheid sagen«, sagte Andrea.

»Aber vergessen Sie es nicht...«, mahnte er, nachdem sie sich voneinander verabschiedet hatten.

Während Andrea nach Hause fuhr, dachte sie daran, daß sie keine Angst vor Gary Joe hatte. Dem würde sie schon ihre Meinung sagen! Aber in einem hatte dieser aufdringliche Wyckoff recht: Das Haus lag wirklich sehr isoliert, und manche ihrer Gäste zählten nicht zu den Ärmsten. Hund oder Pistole? Jim hätte sicher lieber einen Hund, obwohl die Arbeit natürlich wieder an ihr hängenbleiben würde. Wie wohl Satan auf einen Hund reagieren würde? Ein kleiner würde sicher in tausend Stücke zerrissen! Aber vielleicht würde ein großer Hund Satan in Stücke reißen. Welch verlockender Gedanke!

Die Montagabende waren die allerschönsten. Die Wochenendgäste waren fort, die nächsten noch nicht angekommen, und das *Peace and Plenty* hatte geschlossen, so daß Martin montags immer mit Andrea und Jim zu Abend aß. Danach sahen sie sich dann Sendungen im Fernsehen an oder unterhielten sich. Andrea liebte diese ruhigen Abende.

Mrs. Horner hatte einen herrlichen Apfelkuchen gebacken, und Andrea beschloß, endlich einmal wieder ein Stück Fleisch zu braten, damit Jim nicht immer Pizza essen mußte. Auf die Dauer war das ja keine richtige Ernährung.

Als sie seine Krücken auf der Treppe hörte, war sie sehr gespannt, in welcher Verfassung er sein würde. Sie war ganz erlöst, als er lächelnd ihre Vorbereitungen in Augenschein nahm. »Das gibt ja ein Festmahl! Was feiern wir denn?« fragte er und grinste.

»Ich konnte dieses ewige Einheitsessen nicht mehr sehen«, sagte Andrea und lächelte ihn an. So war es richtig! Jede Entschuldigung hätte sie nur wieder an diesen scheußlichen Augenblick erinnert.

Während des Essens machte Andrea den Vorschlag, einen Hund anzuschaffen. Jims Reaktion war nicht umwerfend.

»Ich weiß nicht«, sagte er zögernd. »Ein Hund macht doch ziemlich viel Arbeit, oder?«

»Möchtest du keinen Hund?«

»Ich weiß nicht . . .«

»Warum wartet ihr nicht bis zum Frühling?« schlug Martin vor. »Dann lassen sie sich auch besser großziehen.«

»Die Idee ist gut!« sagte Jim und schob seinen Stuhl zurück. »Vielen Dank für das gute Essen, Andrea! Hebst du mir ein Stück Apfelkuchen auf? Ich möchte es später essen.«

»Aber...« Sie nahm sich zusammen, weil Jim sie sofort mißmutig ansah.

»Ich möchte unbedingt etwas fertig machen«, sagte er und ging.

Martin schüttelte den Kopf. »Es wird immer schlimmer. Mittlerweile verbringt er fast seine gesamte Zeit dort oben. Warum hat er es denn so eilig?«

»Er möchte doch dort einziehen.«

Martin stand auf und begann, den Tisch abzuräumen. »Ich kann ihn gut verstehen, aber ich kann nicht verstehen, daß er so besessen ist, daß er schon an nichts anderes mehr denkt. Habt ihr diese seltsamen Zeichnungen eigentlich dort oben gefunden?«

»Weshalb fragst du das?«

Martin stellte das Geschirr ins Abwaschbecken und überlegte, doch dann zuckte er die Achseln. »Irgendwie ergibt alles keinen Sinn. Vielleicht werde ich alt.«

Andrea stand auf. »Ich glaube auch! Schau, was du tust! Du spritzt überall Wasser auf den Boden! Laß es mich machen.«

»In Ordnung! In dieser Beziehung bist du besser als ich. Ich gebe auf. Gute Nacht, Andrea!«

Wenn er kein Wasser verspritzt hätte, hätte sie einen anderen Grund gefunden, ihn loszuwerden. Sie hatte das Gefühl, sehr genau zu wissen, was er sich bei seiner Frage gedacht hatte.

Später schlich sie sich im Dunkeln nach oben zum Turmzimmer. Sie konnte nichts hören, jedenfalls anfangs nicht. Doch als sie ihr Ohr gegen das Schlüsselloch preßte, hörte sie Jim murmeln.

Vielleicht rezitierte er ein Gedicht oder las laut? Nein, er unterhielt sich mit jemandem, sprach einen Satz und antwortete nach einer Pause. Sie konnte die Worte nicht verstehen, aber es war klar, daß Jim sich mit jemandem unterhielt, der gar nicht da war.

Irgendwann hörte er auf zu reden. Für einige Augenblicke herrschte absolutes Schweigen – und dann hörte Andrea das verzweifelte Weinen eines Kindes, das sich allein im Dunkeln fürchtet.

12

Lange nachdem Jim heruntergekommen und in sein Zimmer gegangen war, lag Andrea noch wach und starrte an die Decke. Sie hatte ein Licht brennen lassen, aber die Schatten waren fast noch beängstigender als die Dunkelheit. Sie war müde, aber sie fürchtete sich vor dem Flügelschlagen, vor diesen heftigen Befreiungsversuchen. War etwas aus der jenseitigen Welt gekommen, was versuchte, ihr ein schlechtes Gewissen und Angst zu machen und Jim in das Dunkel zu ziehen, aus dem es gekommen war? Er hatte sich in der letzten Zeit doch immer wieder mit toten Dingen beschäftigt. Mit der toten Vergangenheit, der toten Frau, die schon so lange auf dem Friedhof lag, aber deren Gegenwart immer noch dort zu spüren war, wo sie einst gelebt hatte.

Andrea sah zu dem Bild an der gegenüberliegenden Wand hinüber. Sie konnte es kaum erkennen, aber Marys Gesichtszüge waren ihr mittlerweile sehr vertraut. Je länger sie das Bild betrachtete, desto leichter wurde ihr ums Herz. Natürlich gab es für alle Probleme normale Erklärungen, und sie ergaben auch mehr Sinn als alle ihre Fantasien. Jim machte immer noch eine schwere Zeit durch. Die Ärzte hatten sie ja gewarnt, daß es nicht leicht werden würde. Rückschläge mußten einkalkuliert werden. Am besten ließ sie ihn in Ruhe damit fertigwerden.

Mary wäre ganz sicher ihrer Meinung gewesen. Mary war wie sie – pragmatisch, skeptisch und eine große Kämpfernatur. Andrea gähnte, drehte sich zur Seite und war kurze Zeit später eingeschlafen.

Eine Woche vor Thanksgiving rief Kevin an und teilte mit, daß er nicht kommen konnte, weil sein Vater einen Herzanfall erlitten hatte und er ihn besuchen mußte. Nachdem Andrea den Hörer an Jim weitergereicht hatte, stellte sie fest, daß sie über die Nachricht ehrlich traurig war. Jim trug seine Enttäuschung mit Gelassenheit. Er organisierte sich Martin und Wayne, um ihm bei seinem Umzug ins Turmzimmer zu helfen. Nach Andreas Ansicht sah das Zimmer ein wenig seltsam aus – Jims dunkle nützliche Möbel in dieser lieblichen, jungfräulich weißen Umgebung – aber Jim war zufrieden.

Das einzig Bemerkenswerte in dieser Woche war die Ankunft von Mr. Holderman am Freitag vor Thanksgiving. Er kam als letzter der vier Gäste, die Andrea an diesem Tag erwartet hatte. Die Sonne ging gerade sehr dramatisch unter, als er vor der Tür stand. In seinem schwarzen Cape wirkte er wie Dracula persönlich, doch als er erst einmal in der Halle war, schrumpfte er auf ein menschliches Maß zusammen – er war ziemlich klein, hatte schwarze Haare und künstliche Zähne und benahm sich wie ein Edelmann aus dem siebzehnten Jahrhundert, indem er Andreas Hand küßte und sich überschwenglich für den freundlichen Empfang bedankte.

Martin konnte ihn von Anfang an nicht leiden, aber Jim fand ihn lustig und begleitete Andrea und Holderman auch am nächsten Morgen auf ihrem Rundgang durch das Haus, das Holderman in seinem neuen Buch ausführlich vorstellen wollte. Das Turmzimmer fand Holdermans besonderes Lob, und Jim war sehr stolz.

»Haben Sie das gemacht, junger Mann? Sehr gut, sehr gut! Sie haben wirklich ein Gefühl für stilvolle Restauration.«

Während Andrea später die Zimmer richtete, sah sie Holderman immer wieder überall auf dem Grundstück herumlaufen, unter Büschen liegen und auf Bäume klettern, um das Haus aus den verschiedensten Perspektiven fotografieren zu können.

Die Anwesenheit von zwei bekannten Personen wollten sich die übrigen Gäste nicht entgehen lassen und versammelten sich abends in der Bibliothek. Selbst Jim war da.

Irgendwann im Lauf des Abends kam einer der Gäste auf Geister zu sprechen, aber Andrea nahm ihm sofort alle Illusionen. »Zu meinem größten Bedauern muß ich Ihnen sagen, daß wir damit leider nicht dienen können.«

Trotzdem wurde Mr. Holderman gefragt, ob er auf Geistersuche wäre. »Sie haben doch einmal ein Buch geschrieben...«

Holderman kicherte geschmeichelt. »Ach, ich hatte gehofft, daß diese Jugendsünde endlich vergessen wäre...« Und dann wandte er sich an Andrea: »Ich hoffe, daß Sie mir nicht auch solch verwerfliche Absichten unterstellen, verehrte Miß Torgesen! Sie kennen doch sicher meine Bücher über Architektur...«

»Aber natürlich«, sagte Andrea und lächelte steif. »Wir fühlen uns sehr geehrt, daß Sie unser Haus in Ihrem nächsten Buch vorstellen wollen.«

Holderman verbeugte sich leicht und fuhr dann fort: »Die Geistergeschichten, die ich in diesem Buch zusammengestellt hatte, kann man fast alle in zwei Kategorien einteilen: Subjektive Halluzinationen oder aber falsch interpretierte natürliche Ereignisse. Sie sollten den Leser unterhalten – ganz besonders an windigen Winterabenden. Das war alles.«

Holderman hatte so entschieden gesprochen, daß keiner ihm antworten wollte. Doch Martin hatte einen Einwand. »Sie sagten ›fast alle‹, Mr. Holderman. Demnach gibt es auch Ausnahmen?«

»Ja, es gibt eine dritte Kategorie«, räumte Holderman ein. »Einige Fälle, die mir von sehr zuverlässigen Leuten berichtet worden waren, ließen sich weder durch Halluzinationen oder – verzeihen Sie mir! – Dummheit erklären. Über diese Fälle habe ich meine eigene Theorie.«

»Dürfen wir die erfahren?« fragte Martin.

»Psychische Eindrücke«, sagte Holderman. »Ich stelle mir vor, daß heftige Gemütsbewegungen, Leidenschaften, Handlungen einen Eindruck hinterlassen, und zwar genau dort, wo sich das Ganze abgespielt hat. Bilder, die für das menschliche Auge so unsichtbar sind wie manche Töne für das Ohr, die aber trotzdem bei bestimmten Gelegenheiten von besonders empfänglichen Menschen wahrgenommen werden können.«

Die Herzlichkeit, mit der Andrea sich am nächsten Morgen von Mr. Holderman verabschiedete, kam für diesen sehr überraschend und wurde von ihm mit einem seiner besten Bücher, die er je geschrieben hatte, quittiert.

Psychische Eindrücke, die wie Tonaufnahmen oder Fotos an einem Ort vorhanden waren ... das war die Lösung, dachte Andrea. So ließen sich die verschiedenartigsten Eindrücke erklären. Zum Beispiel Rebas Ablehnung, ihre eigene Liebe zu diesem Haus, Schatten in der dunklen Halle, Träume von Engeln und Flügelschlagen. Dieses Haus war ja lange Jahre ein Hotel gewesen, und Hunderte von Menschen hatten mit ihren Sorgen, Ängsten und Leidenschaften unter diesem Dach gewohnt. Manche Leute hatten eben ein Gespür für psychische Eindrücke, während andere empfindungslos und ›taub‹ waren.

Das Mädchen – im Augenblick konnte sich Andrea nicht an den Namen von Marys Tochter erinnern – war mit siebzehn Jahren gestorben. Jim, der genau wie seine

Freunde immer sehr abgeklärt tat, aber im Grunde immer noch ein Kind war, hatte eine Art innerer Bindung zu diesem Mädchen entwickelt. Wenn er im neunzehnten Jahrhundert gelebt hätte, hätte er sicher schwülstige Gedichte verfaßt. Für ihn war sie sicher eine blasse blonde Schönheit, obwohl sie in Wirklichkeit vielleicht schwarz und häßlich gewesen war.

Über Thanksgiving war Andreas Haus ausgebucht, so daß sie sich kaum die drei Stunden freinehmen konnte, um mit Martin und Jim bei Reba zu essen. Das Wetter war sehr unfreundlich und neblig, so daß keine rechte Stimmung aufkommen wollte. Sogar Rebas sonst so gute Laune war sehr gedämpft.

Am Montag verkündete Andrea nach dem Frühstück, daß sie nach Frederick zum Einkaufen fahren würde. Als sie ihren Wagen starten wollte, entdeckte sie, daß Jim wieder einmal nicht getankt hatte und der letzte Tropfen Benzin verbraucht war. Andrea ärgerte sich, daß sie noch einmal nach oben gehen und Martin um Hilfe bitten mußte.

Seine Zimmertür war nicht ganz geschlossen, und als sie näher kam, hörte sie, daß er mit jemandem telefonierte. Er hatte einen eigenen Apparat im Zimmer. Andrea zögerte kurz, weil sie ihn nicht so einfach überfallen wollte, während er sprach. In dieser Sekunde sagte er: »Ich finde es nicht gut, daß er ins Turmzimmer gezogen ist.«

Er sprach über Jim. Aber mit wem? Das war gleichgültig! Er hatte kein Recht, ihre und Jims Angelegenheiten mit dritten zu besprechen. Andrea lauschte.

»Nein, im Gegenteil, er kommt mit seiner Behinderung immer besser zurecht... Wenn er darüber nicht verzweifelt ist, dann über etwas anderes, das ich nicht erklären kann... Ich habe ihn neulich direkt gefragt, ob er nicht einmal einen Psychiater aufsuchen will, aber er hat mich nur angegrinst und behauptet, daß es ihm gut geht... Vielleicht kann ich ihn ja noch überzeugen... Du hast ohnehin schon mehr getan, als ich erwarten durfte... Danke, Tony... Ja, das werde ich.«

Andrea wartete einige Sekunden, bis sie sicher war, daß er aufgelegt hatte. Dann stieß sie die Tür auf.

Satan saß mitten auf Martins Schreibmaschine und fauchte. Martin sprang auf und fluchte. »Verdammt, ich dachte, du wärst einkaufen!«

»Mit wem hast du gesprochen?«

Martin setzte sich wieder auf das ungemachte Bett und antwortete ohne Zögern. »Mit einem Freund von mir.«

»Einem Psychiater?«

»Einem der besten.«

»Das macht wohl alles richtig? Ich betrachte es als unerbetene Einmischung in unsere Privatangelegenheiten!«

»Setz dich!« sagte Martin ganz ruhig.

Doch Andrea wollte nicht. Sie ließ ihre Wut an Satan aus, den sie mit Flüchen und Verwünschungen aus dem Zimmer jagte.

»Setz dich!« wiederholte Martin ruhig. »Du hast das Recht, dich aufzuregen, aber zuerst solltest du mich anhören.«

Andrea war den Tränen nahe. »Martin, wie konntest du das nur tun?«

»Er weiß nicht einmal Jims Namen«, sagte Martin, »und er wird ihn auch nie erfahren, außer Jim entschließt sich zu einem Besuch.«

»Du bist verrückt! Jim braucht keinen Psychiater. Es geht ihm gut.«

»Es geht ihm überhaupt nicht gut!« sagte Martin. »Er ist sogar sehr unglücklich. Du hast eine Art, Dinge, die dir unangenehm sind, einfach nicht zur Kenntnis zu nehmen. Aber selbst du müßtest doch gemerkt haben, daß seine Augen manchmal so einsam und verloren dreinschauen!«

»Du hast unrecht. Ich gebe ja zu, daß Jim Probleme hat, aber er ist dabei, sie zu bewältigen.«

»Wenn es dir Freude macht, kann ich dir ja sagen, daß Tony Benson derselben Meinung ist«, sagte Martin.

Ihr Gesicht strahlte. Martin schluckte und sprach dann weiter: »Er ist natürlich sehr vorsichtig, denn er hat Jim ja nie gesehen, aber seiner Meinung nach hat Jim die schlimmste Zeit hinter sich, wenn er sich bereits mit anderen Dingen beschäftigt. Lesen, Gartenarbeit, Schreinerarbeiten – Tony konnte kaum verstehen, daß ich mich aufrege.«

»Und weshalb tust du es?«

»Ich weiß es doch nicht«, murmelte Martin.

»Ich wünschte, du würdest damit aufhören«, sagte Andrea. »Du verunsicherst mich.«

Martin widerstand der Versuchung, darauf hinzuweisen, daß sie es nicht wüßte, wenn sie nicht gelauscht hätte. »Tony meinte, daß mein Vaterinstinkt mit mir durchgegangen ist. Du weißt doch, daß ich einen Sohn habe, nicht wahr? Reba hat es dir erzählt.«

»Ja«, sagte Andrea und sah ihn nicht an.

»Du hast es nie erwähnt.«

»Ich wollte mich doch nicht...«

»Nicht in meine Angelegenheiten mischen? Tony hat vielleicht recht. Ich weiß nicht, was es heißt, Vater zu sein.«

Andrea zögerte, aber nicht lange. Freundschaft ist, wenn man sich neben den anderen legt und zuhört. Aber Martin sagte auch immer seine Meinung, wenn er glaubte, daß sie im Unrecht war.

»Weshalb hast du aufgegeben? Schließlich ist er dein Sohn und hat ein Recht darauf...«

»Zerrieben zu werden?«

»Zeige ihm doch, daß du ihn liebst«, sagte Andrea.

Sie hatte ihn getroffen, wo er am empfindlichsten war. Er fühlte sich verletzt, und seine Stimme war wütend. »Wenn das deine Auffassung von Liebe ist, dann gnade dem Mann, der...«

»Weiter!«

»Aha! Jetzt ist es umgekehrt! Du kannst Kritik genauso schlecht vertragen wie ich.«

Martin beruhigte sich langsam. »Also gut! Diesmal hast du mich erwischt. Die Vereinbarung gilt auch umgekehrt: Du darfst mir deine Meinung sagen, und ich darf explodieren. Aber trotzdem hast du nicht recht, Andrea! Liebe kann man weder erzwingen noch beherrschen!«

Nach einem Wutausbruch folgt meistens eine ruhige Phase. Andrea war glücklich, denn Jim war plötzlich wieder umgänglich und freundlich. Er blieb sogar nach dem Abendessen bei ihr in der Küche und sah sich eine Sendung im Fernsehen an. Er sagte nicht viel, aber er beobachtete sie unentwegt. Schließlich erhob er sich und kündigte an, daß er ins Bett gehen wollte.

»Gute Nacht, mein Liebling. Schlaf gut!«

Jim legte den Arm um sie und küßte sie. »Gute Nacht, Andy. Ich mag dich sehr.«

Andrea hatte diesen Satz so lange nicht mehr gehört, daß ihr keine Antwort einfiel. Nach einer Weile wurde sie unruhig. Sie überlegte, ob sie etwas vergessen hätte, aber es wollte ihr nichts einfallen. Doch die Unruhe blieb, und plötzlich wußte sie, daß etwas nicht stimmte.

Martin hörte, wie sie an seinem Zimmer vorbei nach oben lief, und rannte hinterher. Mit schreckgeweiteten

Augen kam sie ihm entgegen. »Er ist nicht da! Er ist fort!«

»Beruhige dich! Es gibt so viele Möglichkeiten...«

»Nein, nein! Diesmal ist es anders. Ich fühle, daß etwas geschehen ist. Bitte, hilf mir, ihn zu suchen, Martin! Wir müssen ihn finden!«

Wie ein Dackel lief Martin hinter ihr her. Er nahm die Sache erst ernster, als sie Jim im ganzen Haus nicht finden konnten.

»Ist heute abend irgend etwas Besonderes passiert?«

»Er hat gesagt, daß er mich sehr gern mag«, sagte Andrea atemlos.

»Rege dich nicht so auf! Schau, es ist eine wunderschöne Mondnacht. Vielleicht hat er einen Spaziergang gemacht.«

»Er hat doch gesagt, daß er ins Bett geht! Aber da! Die Kette an der Haustür ist ausgehängt! Ich kann mich erinnern, daß ich sie vorhin vorgelegt habe.«

»Wir brauchen eine Taschenlampe!«

»In der Schublade des Empfangstisches.«

Das Auto war in der Garage. Der Schuppen, in dem die Fitneßgeräte herumstanden, war abgeschlossen. Im Mondlicht warfen die kahlen Äste gespenstische, spinnwebartige Muster über die bleiche Wiese.

Andrea zitterte. »Jetzt weiß ich, wo er ist!«

Martin folgte ihr und war dicht hinter ihr, als sie das Tor des alten Friedhofs erreichte. Im dichten Schatten unter den Bäumen und Büschen konnte Andrea zuerst überhaupt nichts erkennen, aber dann sah sie etwas wie eine menschliche Gestalt auf der Bank unter dem Rosenbusch. Martin leuchtete mit der Taschenlampe. Es war Jim. Er blinzelte.

»Ich habe einige Pillen genommen«, sagte er. »Es war falsch, ich dachte...«

Er versuchte aufzustehen, aber er stolperte und fiel

nach vorn auf Gesicht und Hände. Martin schob Andrea beiseite und kniete neben Jim nieder. Er riß Jims Kopf hoch. »Wann?«

Jim murmelte etwas, das Andrea nicht verstehen konnte. Martin schlug ihm ins Gesicht. »Wie viele?«

»Es war falsch«, sagte Jim deutlich.

Andrea hatte wie erstarrt gestanden, doch jetzt löste sich der Krampf, und sie stürzte zu Jim und nahm sein Gesicht in ihre Hände. Seine Augen waren geschlossen.

»Wir müssen ihn ins Haus bringen«, sagte Martin. »Nimm diesen Arm, ich nehme den anderen.«

Sie zogen ihn mehr, als daß sie ihn trugen. Als sie endlich die Küche erreicht hatten, kommandierte Martin: »Schnell! Auf diesen Stuhl!«

Jim sackte zusammen, und sein Kopf und die Arme baumelten hilflos herunter. Als Andrea nach dem Telefonhörer greifen wollte, hielt Martins Hand den Hörer fest.

»Wen willst du anrufen?«

»Die Sanitäter – einen Arzt...«

»Warte einen Augenblick und denke nach. Möchtest du, daß morgen die ganze Stadt darüber spricht?«

»Aber er...«

»Er wird nicht sterben.« Martin öffnete seine verkrampften Finger. Die Kapseln waren an einem Ende rot und enthielten lauter kleine Kapseln.

»Meine Schlaftabletten. Ach, du lieber Himmel! Ich habe vergessen...«

»Wie viele waren noch da?«

Andrea preßte die Hände an die Schläfen. »Er hat mir zwölf gegeben... Ich hab' eine, nein, zwei genommen.«

»Und hier sind noch einmal fünf«, sagte Martin. »Vielleicht habe ich auch nicht alle gefunden. Ohne Wasser kann man sie schwer schlucken. Daran hatte er wohl nicht gedacht. Deshalb hat er auch keine gefährliche Dosis.«

»Trotzdem kannst du das nicht wissen.«

»Ich werde mich davon überzeugen«, sagte Martin finster entschlossen und stellte Jim auf die Füße.

Andrea konnte kaum hinsehen, wie mühsam Jim versuchte, zu laufen und Martins Bemühungen zu unterstützen. Endlich, als sie beide völlig erschöpft waren, führte Martin Jim zum Sofa, wo er niederfiel und sich wie ein Kind zusammenrollte.

»Dann schlaf dich jetzt aus!« sagte Martin, breitete eine Decke über Jim und steckte sie an allen Seiten fest.

Als Andrea sich über ihren Bruder beugte, sah er ihr genau in die Augen: »Es war falsch«, sagte er deutlich.

»Ich glaube dir, Jimmie«, flüsterte Andrea. »Es wird alles wieder gut!« Plötzlich konnte sie sich nicht mehr auf den Beinen halten, doch Martin fing sie rechtzeitig auf und half ihr in einen Sessel.

»Du brauchst einen Drink!« entschied er.

Sie griff nach dem Glas, das er ihr reichte, aber zu ihrer Verwunderung konnte sie nicht zupacken. Martin brummte etwas und hielt ihr das Glas an die Lippen. »Runter damit!«

Der Whisky explodierte wie eine Bombe in ihrem Magen. Sie rieb sich die Augen und schnappte nach Luft.

»Besser?« fragte Martin.

»O mein Gott...«

»Trink aus!«

Der nächste Schluck war nicht mehr so schlimm. Jetzt spürte Andrea die Wärme. Martin griff nach der Flasche und füllte sein Glas nach. Er sah erschöpft aus und hatte Ringe unter den Augen.

»Es war ein Irrtum«, sagte Andrea. »Ein Unglück.«

»Ja«, meinte Martin einsilbig, während er wieder einschenkte.

Andrea trank ihr Glas aus. »Ich will mehr!«

»Warum nicht? Je eher du auf dein Gesicht fällst, desto früher kann ich dich zu Bett bringen!«

»Du bist wunderbar«, sagte Andrea undeutlich. »Du hast Jimmies Leben gerettet. Warum machst du solche Sachen? Warum bist du immer da und machst solche Sachen?«

»Weißt du das denn nicht?« Martin starrte sie über sein Glas hinweg an. »Du weißt es nicht. Du bist die einzige in dieser gottverdammten Stadt, die es nicht weiß! Alle Leute lachen schon über den liebeskranken Idioten, der sich nicht traut, seinem Mädchen etwas zu sagen!«

»Du liebst«, sagte Andrea mühsam. »Wen denn? Mich?«

»Verdammt!« sagte Martin. »Ich dachte nie, daß ich nach ein paar Drinks so betrunken sein würde! ... Ich bin müde. Schrecklich, wenn ich daran denke, wie nahe er dem Tod war ... Ja, ich liebe dich.« Er lachte ein wenig. »Na, die Liebesszene des Jahrhunderts ist es wohl nicht! Du bist vielleicht noch betrunkener als ich. Kannst du dir nicht denken, weshalb ich diese Tatsache bisher verschwiegen habe? Ich bin zwar nicht gerade schlank und beinahe fünfzehn Jahre älter als du, aber das hat mich nicht zurückgehalten. Ich hatte Angst, daß du mich rauswerfen würdest. Du willst mich nicht! Du willst niemanden. In deiner Seele ist doch nur Platz für ... nein, nicht für Jim, sondern für das Bild, das du dir von ihm zurechtgemacht hast! Siehst du nicht, was du dir damit antust – und ihm auch!«

Andreas Augen waren so groß wie Untertassen. Sie

war so grenzenlos überrascht, daß sie überhaupt nicht wußte, was sie sagen sollte.

»Wie fühlst du dich?«

»Ich weiß es nicht«, antwortete sie.

»Mir geht es genauso.«

Als Jim anfing zu schnarchen, wandte Andrea den Kopf. »Ich werde bei ihm bleiben«, sagte Martin.

»Vielleicht gehe ich doch besser ins Bett«, sagte Andrea und stellte ihr Glas mit einiger Anstrengung auf den Tisch. »Ich bin in meinem Zimmer. Du kannst mich rufen . . .«

»Ich weiß«, sagte er und blieb sitzen, aber er war darauf gefaßt, ihr helfen zu müssen.

Nachdem sie sicher die Tür erreicht hatte, drehte sie sich um. »Und morgen werde *ich* mit *dir* reden!« Mit dieser dunklen Andeutung verschwand sie.

Martin bedeckte sein Gesicht mit den Händen. Seine Schultern zuckten, aber es war nicht zu erkennen, ob er weinte oder lachte.

13

»Also gut! Ich gehe zu diesem Arzt«, erklärte Jim. »Wenn ihr es unbedingt wollt.«

Nachdem Jim den größten Teil des Tages verschlafen hatte, war er wieder ganz der alte, der das Abendessen in sich hineinstopfte und dann auch noch Appetit auf Mrs. Horners Apfelkuchen hatte. Andrea fühlte sich auch am Abend immer noch nicht wohl und konnte gar nicht an Essen denken.

Martin ging es ebenso. Er nippte nur an seinem Teller und schien einen gewaltigen Kater mit sich herumzuschleppen. Ohne größere Einleitung hatte er Jim einfach gefragt: »Ich habe einen Freund, der Psychiater ist, und ich möchte gern, daß du mit mir hingehst. Willst du?«

Jims Bereitschaft hatte er nicht erwartet. Sprachlos schaute er ihn an, aber als Jim den Kuchen vertilgte und ein Glas Milch trank, mußte er schnell wieder wegschauen.

Ein wenig amüsiert betrachtete Jim die beiden müden Alten und meinte dann: »Es tut mir leid, daß ich euch gestern diese Schwierigkeiten gemacht habe. Ich war dumm und werde es nicht wieder tun.«

»Warum hast du es denn gemacht, Jimmie?« brach es aus Andrea heraus. »Warum denn nur?«

»Es war falsch«, sagte Jim. Er sah einen Augenblick lang weg und dann wieder zu Andrea hin. »Ich habe nur einige Tabletten genommen. Plötzlich wußte ich, daß es falsch war. Ich versuchte, mich zu übergeben, aber das funktionierte nicht. Ich wollte zurück zum Haus gehen, aber ich war zu erschöpft. Ich konnte mich nicht bewegen... Da habe ich Angst bekommen. Ich habe dich gerufen. Hast du mich gehört?«

»Ja«, sagte Andrea, »ich habe dich gehört.«

»Jetzt reicht es aber«, brummte Martin. »Du gehst also mit mir zu Tony, sobald er Zeit hat?«

»Abgemacht«, sagte Jim. »Aber ich kann euch auch so sagen, daß mit mir wieder alles in Ordnung ist. Ich habe in der letzten Zeit sehr viel nachgedacht, und ich weiß auch noch immer nicht alle Antworten. Aber eines weiß ich bestimmt: Ich bin ein glücklicher Mensch. Ich liebe dich, Andy und dich, Martin! Ich hätte nie gedacht, daß ich das einmal zu einem anderen Mann sagen würde!«

»Hm«, machte Martin nur, um nicht zu zeigen, wie gerührt er war.

»Ich denke, das war's dann. Kann ich jetzt noch ein Stück Apfelkuchen bekommen?«

Martin entschuldigte sich kurz darauf und ging nach oben. Jim sah sich in der Küche ein Basketballspiel an, und Andrea stieg mit weichen Knien in den ersten Stock, um endlich mit Martin zu reden.

Zuerst dachte sie, daß er sie gar nicht hineinlassen wollte, denn er blieb unter der Tür stehen.

»Wir müssen miteinander reden«, sagte Andrea.

Martins Lippen preßten sich aufeinander. »Ich habe doch wirklich schon genug gesagt! Na gut, komm rein! Ich hatte gehofft, daß du so betrunken warst, daß du mich gar nicht verstanden hast.«

»Und ich denke, daß du so betrunken warst, daß du gar nicht gemeint haben kannst, was du gesagt hast!«

»Nein, so einfach ist es nicht. Im Wein liegt bekanntlich Wahrheit. Was willst du jetzt machen?«

Sein spöttischer Ton widersprach zwar dem, was er gerade wieder bestätigt hatte, aber er machte es ihr leichter, ihn anzusehen. »Das hängt von dir ab.«

»Von mir? Ich werde gar nichts tun. Ich werde dich auch nicht bedrängen, wenn du dich davor fürchtest.«

»Ich fürchte mich nicht.«

»Am liebsten wäre mir, wenn du alles vergessen könntest, was ich gestern gesagt habe, Andrea!« sagte Martin. »Ich weiß, daß ich eigentlich gehen müßte, aber ich werde hierbleiben, bis du mich wegschickst. Ich möchte hierbleiben.«

»Wegen Jim?«

»Ja, zum Teil. Ich mag ihn sehr, und dich auch!«

Andrea setzte sich auf das Bett. »Ich möchte gern, daß du bei uns bleibst.« Sie hoffte sehr, daß er sie verstand. »Ich möchte, daß du als Freund bei uns bleibst. Erst in der letzten Nacht habe ich so richtig begriffen, wie nötig ich dich habe. Ich möchte mich bei dir bedanken, ach, es fällt mir immer ein wenig schwer, mich zu bedanken, oder andere um Hilfe zu bitten. Ich bekomme so viel von dir... und kann dir gar nichts zurückgeben!«

Martin lachte laut los. »Ich glaube, du hast zu viele Liebesgeschichten gelesen! Freundschaft ist seltener als Liebe, Andrea. Deine Freundschaft bedeutet mir unendlich viel.«

»Dann ist also alles in Ordnung?« fragte sie.

»Ja, mein Schatz, alles ist in Ordnung! Laß nur Onkel Martin machen!«

Bis Martin endlich zufrieden war, war Jim bei mehreren Ärzten gewesen und gründlich untersucht worden. Nach Ansicht aller war sein Gesundheitszustand ausgezeichnet. Benson hatte sich bereit erklärt, drei Sitzungen mit Jim zu veranstalten, um eine Diagnose stellen zu können. Andrea wußte, daß er ihn ohne Martins Fürsprache sicher nicht so rasch angenommen hätte.

Das Ergebnis der medizinischen Untersuchung hatte ihr sehr viel Hoffnung gemacht, aber der Wandel in Jims

Benehmen war ein noch besseres Zeichen für seine Rückkehr ins normale Leben. Er war freundlich, entgegenkommend und ohne die geringste Ungeduld, die ihn früher so geplagt hatte.

Als er und Martin zur letzten Sitzung bei Benson waren, saß Andrea wie auf Kohlen. Sie glaubte nicht, daß der Psychiater noch irgendwelche Selbstmordneigungen bei Jim feststellen würde, aber sie fürchtete sich ein wenig vor dem, was er über Jims Verhältnis zu ihr sagen würde. Am meisten fürchtete sie, daß sie überhaupt nichts erfahren würde, denn Martin hatte sie belehrt, daß nicht sie, sondern Jim der Patient wäre.

Aber Jimmie würde ihr sicher etwas erzählen, oder sie würde es aus ihm herausfragen. Natürlich nicht in Gegenwart von Martin! Sie hatte ein leichtes Abendessen vorbereitet, und sie würden wie an jedem Montag miteinander essen. Sie hatte Würstchen mit Speckscheiben umwickelt und für den Grill hergerichtet. Auch der Wein wartete schon, aber die beiden kamen später als geplant.

Hastig schob sie die Würstchen in den Grill, aber das Lächeln war ihr während der letzten beiden Stunden vergangen. Sie kamen herein, entschuldigten sich nicht einmal, sondern unterhielten sich weiter.

Andrea drehte sich um. »Hallo! Ihr seid spät dran!«

»Es tut uns leid, aber Reba hat uns entdeckt. Sie möchte wissen, ob wir Weihnachten zum Essen zu ihr kommen.«

»Ich kann unmöglich so weit im voraus planen! Wann mußt du wieder hin, Jim?«

Ratlos sah Jim sie an. »Ich bin fertig.«

»Ja, mit Dr. Benson!« sagte Andrea. »Aber wie geht es jetzt weiter?«

»Ich fürchte, hier brennt etwas an«, sagte Jim.

Mit einem Schreckensschrei fuhr Andrea herum und

zog eine Pfanne mit verkohlten Würstchen aus dem Grill.

»So liebe ich sie ganz besonders«, meinte Jim, während sie die Leichen bejammerte.

Martin spürte, wie wütend Andrea war und sagte rasch: »Tony hat vorgeschlagen, daß Jim an einer Therapie teilnimmt. Alles Leute in seinem Alter.«

»Und?« Andrea drehte sich zu Jim und stützte die Hände in die Hüften. »Wirst du hingehen?«

»Wie du meinst«, sagte Jim und ließ ein halbverkohltes Würstchen in seinem Mund verschwinden.

»Was möchtest du denn?«

»Am liebsten wäre mir, ihr würdet mich in Ruhe machen lassen, was ich wirklich tun möchte«, sagte Jim sanft.

»Und was ist das?« fragte Martin.

»Mich des Lebens freuen«, meinte Jim und angelte sich ein weiteres Würstchen.

Andrea wollte unbedingt mit Martin sprechen. Nachdem er gegangen war, sagte sie zu Jim: »Ich muß ihn noch fragen, wie es mit Weihnachten wird.«

Jim rollte die Augen und grinste. »Tatsächlich?«

»Du bist abscheulich!«

»Ich finde dich süß!«

Andrea floh förmlich.

Martin erwartete sie bereits. Er öffnete die Tür, noch bevor sie klopfen konnte.

»Vorhin hätte ich euch beide erschlagen können! Weißt du, was die Untersuchung ergeben hat?«

Martin zögerte. »Tony hat mir nur ganz kurz angedeutet, daß er Jims Erklärung akzeptiert. Er hält es für ausgeschlossen, daß Jim noch irgendwelche Selbstmordgedanken hegt.«

Andreas Erleichterung war riesengroß.

»Soweit hattest du also recht«, sagte Martin, aber dann fügte er genüßlich hinzu: »Er hat allerdings dringend empfohlen, daß Jim von hier weggehen soll.«

Andrea war noch zu glücklich, um die ganze Tragweite des Gesagten zu erfassen. »Das mußte ja kommen. Typisch Psychiater! Sie glauben eben nicht an normale Familienverhältnisse!«

»Steig ganz schnell herunter von deiner Wolke«, sagte Martin unwirsch. »Du glaubst doch nicht im Ernst, daß Jim sein gesamtes restliches Leben hier bei dir verbringen wird? Er ist nicht so sehr behindert, daß er nicht wieder aufs College gehen könnte. Aber wahrscheinlich ist es dafür zu spät. Er hätte sich viel früher anmelden müssen!«

»Du redest Unsinn, Martin. Er hätte sich bereits im letzten Herbst anmelden müssen, aber da war er ja gerade aus dem Krankenhaus entlassen worden. Er mußte sich doch wenigstens erholen.«

Martin zuckte die Schultern. »Warum rege ich mich eigentlich auf?« fragte er Satan.

Andrea antwortete an seiner Stelle. »Das weiß ich nicht. Ich möchte nur, daß du zugibst, daß du unrecht hattest...«

»O nein!« Martin warf einige Bücher von einem Stuhl und setzte sich. Ich glaube immer noch nicht, was Tony gesagt hat. Ich bin der festen Überzeugung, daß sich Jim in dieser Nacht umbringen wollte. Irgend etwas hat ihn bewogen, seine Meinung zu ändern. Wenigstens hat er sein Interesse an Alice Fairfax offenbar aufgegeben.«

»Wovon sprichst du?«

»Du weißt genau, wovon. Du hast doch als erste sein großes Interesse an dem alten Friedhof kritisiert. Du hattest damals recht, und ich hatte geirrt. Komm, Andrea, du mußtest doch wissen, daß Jim gar nicht so sehr an Mary interessiert war, sondern an Alice. Ihr Zimmer oben im Turm, ihr Grab auf dem alten Friedhof...«

»Alices Grab?«

»Hast du denn überhaupt keine Fantasie?« fragte Martin. »Alices Grab ist direkt neben dem ihrer Mutter. Warum wollte Mary wohl dort begraben werden, obwohl ihr Vater ganz woanders liegt? Deshalb hat sie auch die Warnung auf ihren Grabstein meißeln lassen: Laßt mich nur ja in Frieden hier liegen! Und dann noch die Rose von Kastilien...«

»Du hast selbst gesagt, daß es unmöglich ist, daß eine Rose so lange lebt. Du hast dir das alles zurechtgereimt!«

»Ich habe nicht ›unmöglich‹, sondern ›ungewöhnlich‹ gesagt. Ich kann natürlich nicht beweisen, daß Mary die Blume auf das Grab ihrer Tochter gepflanzt hat, ebenso könnte es Cousine Bertha getan haben, weil ihr das arme Mädchen leid getan hat, das schon mit siebzehn Jahren hatte sterben müssen. So ähnliche Gefühle muß auch Jim gegenüber Alice gehabt haben.«

Andrea dachte zwar fast dasselbe, aber es fiel ihr schwer, das zuzugeben. »Ich verstehe immer noch nicht, weshalb du so sicher bist, daß Alice dort neben ihrer Mutter begraben ist.«

»Das ist eine Tatsache, Andrea! Jim wußte es die ganze Zeit. Er hat es aus dem Buch, das er von Reba ausgeliehen hat.«

»Welches Buch?«

Martin sah sie mitleidig an. »Wenn du dich halt ein wenig um deine Mitmenschen kümmern würdest, dann... aber ich nehme an, daß du im Augenblick wirklich zuviel zu tun hast. Ich spreche von dem Buch über die privaten Friedhöfe. Der Autor hat im Jahr 1938 die Lage der Gräber und die Inschriften der Steine gewissenhaft kopiert. Marys Grabstein war nicht dabei, aber der von Alice schon. Er trug nur den Namen und die Lebensdaten.«

»Jim hat das gewußt? Weshalb hat er mir dann nicht davon erzählt?«

»Vielleicht hättest du ihn ausgelacht«, sagte Martin.

»Das hätte ich bestimmt nicht«, sagte Andrea wütend. »Ich habe mir ja schon einige Beleidigungen von dir anhören müssen, Martin Greenspan! Aber jetzt reicht's!«

Martin lugte vorsichtig um die Küchentür herum. »Hast du zu tun?«

»Ja«, sagte Andrea, ohne aufzusehen.

Martin kam herein und setzte sich wie im Wartezimmer eines Arztes auf die vorderste Kante eines Stuhls. Andrea machte weiter, ohne sich stören zu lassen. Martin war wirklich schrecklich! Er weigerte sich einfach, längere Zeit böse zu sein, und war auch nach dem ernstesten Streit bald wieder guter Dinge.

Nachdem sie sich entschlossen hatte, ihn nun nicht mehr länger auf die Folter zu spannen, sah sie auf und sagte: »Ja?«

»Was machst du da? Abrechnungen?«

»Ja.«

»Ich habe dabei aber immer schlechtere Laune als du!«

»Ich fühle mich herrlich!« Sie lachte ihn an und warf die Arme in die Luft. »Martin, ich schaffe es! Wir haben sogar besser abgeschnitten, als ich gedacht hatte! Ich habe doch jeden Cent investiert, aber jetzt bin ich mir endgültig sicher: Es wird gutgehen!«

»Das ist ja wunderbar. Du hast es aber auch verdient, Andy!«

»Du hast eine ganze Menge dazu beigetragen.« Andrea umarmte sich selbst vor Freude. »Das wird das schönste Weihnachten seit Jahren! Und ich habe noch nicht einmal Besorgungen gemacht! Was wünschst du dir, Martin?«

»Du bist mir richtig unheimlich, wenn du so guter Laune bist«, sagte Martin.

»Du bist ein alter Nörgler!« Sie stützte ihr Kinn in die Hand. »Wir brauchen einen großen Baum«, murmelte sie, »und einen Truthahn ... Bleibst du an Weihnachten bei uns? Oder magst du überhaupt nicht feiern?«

»Ich bin sehr tolerant«, sagte Martin ernst. »Ich bleibe sehr gern bei euch! Ich komme sogar mit in die Kirche, wenn es sein muß. Was wünschst du dir denn, Andrea?«

»Ach, hör doch auf!« sagte sie und dann fiel ihr ein, daß er einen Grund gehabt haben mußte, in die Küche zu kommen. »Aus welchem Grund bist du eigentlich vorhin hereingekommen?«

»Ich habe die Post mitgebracht. Es ist ein Päckchen von Holderman dabei.«

»Wahrscheinlich die Fotografien«, sagte sie und nahm es ihm voller Ungeduld ab.

»Genau das habe ich auch gedacht! Ich bin schrecklich neugierig!«

Das Päckchen war sorgfältig und penibel verklebt, so daß es eine ganze Weile dauerte, bis Andrea endlich die Fotos in der Hand hielt. Den beiliegenden Brief hatte sie an Martin weitergereicht, damit er ihn in der Zwischenzeit schon vorlesen konnte.

»Meine liebe Miß Torgesen, ich kann Ihnen gar nicht genug danken ... blabla und so weiter ... Ich habe mich sehr gefreut ... hmmhmm ... Sie waren eine würdige Hausherrin ... Es ist seltsam, daß die Kamera immer wieder Dinge entdeckt, die dem menschlichen Auge verborgen bleiben. Was meint er denn damit?«

»Das werden wir schon sehen«, sagte Andrea, während sie Martin einen Teil der fast einhundert Fotos reichte. »Wunderbar«, sagte Andrea. »Ich habe dieses Detail noch nie beachtet. Tatsächlich! Diese Schnitzerei, die ich immer als Ornament angesehen hatte, ist ein Seepferdchen. Das muß er mit diesem rätselhaften Satz gemeint haben.«

»Nein«, sagte Martin. »Ich denke, daß er das hier meint.«

Seine Stimme war so seltsam, daß Andrea ihn überrascht ansah. Schweigend reichte er ihr die Fotografie, die er betrachtet hatte.

Es handelte sich um eine Aufnahme aus einer seltsamen Perspektive, bis Andrea einfiel, daß Holderman dazu wahrscheinlich in den Apfelbaum gestiegen war. Er hatte nach oben fotografiert, so daß der Turm überzuhängen schien und sehr bedrohlich aussah. An einem der Fenster war eine weiße, fast durchsichtige menschliche Gestalt zu sehen.

»Jim muß dort gestanden haben«, sagte Andrea.

»Das ist unmöglich Jim!«

»Dann vielleicht eine Reflektion. Vielleicht eine Wolke.«

»An diesem Tag war klares Herbstwetter.«

Je länger Andrea auf die Gestalt starrte, desto undeutlicher wurden die Umrisse. »Es kann eigentlich alles sein. Ob Holderman mit dem Licht getrickst hat?«

»Schwer zu sagen«, meinte Martin.

Andrea lehnte sich vor. »Also los, Martin, ich kenne den Tonfall. Sage mir, was du vermutest!«

»So ist Alice Fairfax gestorben. Sie fiel oder sprang aus diesem Fenster!«

Nach einiger Zeit fragte Andrea: »Und woher weißt du das?«

»Natürlich aus der Zeitung. Ich mußte eine Weile suchen, weil ich kein Datum wußte.«

»Fiel sie oder sprang sie?«

»So genau stand es in der Zeitung. Man wußte es nicht, denn sie hatte keinen Brief hinterlassen.«

»Und du denkst natürlich, daß sie heruntergesprungen ist«, vermutete Andrea.

»Ich denke dabei an deine Erfahrung, als du dort oben gestanden hast«, sagte Martin.

»Aber das ist doch kein Beweis«, wandte Andrea ein. »Du hast selbst gesagt, daß es vielen Leuten so geht.«

»O ja! Ich habe eine Menge gesagt, und das meiste war dumm!«

»Fängst du jetzt an, an diese Dinge zu glauben?«

»Dann ginge es mir besser«, meinte Martin. »Alles wäre besser als dieses Stadium der Ungewißheit!«

»Damit will ich mich nicht befassen. Mir geht es ausgezeichnet, und ich will nicht mehr daran denken. Ich gehe jetzt Weihnachtseinkäufe machen. Ich will auch Reba überreden, daß sie zum Weihnachtsessen zu uns kommt. Es wird Zeit, daß sie ihre Ängste überwindet!«

»Wenn du den Leuten sagst, daß sie Unsinn glauben, überzeugst du sie ganz bestimmt nicht!« protestierte Martin.

»Vielleicht sind die Dinge gar nicht so unsinnig«, sagte Andrea, worauf Martin die Stirn runzelte und Andrea anfing zu lachen. »Nein, ich glaube nicht plötzlich an solche Dinge, aber was Holderman an diesem Abend gesagt hat, hat mich doch beeindruckt. Diese Theorie der psychischen Eindrücke, die bestehen bleiben, paßt genau auf Rebas Problem. Wenn sie versteht, daß diese Eindrücke vorhanden sind und nichts mit ihr persönlich zu tun haben, wird sie ihre Angst verlieren.«

»Möglicherweise«, sagte Martin ohne rechte Überzeugung.

»Wenn du mit ihr sprichst, solltest du dich lieber nicht so skeptisch anhören. Wir müssen sie überzeugen, daß es um nichts anderes geht. Dann ist schon die halbe Schlacht geschlagen.«

»Ach, mein Schatz, muß es schön sein, alle Antworten zu kennen«, sagte Martin.

Jim ging begeistert auf Andreas Weihnachtspläne ein.

»Er ist einfach zu nett«, meinte Martin. »Mir gefällt das ganz und gar nicht.«

Andrea hatte ihn gebeten, ihr beim Schneiden der Zweige für ihre Weihnachtsdekoration zu helfen. Ein ziemlich kalter Wind blies durch den kahlen Wald.

»Du bist auch niemals zufrieden«, gab Andrea zurück. »Erst beschwerst du dich, daß er so einsam aussieht, und dann ist er dir plötzlich zu glücklich! Entscheide dich!«

»Die normale Stimmungslage ist irgendwo zwischen schlechter und guter Laune anzutreffen, aber dieses Kind ist immer im siebten Himmel... so als hätte er Jesus gefunden! Nimmt er irgendwelche Drogen?«

»Wer? Jim? Bist du immer noch beim Thema?« Sie unterbrach sich. »Dieser Baum ist sehr gut geeignet. Willst du lieber Fichtenzapfen aufsammeln oder Äste abschneiden?«

»Lieber schneiden.«

»Alter Faulpelz!«

Er schnitt einige Minuten ohne etwas zu sagen. »Ich bin schon sechsundvierzig«, sagte Martin. »Alt genug, um Jims Vater zu sein!«

Als Andrea nicht darauf einging, stichelte Martin weiter: »Hast du wieder Gedichte in seinem Schreibtisch gefunden?«

»Das ist nicht fair, Martin«, sagte Andrea, während sie eine Handvoll Zapfen in den Korb warf. »Beobachtest du mich? Du kannst doch nicht ernsthaft glauben, daß mir das Spaß macht? Ich habe doch keine andere Wahl!«

»Du mußt dich gar nicht so sehr verteidigen«, sagte Martin und ließ sich auf einen Baumstamm nieder. »Du hast meine erste Frage noch nicht beantwortet.« Er deutete auf den Baumstamm neben sich.

Andrea zögerte einen Augenblick, doch dann setzte sie sich. Es war sehr still im Wald, nur die Nadeln verströmten einen herben Geruch, und die untergehende Sonne hing wie ein roter Luftballon im Geäst der kahlen Bäume.

»Seit Jim umgezogen ist, habe ich nicht mehr nachgesehen«, sagte Andrea.

»Weshalb nicht?«

»Ich dachte, das sei nicht mehr notwendig. Wie du sagst – er ist glücklich!«

»Ich denke immer noch an das erste, das du mir gezeigt hast.«

»Das habe ich schon vergessen«, sagte Andrea.

»Stimmt ja nicht! Das Gedicht war nicht sehr gut, aber die Bilder haben sich in meinem Gehirn eingegraben. Dieser Mensch, den er beschreibt, gleicht ihm in den letzten Monaten. Immer auf der Suche nach einem Ausweg, aber jeder Weg ist unpassierbar...«

»Demnach hat er jetzt gefunden, wonach er so lange gesucht hat?«

Andrea hatte eigentlich erwartet, daß Martin die Frage verneinen würde. Statt dessen nickte er. »Ja, er hat es gefunden! Ich wüßte nur gar zu gern, was es ist!«

Einige Tage vor Weihnachten saß Andrea in ihrem Zimmer und verpackte ihre Geschenke. Draußen an der Zimmertür hing ein großes Schild mit der Aufschrift ›Eintritt verboten! Gilt auch für dich!‹ Jim war oben im Turmzimmer mit derselben Arbeit beschäftigt, aber sein Schild war noch gigantischer.

Überall auf dem Bett waren Papiere und Bänder verstreut, und das Papier knisterte sehr geheimnisvoll, während sie es um die Geschenke faltete. In der vergangenen Woche war das Geschäft nicht überwältigend gewesen, aber vom neunzehnten bis vierundzwanzigsten Dezember erwartete sie noch einmal eine voll ausgebuchte Woche. Im nächsten Jahr plante Ladiesburg ein großes Fest, und Andreas Hotel sollte sich auch beteiligen. Sie wollte auf der nächsten Sitzung der Interessengemeinschaft ihre Pläne darlegen. In diesem Jahr wollte sie durch eine traditionelle viktorianische Weihnachtsdekoration beweisen, wie attraktiv man ein solches Fest gestalten konnte. Dazu mußte sie Girlanden für alle Türen, Kamineinfassungen und Spiegel vorbereiten und mit roten Schleifen versehen. Überall im Haus sollten Kränze und geschmückte Zweige weihnachtliche Stimmung verbreiten. Aber da der grüne Schmuck so rasch vertrocknete, konnte alles erst in letzter Minute angebracht werden, wobei sie auf Martins und Jims Hilfe zählte.

Armer Martin! Er versuchte, weihnachtliche Stimmung vorzutäuschen, aber es gelang ihm nicht. Sie wußte, was ihn quälte, und nur zu gern hätte sie ihm seine Sorgen ausgeredet, aber er würde ihr nicht glauben. Sie mußte gerecht bleiben. Anfangs hatte sie schließlich dieselben Gedanken gehabt! Doch bald hatte sie die starke Kraft empfunden, die hinter ihr stand und sie unterstützte. Ohne sie hätte sie diese Knochenarbeit wohl auch nicht durchgestanden. Natürlich durfte man sich diese Kraft nicht als Gespenst vorstellen, sondern eher als Eindruck des starken Willens, der einst dieses Haus beherrscht hatte und nun auch sie unterstützte, weil sie und Mary so viele Gemeinsamkeiten hatten.

Viele Leute waren ein wenig abergläubisch oder hatten einen Talisman. Mary war ihr Talisman, ihr guter Geist, ihr Schutzengel.

Die Einladung an Martin hatte sie ganz spontan ausgesprochen, aber sie bereute es nicht. Sie mochte ihn schließlich gern, auch wenn er sie manchmal aufregte. Er war so verläßlich, und sie verdankte ihm eine ganze Menge. Sie hoffte sehr, daß sie in Zukunft Freunde bleiben würden, denn sie fühlte sich weder voller Liebe noch sexuell zu ihm hingezogen, und sie zweifelte auch an seinen Absichten. Er hatte sich in sie verliebt, weil sie vorhanden war. Mit einer anderen Frau wäre wahrscheinlich genau dasselbe passiert. Wenn er erst eine Familie hätte, würde er auch aufhören, sich in ihr und Jims Leben einzumischen.

Diese Idee, daß Jim zu dieser Alice ein besonderes inneres Verhältnis gehabt haben soll, war so typisch für Martin, der überall Gespenster sah. Natürlich wollte sie, daß Jim ein normales Leben führen sollte. Wenn er wollte, sollte er auch wieder zum College gehen, vielleicht sogar ganz in der Nähe. Im nächsten Jahr konnte sie ihm vielleicht ein Auto kaufen, so daß er gar nicht auf dem Universitätsgelände wohnen müßte.

Wenn er fortgehen wollte, würde sie ihm keine Steine in den Weg legen, aber weshalb sollte er sie überhaupt verlassen wollen? Zusammen konnten sie das Hotel berühmt machen, Feste arrangieren – es gab eine Menge Möglichkeiten. Jim wurden die Chancen auf dem silbernen Tablett geboten. Nicht viele junge Männer in seinem Alter hatten diese Aussichten ...

Andrea band ein rotes Band um das Päckchen und legte es dann zu dem Stapel auf ihrem Bett. Armer Martin. Sie mußte ihm unbedingt eine nette Frau suchen.

Am nächsten Morgen mußten alle sehr früh aufstehen, denn Andrea brauchte viele Hilfskräfte. Selbst Martin wurde eingespannt, obwohl er sich als ziemlich ungeschickt erwies und sich dauernd in den Girlanden verhedderte.

Gegen Mittag näherte sich das Werk seinem Ende, und sogar Martin mußte neidlos eingestehen, daß sich die Mühe gelohnt hatte. Das Haus sah aus wie ein Zauberwald. Jim war einige Stufen nach oben gestiegen, um einen besseren Überblick zu haben.

»Traumhaft«, rief er begeistert. »Aber ich möchte dich daran erinnern, daß wir noch zu Sues Party gehen wollen.«

»Verdammt! Das habe ich ganz vergessen. Wir haben ja noch nicht einmal mit dem Baum angefangen!«

»Den schmücken wir eben heute abend«, sagte Jim und legte den Arm um seine Schwester. »Komm jetzt lieber, Andy!«

»Morgen kommen aber zwei Gäste und übermorgen vier ...« begann Andrea.

»Wir werden dir helfen. Nicht wahr, Martin?«

»Aber klar«, sagte Martin und lächelte, während er die beiden beobachtete.

»Das wird ja etwas werden«, meinte Andrea und kuschelte sich in Jims Umarmung. Früher hatte er jede Zärtlichkeit vermieden, aber jetzt schien er geradezu ein Bedürfnis danach zu haben. Sie stellte sich auf die Zehenspitzen und gab ihm einen Kuß, den er schmatzend erwiderte.

»Es wird sicher nett. Du mußt auch nichts Besonderes anziehen. Sue hat gemeint, wir sollen kommen wie wir sind.«

Andrea wußte aus Erfahrung, daß man auf diesen Satz nichts geben durfte. Sie suchte das einzige bessere Kleid aus dem Schrank, das sie besaß – ein grünes, locker fallendes Wollkleid. Wenigstens hatte es die richtige Farbe!

Sie mußten in einiger Entfernung von Sues Geschäft parken und den restlichen Weg zu Fuß gehen. Als sie am *Past and Present* vorbeikamen, öffnete Al Wyckoff die Tür und rief: »Gehen Sie zu Sues Party?«

»Ja, Sie nicht?«

»Ich wollte gerade schließen, als ich Sie sah. Ich habe Ihren Rahmen gefunden, Andy. Kommen Sie herein und sehen Sie sich ihn an!«

Drinnen trennten sie sich, Martin ging zu den Büchern, während Jim auf eigene Faust herumkramte und Andrea ihren Rahmen begutachtete. Er war perfekt, nicht zu überladen und in gutem Zustand. Er gefiel ihr auf den ersten Blick.

»Gar nicht so übel... Wieviel möchten Sie dafür haben, Al?«

»Ich gebe ihn Ihnen zum Selbstkostenpreis.« Er nannte einen Betrag, der nicht zu teuer, aber auch nicht gerade billig war. Andrea suchte nach ihrem Portemonnaie.

»Wofür willst du ihn?« fragte Jim neugierig.

»Für Marys Bild. Ich möchte es doch in der Halle aufhängen. Gefällt dir der Rahmen?«

»Ja, ich glaube schon. Aber woher willst du wissen, daß er paßt?«

»Weil ich das Bild vorher ausgemessen habe, du Schlaukopf!« Sie gab Wyckoff das Geld.

Während er den Rahmen verpackte, fragte er: »Übrigens, haben Sie sich meinen Vorschlag überlegt, Andy? Wollen Sie eine Pistole?«

»Wen willst du denn erschießen?«

»Niemanden, aber Al meint...«

»Ich denke nicht, ich weiß! Jeder Eigentümer muß sich selbst verteidigen!«

»Ich kann Pistolen nicht leiden!« sagte Jim. »Sie kennen meine Schwester nicht, Mr. Wyckoff! Die braucht keine Kugeln! Gnade dem armen Kerl, der ihr in die Quere kommt!«

»Ich kann das nicht so witzig finden! Falls Gary Bloomquist eines Nachts hier einbricht...«

»Ach, du lieber Himmel! Alle hacken auf Gary Bloomquist herum! Ich kann es wirklich nicht mehr hören!« sagte Jim und wurde ärgerlich. »Scheint ein lokaler Jack the Ripper zu sein. Er ist doch gar nicht so schlecht!«

»Wie kannst du so etwas sagen?« fragte Andrea. »Ausgerechnet du?«

»Er kann seine Wut und Angst eben nur durch Prügeln abreagieren«, sagte Jim.

»Ich möchte jetzt wirklich nichts mehr über Prügeleien und Waffen hören«, schimpfte Andrea. »Schließlich ist bald Weihnachten, verdammt noch einmal!«

Die gesamte Stadt war bei Sue versammelt. Wie Andrea erwartet hatte, trugen alle Frauen ihre besten Kleider. Sue klingelte wie der Nikolaus persönlich mit ihren vielen Ketten und Armreifen... Sie winkte ihnen von der anderen Seite des Raumes zu und deutete einladend auf den Punschtopf.

Martin ging hinüber, aber Andrea blieb mit Jim nahe am Eingang stehen, von wo aus man alles gut überblikken konnte. Von allen Seiten prostete man ihnen zu, lächelte und nickte freundlich. Zwischendurch wurde gesungen, dann unterhielt man sich wieder und lachte. Jim genoß den Abend sehr.

»Man könnte meinen, wir wären schon immer hier gewesen«, sagte er. »Ich habe das Gefühl, zu einer großen Familie zu gehören.«

Nach Sues Party fuhren sie zum Highway, um in einem Schnellrestaurant einen Hamburger zu essen, denn zu

Hause wartete noch eine Menge Arbeit auf sie. Die Nacht war klar und ziemlich kalt. Jim machte Feuer, und Martin öffnete eine Flasche Wein und später dann eine zweite. Das war sein Beitrag zum Abend, denn Andrea weigerte sich, ihn die feinen Christbaumsterne auch nur berühren zu lassen. Sie kraxelte auf der Leiter um den Baum herum, schmückte ihn mit Cousine Berthas kostbaren Kugeln und verschiedenen Naschereien und krönte ihr Werk schließlich mit dem großen Stern.

»Wieviel Arbeit für etwas, das nur eine Woche überdauert«, sagte Martin.

»Sei nicht so negativ! Sage lieber, daß es hübsch geworden ist!«

»Du hast recht!« sagte Martin. »Ich fühle mich ein bißchen in meine Kinderzeit versetzt! Möchtest du noch Wein?«

»Ja, gern«, sagte Andrea und reichte ihm ihr Glas.

»Ich möchte nichts mehr«, sagte Jim und stand auf. »Ich lasse euch zwei Alkoholiker jetzt allein!«

»Gute Nacht, mein Schatz! Schlaf gut!«

Martin lehnte sich bequem in die Kissen des Sofas zurück. »Gute Nacht, Jim!«

Vorsichtig stieg Jim die Treppe nach oben, und seine Schritte entfernten sich immer mehr. Andrea war nicht darauf gefaßt, aber als Martins Arm sich um ihre Schulter legte, ließ sie sich ganz entspannt und zufrieden gegen ihn sinken. Zärtlich liebkoste seine Hand ihre Wange und den Hals, strich ihr die Haare aus der Stirn und hob ihr Gesicht zu ihm auf. Sie kicherte, als seine Bartstoppeln ihre Wange kitzelten, und sie hörte noch ein kleines Lachen, bevor ihre Lippen sich trafen.

Sie küßten sich zuerst sanft, dann immer fordernder, und sie fühlte Regungen in sich aufsteigen, die sie überraschten. Sie drehte sich zu ihm um, klammerte sich an ihn. Endlich ... endlich spürte sie etwas, was sie so lange vergessen hatte. Hatte sie überhaupt schon jemals so gefühlt?

Martin löste ihre Arme, küßte ihre Hände und hielt sie eine Weile in den seinen. Dann legte er sie in ihren Schoß zurück.

Atemlos und verwirrt streckte Andrea die Arme nach Martin aus, aber er hatte sich ans andere Ende des Sofas gesetzt. »Warum hast du aufgehört?« fragte sie. »Warum ...?«

Martin schwieg einen Moment, und dann sagte er ruhig: »Du sollst dich frei entscheiden. Ich möchte nicht so über dich herfallen.«

Sie verstand zwar, was er sagte, aber ihre Gefühle wollten es nicht hören.

Martin nahm ihre Hand und hielt sie fest. »Ich bin ein wenig zu alt, um auf einem Sofa zu schmusen«, sagte er spöttisch. »Am anderen Morgen tut mir dann alles weh, außerdem gefällt es mir nicht. Nimm mich mit in dein Zimmer, Andrea! Du mußt dich entscheiden!«

Wenn er sie in den Arm genommen oder auch nur gestreichelt hätte, wäre sicher alles anders gekommen, aber sein lockerer Ton und dieser unverständliche Rückzieher ließen sie frösteln. Er war genauso erregt wie sie, darüber konnte es einfach keinen Zweifel geben.

»Ich verstehe dich nicht«, sagte sie.

Er fragte nicht, was sie meinte. »Wir sind zu viele«, sagte er. »Es ist besser, wenn wir allein sind.«

14

Andrea stand wie immer zuerst auf. Sie war froh, daß sie noch einige Augenblicke Zeit hatte, bevor sie Martin gegenübertreten mußte. Je mehr sie über den gestrigen Abend nachdachte, desto verwirrter wurde sie. Sie kannte Martin zu gut, um anzunehmen, daß er sich nur einen Spaß gemacht hatte. Er hatte gezeigt, welche Gefühle in ihr schlummerten. Noch bei keinem anderen Mann hatte sie sich selbst so aufgegeben.

Ob er sich nur um die Äußerlichkeiten Sorgen machte? Es war sicher nicht leicht, unter den Augen der Gäste und unter Jims Nase ein Verhältnis miteinander zu haben. Ob das ›wir sind zu viele‹ vielleicht so gemeint war? Oder war Martin eifersüchtig auf ihre Beziehung zu Jim?

Jim berührte die Sache überhaupt nicht, wie sie an seinem bedeutungsvollen Grinsen feststellte, als er ihr einen guten Morgen wünschte. Er nahm ganz selbstverständlich an, daß Martin und sie miteinander geschlafen hatten.

Andrea war froh, daß er noch am Tisch saß, als Martin erschien. Allerdings trugen seine langen Seitenblicke nicht viel zu ihrer Beruhigung bei. Doch Martin schien nichts zu bemerken, er benahm sich wie immer und tauschte nicht einen einzigen verstohlenen Blick mit ihr. In seinen Augen war offenbar nichts geschehen – also gut! Sie hatte sich wieder einmal etwas eingebildet, und für ihn hatte alles keine Bedeutung.

Sie versuchte, möglichst nicht daran zu denken, was ihr während der nächsten Tage durch Martins unverbindliches Benehmen leicht gemacht wurde. Danach war sie dann mit ihren Gästen beschäftigt, die am vierundzwanzigsten Dezember abreisten. Sie und Mrs. Horner verbrachten den Tag damit, das Haus wieder aufzuräumen und zu putzen. Andrea hatte einen Umschlag für Mrs. Horner vorbereitet, der einen zusätzlichen Tageslohn enthielt, aber als sie drei ungeschickt beschriftete Päckchen unter dem Weihnachtsbaum entdeckte, schämte sie sich fast ein wenig.

Jim hatte weiter gedacht als sie. Während Mrs. Horner sich verabschiedete, kam er die Treppe herunter, überreichte ein Päckchen, wünschte ›Fröhliche Weihnachten!‹ und gab ihr einen Kuß auf die Backe.

»Was hast du ihr geschenkt?« fragte Andrea, nachdem Mrs. Horner beglückt das Haus verlassen hatte.

»Ich habe das kleine Regal in der Küche nachgebaut, das ihr so gut gefällt.«

»Jimmie, das war einmalig nett von dir!«

»Ich habe alle meine Geschenke selbst gemacht«, sagte er stolz.

»Das hast du also dort oben gemacht?«

Er beugte sich zu ihr herunter und flüsterte: »Für Martin habe ich eine Dose aus Walnußholz gemacht, das ich von Wayne bekommen habe. Meinst du, er wird sich freuen?«

»Ganz bestimmt, mein Schatz!«

»Ich muß wieder nach oben. Ich bin mit Rebas Geschenk immer noch nicht fertig, aber ich will es ihr unbedingt heute abend geben. Sie kommt doch, oder?«

»Wenn sie nicht noch in letzter Minute absagt.«

Andrea hatte ihre Pläne ändern müssen, weil Reba am Weihnachtstag unbedingt im Lokal sein mußte.

»Dann kommen Sie eben am Weihnachtsabend«, sagte Andrea bestimmt. »Ich werde noch Sue, Al und einige andere Leute einladen. Sie können gern später kommen, Reba, aber Sie müssen unbedingt kommen! Sonst werden Sie die Angst nie los.«

Reba hörte aufmerksam zu, als Andrea ihr erklärte, wie sie die Dinge sah. Sie war zwar nicht überzeugt, aber sie wollte ihrer Freundin auch nicht wehtun.

»Also gut! Ich werde es versuchen, aber ich übernehme keine Garantie für mein Benehmen!«

»Ich bin so froh, daß Sie es versuchen wollen!«

Am Nachmittag zog Andrea den großen Mahagonitisch im grünen Salon auseinander, weil sie dort das Buffet aufbauen wollte. Teller und Silber konnte sie schon herrichten, aber das Essen mußte noch unter Verschluß bleiben, weil Satan allgegenwärtig war. Plötzlich stand Martin hinter ihr. »Hier ist mein Weihnachtsgeschenk«, sagte er und reichte ihr eine große Schachtel. »Mach es auf!«

»Wir wollten doch bis morgen warten!«

»Du mußt es aber unbedingt heute schon aufmachen!«

Langsam löste Andrea die Verpackung und nahm sich vor, sich nicht allzusehr zu freuen, aber als sie den Inhalt sah, konnte sie einen kleinen Schrei nicht zurückhalten. In dem Paket lag ein wunderschönes braunes Samtkleid, das am Halsausschnitt und an den langen Ärmeln mit goldener Spitze und Bändern besetzt war. So etwas Wunderbares hatte Andrea noch nie besessen.

»Das ist ja wahnsinnig schön! Aber ich kann es nicht behalten! Du mußt es zurückgeben!«

»Kann ich nicht! Ich habe es im Ausverkauf erstanden.«

»Lügner!«

»Ich bringe es nicht zurück! Von mir aus kannst du es zerschneiden oder Mrs. Horner schenken. Es ist mir gleich, aber ich hatte gehofft, daß du es heute abend tragen würdest.«

»Das kann ich unmöglich tun!«

»Dann probiere es wenigstens einmal an!«

Sie wußte genau, was er dachte. Wenn sie es erst einmal angehabt hatte, würde sie kaum noch widerstehen können. Aber so leicht wollte sie es ihm nicht machen! Doch als der Stoff ihre Haut berührte und sie ihr Bild im Spiegel sah, lösten sich alle guten Vorsätze in Luft auf. Das Kleid saß wie angegossen, formte jeden Teil ihres Körpers nach und zauberte einen sanften Schimmer auf ihr Gesicht.

In diesem Augenblick klopfte es, und Jim steckte den Kopf durch den Türspalt. »Hey! Ist ja toll!« rief er und stieß die Tür ganz auf, damit Martin auch gucken konnte.

»Besser hätte ich es auch nicht ausdrücken können«, sagte er und lächelte.

Andrea gab sich Mühe, nicht zu lächeln und scheuchte die beiden davon. Dann zog sie wieder ihre Arbeitskleidung an. Martin wußte, daß er gewonnen hatte. Sie mochte dieses Kleid nicht mehr hergeben, denn es war das allerschönste, was sie je besessen hatte. Er kannte sie so gut und und hatte ihre innersten Wünsche erraten, die sie noch nicht einmal selbst gekannt hatte. Außerdem wußte er, wie er ihre Selbständigkeit unterminieren konnte. Ein solches Geschenk bekam normalerweise eine Frau von ihrem Mann oder Geliebten. Wenn also die Leute sie darin bewunderten, würden sie gleichzeitig ihre Schlüsse ziehen, wenn sie hörten, daß es ein Geschenk von Martin war. Andrea betrachtete das Kleid und überlegte, was Martin wohl beabsichtigt hatte. Wahrscheinlich waren ihm diese Gedanken überhaupt nicht gekommen.

Andrea stand an der offenen Haustür und begrüßte ihre Gäste. Warmer Lichtschein fiel ihnen entgegen, und drinnen erwartete sie der köstliche Duft der frischen Tannenzweige. Andrea trug ihr traumhaftes Samtkleid und hätte Mr. Holderman sicher zu überschwenglichen Lobeshymnen hingerissen.

Das Kleid erregte das Aufsehen, das sie vorausgeahnt hatte. Die meisten Frauen musterten sie anerkennend und lächelten wissend. Nur Sue, die schon ein Gläschen getrunken hatte, hatte den Mut, etwas zu sagen: »Falls Sie ihn einmal nicht mehr leiden können«, flüsterte sie und deutete auf Martin, der glücklicherweise außer Hörweite war, »dann schicken Sie ihn zu mir, ja?«

Reba kam als letzte. Andrea hatte Jim gebeten, an der Haustür zu bleiben und nach ihr Ausschau zu halten. Plötzlich rief er: »Da kommt sie!« und lief ihr entgegen. Als Andrea zur Tür kam, führte er sie gerade wie ein widerspenstiges Schaf die Treppe empor.

»Also! Hier bin ich«, brummte sie. »Aber ich weiß nicht, wie lange ich bleiben werde. Himmel, Andy! Sie sehen ja toll aus!«

Andrea nahm ihre Hände und zog sie ins Haus. Sie hatte sich vorgenommen, gar nicht von Rebas Ängsten zu sprechen. »Wollen Sie denn überhaupt nicht wissen, wer es mir geschenkt hat?« fragte sie übermütig.

Doch Reba lächelte nur. »Ich weiß es doch! Ich muß ihn zu seinem guten Geschmack beglückwünschen!«

»Also los, dort drüben steht er!«

Andrea kümmerte sich um ihre Gastgeberpflichten und sah immer wieder zu Reba hinüber, die sich jedoch mit ihrem zweiten Wachhund Martin und einer ganzen Gruppe von Leuten prächtig amüsierte. Sie aß und trank und schien keinerlei Beschwerden zu haben. Nachdem die ersten Gäste gegessen hatten, verteilte sich die Gesellschaft allmählich über alle unteren Räume. Offenbar war der Abend ein Erfolg, denn alle unterhielten sich angeregt und laut. Jim und einige der jüngeren Leute hatten es sich in einer Ecke der Halle auf dem Boden bequem gemacht.

Irgendwann hatte Al Wyckoff Martin mit Beschlag belegt. Da Martin sehr taktvoll war, wußte er nicht, wie er ihm entkommen sollte, um sich weiter um Reba zu kümmern, die plötzlich verschwunden war. Verzweifelt signalisierte er Andrea seine Notlage.

Andrea machte sich sofort auf die Suche, ging herum, nickte und sprach einige Worte, aber die ganze Zeit über hielt sie nur Ausschau nach Reba. Schließlich durchquerte sie auch die Halle, und plötzlich entdeckte sie ihre Gestalt, die im Halbdunkel fast nicht zu erkennen war, weil sie ein braunes Kleid trug.

»Was tun Sie hier so ganz allein?« fragte Andrea fröhlich. »Kommen Sie mit mir und helfen Sie mir, bitte. Ich möchte jetzt den Kaffee servieren!«

Reba wandte ihr den Kopf zu, aber ihr Gesichtsausdruck war nicht verzweifelt, sondern nur verwundert. »Woher haben Sie dieses Bild?« fragte sie und deutete auf das Porträt über dem Empfangspult.

»Ich habe es im Haus gefunden«, sagte Andrea. »Ihr hat dieses Haus vor etwa einhundert Jahren gehört. Damals war es auch schon ein Hotel. Lustig, nicht wahr?«

Reba rieb sich die Stirn. »Wo ist das Badezimmer?«

»Hier entlang. Geht es...«

»Ich bin betrunken«, erklärte Reba. »Ich habe es mit Absicht gemacht. Aber jetzt ist mir schlecht!«

»Es wird schon nicht so schlimm werden«, sagte Andrea beruhigend. »Kommen Sie! Stützen Sie sich auf mich!«

»Ha! Wenn ich das täte, lägen Sie flach auf dem Boden, mein Kind!«

Reba konnte zwar noch ganz gut gehen, aber Andrea

führte sie trotzdem lieber in ihr eigenes Badezimmer, damit sie nicht nach oben gehen mußte. Danach ging sie in die Küche und setzte die Kaffeemaschine in Gang. Anschließend nahm sie eine Platte mit Sandwiches aus dem Kühlschrank und zog die Folie ab. Satan lag still und schien zu schlafen.

»Du brauchst dich gar nicht herumzutreiben, du alter Gangster!« sagte sie zu ihm. »Diesmal passe ich auf!«

»Mit wem sprechen Sie denn?« fragte Reba, als sie in die Küche kam.

»Mit dem verdammten Kater! Er treibt sich in der letzten Zeit immer häufiger in der Küche herum, weil er wohl darauf hofft, daß ich einmal Essen herumstehen lasse!«

Reba sah Satan an. Der Kater erhob sich und räkelte sich. Dann setzte er sich, legte seinen Schwanz sorgfältig um seine Pfoten und starrte seinerseits auf Reba, die ganz langsam, Schritt für Schritt, zu einem Stuhl ging.

»Berthas Kater!« sagte sie mühsam.

»Genau! Er scheint...«

»Marys Kater.«

»Wie bitte?« Andrea drehte sich um. Sie konnte Reba gerade noch auffangen. Wenn sie sie nicht mit der Schulter abgefangen hätte, wäre Reba wie ein Baum einfach umgekippt.

»Was ist denn los?« fragte Martin, der gerade in die Küche kam.

»Sie ist einfach...« Andrea gestikulierte hilflos. »Ich glaube, sie ist ohnmächtig geworden.«

»Ich konnte diesen Al Wyckoff einfach nicht loswerden«, sagte Martin, während er ihr half, Reba auf das Sofa zu betten. Martin zog ein Augenlid hoch und nickte zufrieden. »Hat sie noch etwas gesagt?«

»Nein, sie fühlte sich eigentlich wohl. Ich wette, sie hat sich alles nur eingebildet.«

»Hast du ein bißchen Salmiakgeist?«

»Warum läßt du sie nicht einfach schlafen? Sie hat nur zuviel getrunken.«

»Lieber nicht«, sagte Martin. »Sie atmet etwas seltsam. Gib mir bitte den Salmiakgeist.«

Andrea ging hinüber zum Spülbecken und kam gerade recht, um Satan von einem Raubzug abzuhalten. Dann brachte sie Martin die Flasche, der sie Reba unter die Nase hielt.

Zuerst geschah gar nichts, und Andrea wunderte sich, denn ihr war der beißende Geruch von mehreren unfreiwilligen Begegnungen mit diesem Zeug gut in Erinnerung. Dann hob Reba plötzlich die Hand und schob die Flasche beiseite. Ihre Augen waren immer noch geschlossen.

»Nicht«, sagte sie deutlich.

»Na, endlich«, sagte Martin erleichtert. »Bist du...«

»Nicht abschneiden. Sie ist so schön. So eine herrliche Blume... Verdammt! Ich habe es dir gesagt... Laß sie los! Fühlst du nicht die Dornen? Überall ist Blut... Laß sie los!«

Reba schnappte nach Luft. Andrea riet: »Nimm den Salmiakgeist! Los! Schnell!«

»Nein, warte noch einen Augenblick!« Martin winkte ab. »Reba? Was siehst du jetzt?«

»Sie wächst«, antwortete Reba leise wie aus weiter Ferne. »Grüne Ranken, sie winden sich! O mein Gott! Sie haben ihn gefangen... er kann nicht... warum versucht er nicht sich zu befreien?«

Ihre Stimme erstarb. »Wer?« fragte Martin. »Wer ist es, Reba?«

Ein heftiger Schauer lief durch ihren Körper, so daß Martin sie festhalten mußte, damit sie nicht vom Sofa fiel. »Wen siehst du?« fragte er wieder.

Reba öffnete die Augen. »Ich sehe einen etwas dicklichen, mittelalterlichen Reporter«, sagte sie. »Was machst du denn mit mir, Martin?«

Martin ließ sich auf seine Fersen zurücksinken. »Was machst du mit mir? Mir einen solchen Schrecken einzujagen!«

Andrea beugte sich über das Sofa. »Geht es wieder besser, Reba?«

»Klar. Besser kümmern Sie sich mal um den Kater! Der ist hinter den Sandwiches her!«

Dieser Satz kam so überraschend, daß Andrea nur staunen konnte, und Satan verschwand ungestraft mit einem Krabbenbrötchen. »Ich glaube, ich verabschiede mich jetzt lieber«, sagte Reba. »Morgen habe ich einen anstrengenden Tag. Es hat mir sehr gut gefallen, und ich danke euch. Hoffentlich habe ich nicht alles durcheinander gebracht. Ich sollte wirklich nicht mehr so viel trinken!«

Martin stützte sie, als sie aufstand. »Ich bringe dich nach Hause!«

»Nein! Ich fahre selbst. Sieh her! Ich zittere nicht einmal.« Sie streckte ihre Hand aus.

»Aber du hast gerade ...«

»Ich habe gerade gesagt, daß ich selbst nach Hause fahren kann! Vielen Dank, Andy! Bis morgen, oder?«

»Ja, gern«, sagte Andrea und lächelte abwesend.

Martin begleitete Reba hinaus. Er versuchte immer noch, sie zu überreden. Er wird verlieren, dachte Andrea. Diese Frau ist ja noch dickköpfiger als er! Sie wirkte vollständig erholt, aber sie mußte zuviel getrunken haben. Das war die einzig vernünftige Erklärung, denn sie hatte diesmal keines der Symptome gezeigt, die sie das letzte Mal befallen hatten.

Aber irgend etwas beunruhigte Andrea, die sich aber nicht erinnern konnte. Reba hatte das Bild betrachtet und hatte die Katze zu Füßen ihrer Herrin gesehen.

Bisher hatte Andrea noch nicht die Zeit gehabt, das kleine Schildchen gravieren zu lassen. Soweit sie sich erinnern konnte, hatte sie Reba nur erzählt, daß die Frau auf dem Porträt die frühere Besitzerin von Springers' Grove war.

Wie kam es also, daß Reba Marys Namen kannte?

Am Weihnachtstag waren alle ein wenig müde. Keiner hatte Appetit, und der Partyabend steckte noch allen in den Knochen. Aber trotzdem wurde das Auspacken der Geschenke zu einem Höhepunkt des Tages. Andreas sorgfältig ausgesuchte Geräte für Jim waren ein voller Erfolg. Sie hatte mit Kevin telefoniert, der natürlich genau wußte, was Jim zu seiner Hi-Fi-Anlage alles gebrauchen konnte. »Richte ihm aus, daß ich irgendwann im Januar komme, ja? Weihnachten muß ich des Gleichgewichts wegen bei meiner Mutter verbringen.«

Jim freute sich sehr über seine Geschenke, aber er konnte es kaum erwarten, was Martin und Andrea zu seinen sagen würden. Bewundernd strich Martin über die glatte Oberfläche seines Kastens und ließ sich ganz ausführlich erklären, wie Jim dieses Kunstwerk vollbracht hatte. Er versprach, nur seine wichtigsten Schätze darin aufzubewahren.

»Liebesbriefe?« fragte Jim mit einem Seitenblick auf Andrea.

»Schecks.« Martin grinste.

Andrea bekam einen wunderschön geschnitzten und polierten Rahmen. Das Foto, das darin steckte, war eines ihrer Lieblingsbilder. Kevin hatte es im letzten Herbst aufgenommen. Sie und Jim standen vor dem Haus. Sie trugen die ältesten Jeans und hatten sich überhaupt nicht in Pose gestellt. Es war ein sehr natürliches Bild, und Andrea stiegen die Tränen in die Augen, als sie es sah. Jim nickte zufrieden: »Ich habe es gern, wenn man über meine Geschenke Tränen vergießt!«

Ob sie wollten oder nicht, sie mußten abends Rebas Einladung ins *Peace and Plenty* folgen. Reba hatte viel zu tun, und es warteten noch viele Gäste auf einen Tisch. Wie immer hatte Reba den Tisch in ihrem Büro decken lassen, wo sie ein wenig ungestört waren.

»Heute spendiert mir jeder einen Drink«, stöhnte Reba, als sie sich setzten. »Die anderen feiern Weihnachten, und ich bin betrunken.«

Vom vorherigen Abend wurde nur ein einziges Mal gesprochen. »Gestern abend wurde bei Al Wyckoff eingebrochen«, sagte Reba. »Es muß genau dann passiert sein, als er bei eurer Party war.«

»Wurde etwas gestohlen?« fragte Andrea.

»Ja, die Kasse wurde ausgeraubt. Al hätte sie zur Bank bringen müssen, aber er hat ja nie Zeit. Man nimmt an, daß es ein Amateur war. Die Sachen sind noch alle da, auch das Silber!«

»Hat man schon einen Verdacht?« fragte Jim.

»Irgend jemand hat Gary Joe in der Nachbarschaft gesehen...«

»Ich wußte, daß sie es ihm wieder anhängen würden«, sagte Jim verächtlich. »Dieser arme Kerl hat nicht die geringste Chance.«

»Das kann schon sein«, sagte Reba, »aber er bemüht sich auch nicht. Ich habe ihm auch einen Job angeboten...«

»Das hast du tatsächlich gemacht?« fragte Martin. »Was hat er gesagt?«

»Er riet mir, etwas zu tun, was physisch unmöglich ist«, grinste Reba. »Blöder Kerl... Nimm noch etwas, Jim.«

Andrea, die genau gegenüber vom Bücherregal saß, hatte die beiden neuen, sorgfältig gearbeiteten Buchstützen sofort entdeckt und gefolgert, daß sie wohl Jims Geschenk für Reba waren. Doch diese sprach erst davon, als sie bereits gehen wollten. »Habt ihr diese schönen Stützen gesehen?« fragte sie.

»Mir kommt die Handschrift des Künstlers irgendwie bekannt vor«, meinte Martin. »Sie sind wirklich sehr schön!«

»Deshalb haben sie auch den Ehrenplatz bekommen«, sagte Reba.

»Mögen Sie sie denn?« fragte Jim.

»Sie sind das schönste Geschenk, das ich jemals bekommen habe. Ich werde sie in Ehren halten, Jim!«

Jim streckte seine Hand aus, und Reba nahm sie. Sie versuchte, sich zu beherrschen, aber es gelang ihr nicht. Die Tränen liefen ihr über das Gesicht und hinterließen feine Spuren in ihrer dicken Puderschicht.

»Hey!« sagte Jim. »Sie sollen nicht weinen, Reba. Wir sind doch nicht auf einer Beerdigung! Heute ist nur Weihnachten!«

»Recht hast du! Verdammt!... Also: ›Fröhliche Weihnachten‹ euch allen!«

Nach den Feiertagen schloß Ladiesburg seine Pforten. Die meisten Geschäftsleute verschwanden in wärmere Gegenden oder öffneten ihre Läden nur noch nach Vereinbarung. Andreas Buchungen gingen ebenfalls fast bis auf null zurück, so daß sie sich entschloß, Mrs. Horner für einen Monat zu beurlauben. »Es wird ohnehin eine Menge Schnee geben«, meinte diese und war zufrieden.

Reba verließ ebenfalls die Stadt. Andrea war sehr überrascht, als sie eines Tages anrief und eine Angestellte ihr diese Information gab.

»Komisch«, meinte Martin, nachdem sie es ihm erzählt hatte. »Ich höre zum ersten Mal, daß sie überhaupt einmal in Urlaub fährt.«

»Paula hat gesagt, daß Reba Freunde in Arizona besucht.«

»Komisch, daß sie niemandem etwas gesagt hat... Für einige Zeit wirst du jetzt deine Ruhe haben, denn ich verschwinde auch für einige Tage.«

»Wohin?«

»Weshalb fragst du? Ich dachte, es ist dir gleichgültig?«

Unter den gegebenen Umständen war diese Bemerkung doppelt verletzend. Andrea verließ wortlos das Zimmer.

Jim war sehr nett und offen. Er war nicht einmal enttäuscht, als Kevin anrief, um seinen Besuch noch einmal um einige Wochen zu verschieben. Er freute sich an allem, was er tat, und seine gute Laune wirkte richtig ansteckend. Eigentlich hätte sie glücklich sein müssen. Aber das war sie meistens nur, solange sie mit Jim zusammen war. Aber da er gelegentlich gern mit sich alleine war, hatte Andrea immer wieder Zeit, ihren Gedanken nachzuhängen.

Dann grübelte sie über ihr Verhältnis zu Martin nach und stellte fest, wie sehr sie sich schon an ihn und seine Gegenwart gewöhnt hatte. An diesen erfahrenen, leidenschaftlichen Liebhaber, der aber offenbar jedes Interesse an ihr verloren hatte. An den, der sie heute verehrte und bewunderte und morgen schon egoistisch und kalt nannte. An den Bewunderer, der ihr das schönste Geschenk ihres Lebens gemacht hatte und nicht einmal einen Kuß als Belohnung hatte haben wollen. Sein Benehmen war ihr rätselhaft, und sie hatte aufgegeben, es verstehen zu wollen. Ihre eigenen Gefühle waren mittlerweile ein bißchen klarer. Sie mußte zugeben, daß sie Martin liebte, obwohl sie sich ziemlich unsicher war, was das in Wirklichkeit bedeutete. Martin hatte ihre Welt auf den Kopf gestellt. Sie lebte in einem Raum ohne vertraute Umrisse.

Während Martins Abwesenheit stellte Andrea fest, daß sie Marys Bild immer seltener betrachtete. Als sie eines Tages durch die Halle ging und an andere Dinge dachte, ertappte sie sich dabei, daß sie den Rahmen von der Wand nehmen wollte. Als ihr bewußt wurde, was sie zu tun im Begriff war, erschrak sie. »Was ist nur mit mir los?« fragte sie, aber niemand antwortete.

Abends saß sie auf dem Sofa in der Küche und starrte nur vor sich hin. Satan hatte sich neben ihr zusammengerollt und ließ sich ab und zu genüßlich von ihr streicheln.

»Welch ein Bild!« rief Jim, als er in die Küche kam. »Du und die liebe kleine Schnurrikatze!«

»Diese Katze weiß nicht, wie man schnurrt«, sagte Andrea und warf dem Kater einen schrägen Blick zu. »Als Schoßkätzchen ist Satan eine Fehlbesetzung!«

»Er ist in letzter Zeit immer bei dir«, bemerkte Jim und beobachtete Andrea. »Vielleicht vermißt er Martin. Ich vermisse ihn jedenfalls. Und du?«

»Nicht sehr.«

»Mach dir doch nichts vor, Andy! Er ist doch verrückt nach dir!«

»Also, hör mal...«

»Das hat er mir schon vor Monaten gesagt!«

Andrea wußte nicht, ob sie lachen oder sich ärgern sollte. »Er hat dich wohl um Erlaubnis gebeten?«

»Wir sind doch Freunde«, sagte Jim. »Ich fände es auch schön, wenn du... du brauchst jemanden, Andy!«

»Wir haben doch uns, Jim!«

»Klar, nur... Wirst du ihn heiraten?«

»Er hat mich nicht darum gebeten«, sagte Andrea säuerlich.

15

Nachdem Martin eine Woche lang fort war, konnte Andrea sich nicht länger selbst belügen. Sie vermißte ihn sehr. Sie hatte sich angewöhnt, mitten in der Arbeit auf das Läuten des Telefons zu lauschen. Wenn es tatsächlich läutete, war es aber nie der erwartete Anruf, und ihre Enttäuschung war um so größer.

Statt anzurufen erschien er eines schönen Tages gleich selbst.

Andrea versuchte sich gerade zum zweiten Mal an Mrs. Horners Zimtgebäck, nachdem sich der erste Versuch als völliger Fehlschlag erwiesen hatte. Nicht einmal Jim hatte diesen Naschwerken etwas abgewinnen können.

Sie hörte, wie sich der Schlüssel im Schloß drehte, und ihr Herz machte einen Satz. Es mußte Martin sein, denn Jim war oben. Sie hätte es sich ja denken können, daß er genau im falschen Augenblick zurückkommen würde. Genau dann, wenn sie am schlimmsten aussah. Rasch wischte sie sich die Finger an einem Küchentuch ab und lief in die Halle.

»Es ist kein Einbrecher«, sagte Martin.

»Du hättest mir Bescheid sagen können.«

»Ja, das hätte ich schon ... Hallo!«

»Wie war die Reise?«

»Hey, Martin!« Jims Begrüßung fiel viel herzlicher aus, und Martins Gesichtsausdruck wurde gleich freundlicher.

»Hey, Jim! Alles in Ordnung?«

»Klar. Schön, daß du wieder da bist!« Er sah nach draußen. »Wo ist der Volkswagen geblieben?«

»Der hat leider seinen Geist aufgegeben«, sagte Martin traurig. »Ich mußte mir einen leihen. Hilfst du mir bei der Suche nach einem neuen Auto?«

»Sehr gern. Jetzt gleich?«

»Nein, ich muß mich erst mit dem Gedanken vertraut machen. Nach den vielen gemeinsamen Jahren kann ich einen solchen Verlust nicht so schnell verschmerzen. Außerdem gehe ich heute mit deiner Schwester zum Essen.«

»Auch gut«, meinte Jim.

»Augenblick mal!« sagte Andrea.

»Oh, es tut mir leid. Möchtest du heute abend mit mir zum Abendessen ausgehen, Andrea?«

»Klar, sehr gern sogar«, antwortete Jim.

Jim verabschiedete die beiden wie ein stolzer Vater, aber die Stimmung der beiden Hauptdarsteller ließ einiges zu wünschen übrig. Martin benahm sich wie ein gönnerhafter Verwandter, der die alte Tante pflichtgemäß zum Essen ausführt. Es wurde kein Wort gesprochen. Erst als Martin auf die Landstraße einbog, fragte Andrea: »Fahren wir nicht zum *Peace and Plenty*?«

»Wie du siehst, nein.«

»Wohin denn dann?«

»Weiß ich noch nicht!«

Das Schweigen wurde erst wieder gebrochen, als der Wagen die Außenbezirke von Frederick erreichte. Martin bog plötzlich auf einen Parkplatz ein und meinte: »Das scheint mir genau das Richtige zu sein!«

Falls er nach einem Lokal gesucht hatte, wo sie miteinander allein sein konnten, dann waren sie am richtigen Ort. Das Lokal war nur halbvoll, und sie bekamen einen Tisch, der von Tür und Küche weit entfernt war. Nachdem der Ober die Bestellung für die

Cocktails entgegengenommen hatte, lehnte sich Martin zurück.

»Hast du etwas von Reba gehört?«

»Nein.«

»Ist etwas geschehen, während ich fort war?«

»Nein.«

»Was möchtest du essen?«

»Das ist mir gleich.«

Der Kellner brachte ihre Drinks, und Martin bestellte für beide.

»So, das war das!« sagte er. »Hallo, Andy! Habe ich dir schon gesagt, daß ich dich liebe?«

»Versuche nicht, mich einzuwickeln!«

»Das kann ich gar nicht! Ich habe dich vermißt!«

»Ich glaube eher, daß du kein einziges Mal an mich gedacht hast. War es schön in New York?«

»Ich war überhaupt nicht in New York. Ich war unter anderem in Mobile, Alabama.«

»Nicht bei deinem Verleger?«

»Nein. In Mobile, Alabama«, sagte Martin, »wohnte nämlich dieser Colonel John Fairfax, C.S.A.«

Einen Moment lang begriff sie überhaupt nichts. Dann... »Marys Mann!« rief sie.

Martin schüttelte den Kopf. »Nicht Marys Mann. Sie hatte nie einen Mann. Ihr Kind war illegitim.«

»Frage mich nicht, ob ich sicher bin! Ich bin sicher. Ich habe alle Möglichkeiten nacheinander geprüft und eliminiert. Unterbrich mich bitte nicht! Ich muß es hinter mich bringen.

Der John Fairfax aus Mobile war der einzige, der Colonel war, also konzentrierte ich mich zuerst auf ihn. Er war zweimal verheiratet, aber beide Male mit Schönheiten aus seiner Heimatstadt. Keine von ihnen hieß Mary Broadhurst. Für den Fall, daß Marys Mann kein

Colonel war, prüfte ich noch die beiden Lieutenants und einen Captain, aber Fehlanzeige.

Es war ein kluger Schachzug von ihr, sich einen Mann auszusuchen, der weit entfernt in feindlichem Gebiet wohnte, denn wer hätte beweisen können, daß sie nicht mit einem Mann dieses Namens verheiratet war? Das verringerte natürlich die Gefahr der Entdeckung. Außerdem waren die Konföderierten in den ersten Jahren des Krieges immer wieder einmal in Maryland.

Vielleicht war ihr Liebhaber wirklich einer von ihnen, aber das werden wir nun nicht mehr erfahren. Auch nicht, weshalb sie im Alter von neununddreißig Jahren immer noch unverheiratet war. Waren die Männer der Gegend nicht gut genug für eine Broadhurst? Ihr Vater muß irgend etwas damit zu tun gehabt haben, sonst hätte er sie in seinem Testament nicht ausdrücklich um Verzeihung gebeten.

Jedenfalls hat er sie abgesichert, als sie ihm gesagt hat, daß sie schwanger ist. Sie suchten sich einen Namen aus und erfanden ihre Geschichte. Solange der alte Mann lebte, wagte niemand, etwas zu sagen, aber nachdem er gestorben war, wurde Mary angegriffen und verfolgt. Wenn sie sich nicht gewehrt hätte, hätte man ihr vielleicht sogar verziehen. Aber das war nicht Marys Art! Sie trat allen entgegen, und sie schaffte es. Aber sie bezahlte einen hohen Preis.«

Martin machte eine Pause und erhob sein Glas. »Auf ihr Wohl!«

Andrea hatte bisher zugehört, ohne sich zu wundern. Ihr erschien diese Geschichte seltsam vertraut, und sie erhöhte nur noch ihre Bewunderung für Mary Fairfax – den Namen hatte sie sich wirklich verdient, also sollte sie ihn auch behalten!

»Auf ihr Wohl«, sagte sie.

»Du kannst dir vorstellen, was es in der damaligen Zeit bedeutet hat, ein uneheliches Kind zu haben. Es war ein Mal, das man sein Leben lang mit sich herumschleppte, und das alles verhinderte – Heirat, Karriere und Glück. Ich würde mich gern trösten und mir vorstellen, daß Alice nichts von ihrem Schicksal geahnt hat – aber ich fürchte, das war nicht so. Diese Zeichnung des Offiziers zeigt deutlich, wie sehr sie den Vater idealisiert hat, aber sie hat die Zeichnung vor ihrer Mutter versteckt, was deutlich macht, daß sie zumindest einen Verdacht gehabt haben muß.«

Während der Ober das Essen servierte, entstand eine Pause. Dann fuhr Martin fort: »Ich habe zuerst nach einer Heiratsurkunde von Mary gesucht, falls Jim etwas übersehen haben sollte, aber ich fand keine. Dafür fand ich eine für Alice Fairfax.«

Jetzt war Andrea ehrlich überrascht. »Aber Alice war doch nie verheiratet. Bist du sicher?«

»Es war unsere Alice. Die Daten und die Adresse stimmten überein, aber die Urkunde ist beantragt, aber nie benutzt worden. Auf dem Grabstein stand ja auch ihr Mädchenname.

Jetzt«, nahm Martin ihre Frage vorweg, »wirst du mich natürlich fragen, was das zu bedeuten hat, aber ich kann auch nur spekulieren.

Die Urkunde ist drei Monate früher datiert als der Tod des Mädchens. Demnach hat nicht der Tod die Hochzeit verhindert. Vielleicht hat sie nicht mehr gewollt, oder die Familie des jungen Mannes hat den wahren Sachverhalt erfahren und alles unterbunden. Ich glaube eher, daß sich die Geschichte wiederholt hat: Mary hat entschieden, daß der junge Mann nicht gut genug war, und drei Monate später ist Alice vom Turm gesprungen oder gefallen. Natürlich habe ich keine Beweise, aber mir erscheint es schlüssig.«

»Würdest du annehmen, daß sie schwanger war?«

»Das wäre ja schon beinahe Ironie, findest du nicht? Möglich ist es natürlich.

Und jetzt möchtest du sicher wissen, weshalb ich zehn Tage lang diese uralte Geschichte recherchiert habe?« fragte Martin, während er gedankenvoll in seinem kälter werdenden Essen stocherte. »Ich werde dir die Frage beantworten.

Es gibt zwei Möglichkeiten, die Dinge, die sich in der letzten Zeit abgespielt haben, zu erklären. Die eine Möglichkeit ist die Vernunft. Ich muß das jetzt nicht alles im einzelnen erörtern, denn wir wissen beide, wovon die Rede ist. Wir haben viel Zeit und Kraft darauf verschwendet, uns von der Richtigkeit unserer Deutungen zu überzeugen.

Die zweite Möglichkeit der Erklärung ist folgende: Wir nehmen an, daß diese Mary Fairfax oder ein Teil von ihr noch immer existiert. Ihre Gegenwart hat Reba zu Tode erschreckt, und ihr Einfluß hat dich von Anfang an unterstützt. Die Rose, die sie auf das Grab ihrer Tochter gepflanzt hat, lebt durch übernatürliche Kräfte immer noch. Wenn sie zu mir an die Tür kommt, wird sie von ihrer Katze begrüßt. O ja«, er lächelte, als er Andreas Erstaunen bemerkte, »ich merke genau, wenn sie da ist. Ich spüre ihre Gegenwart genau. Ich sehe, wie sich die Katze gegen einen unsichtbaren Rock stemmt und reibt. Hast du Satan jemals schnurren hören? Er schnurrt, wenn Mary das Zimmer betritt.«

»Ich habe noch nie etwas so Unglaubliches in meinem Leben gehört«, sagte Andrea.

»Tatsächlich? Wie viele andere Begegnungen hat es gegeben, die du mir nicht erzählt hast? Wir haben beide unsere Beobachtungen voreinander verborgen, weil wir nicht den Mut hatten, zuzugeben, daß wir keine Erklärung dafür hatten, oder nicht?« Er gestikulierte hilflos.

»Ich weiß es einfach nicht. Ich bin zum ersten Mal in einer Situation, wo sich alles auf zwei Arten erklären läßt. Als ich mich auf die Suche nach Marys Geschichte gemacht habe, da dachte ich, ich würde eine Lösung finden, die alles entscheiden würde. Was ich gefunden habe, ist die dürftige Erklärung für einen ruhelosen Geist, aber das Problem ist nach wie vor ungelöst.«

»Was genau ist denn das Problem?« fragte Andrea. »Falls du Angst vor deiner eigenen Fantasie hast...«

»Ich könnte mit Mary leben«, sagte Martin ganz ernst. »Für einen Geist benimmt sie sich doch recht gut. Sie wirft nicht mit Geschirr und heult auch nicht in der Nacht!«

Andrea lachte. »Du machst Witze! Alles ist nur ein Witz, oder etwa nicht?«

»Ich verulke mich selbst gern. Tony würde das einen Verteidigungsmechanismus nennen. Aber du verstehst immer noch nicht, worum es wirklich geht. Es geht nicht um Mary, und es geht nicht um dich. Mary hat dir nichts getan, und du bist immer noch der Mensch, der du immer warst.

Ich habe auch lange gebraucht, bis ich es verstanden habe. Reba hat mir erzählt, daß das alles erst angefangen hat, nachdem du in das Haus gezogen bist. Woran sie nicht gedacht hat, war, daß Jim ebenfalls hierhergekommen ist. Er war der Katalysator, durch ihn ist alles gekommen. Überlege einmal, wie es ihm ergangen ist. Ich gebe zu, daß manches an seinem Benehmen durchaus mit normalen Begründungen zu erklären ist – aber doch nicht alles. Du kannst meine Überlegungen ablehnen, wenn du magst, aber die Tatsache bleibt bestehen: Dieses Haus ist nicht gut für Jim. Er muß weg von dort.«

»Es gibt durchaus auch eine normale, verständliche Erklärung für dein Verhalten, Martin!«

»Dessen bin ich mir sehr wohl bewußt, und ich kann

mir auch vorstellen, daß Tony Benson dir zustimmen würde. Aber es ist eben nicht wahr. Ich bitte dich nicht, zwischen mir und Jim zu wählen. Ich liebe Jim. Ich hätte nie gedacht, daß ich das einmal über einen anderen Mann sagen würde...«

Sie war nicht imstande, sein Lächeln zu erwidern. »Ich will ja nicht verhehlen, daß ich wegen Jim beunruhigt bin. Aber alles hört sich so vage an. Ich brauche eine solide Begründung, an die ich mich halten kann.«

»Mein Gott! Mir geht es doch nicht anders! Als die Arztberichte ankamen, habe ich fest gehofft, man hätte etwas entdeckt. Etwas, das man hätte behandeln können. Aber wie soll man eine Besessenheit kurieren?«

Andrea schüttelte den Kopf. »Ich könnte vielleicht die Gegenwart eines Geistes akzeptieren, aber doch nicht mehr.«

»Ich glaube, daß der Beweis für Alices Gegenwart vielleicht sogar stärker ist als der für Marys Gegenwart. Du bist doch wirklich vernünftiger, als dich mitten in eine so gefährliche Öffnung zu stellen, oder nicht? Was ist damals eigentlich genau passiert? Du hast es mir nie erzählt!«

»Ich spürte plötzlich eine Hand auf meiner Schulter, die mich zurückhielt und zurückzog. Ich glaube, ich wäre gesprungen, wenn ich sie nicht gefühlt hätte.«

»Da haben wir es wieder«, sagte Martin hilflos. »War es deine eigene Einbildungskraft, oder Alice, die dich vor ihrem Schicksal bewahren wollte?«

»Oder Mary.«

»Mary.« Martin überlegte. »Eigentlich paßt das noch besser. Alice ist die zerstörerische Kraft, ihre Verzweiflung wohnt immer noch im Haus. Mary ist die Gute, die ihre Verzeihung dadurch erlangt, daß sie anderen hilft, weil sie ihrem Kind nicht geholfen hat. So ein Quatsch! Das ist ja viel zu konstruiert...«

»Der grundsätzliche Fehler, den wir wahrscheinlich machen, ist der, daß wir diese Kräfte so menschlich darstellen ...«

»Aber warum denn? Schließlich sind sie doch Menschen. Weshalb sollten sie denn keine menschlichen Gefühle haben?«

»Martin, ich spiele dieses Spiel so lange du willst, und ich bin fair. Aber wie du sagst, gibt es immer zwei Möglichkeiten, die Dinge zu erklären. Ich bin mit deiner Art nicht einverstanden.«

»Nach allem, was mit Jim geschehen ist?«

»Was ist denn geschehen? Er stand am Rande eines Zusammenbruchs nach einer entsetzlichen Verletzung. Ich will ja sogar einräumen, daß du mit der Selbstmordtheorie recht hattest. Es gibt auch noch andere Dinge, über die ich dir nichts erzählt habe, die ich mir ja nicht einmal selbst zuzugeben wage ... Aber als er sich in wirklicher Todesgefahr befunden hat, als ihm klarwurde, daß es kein Zurück mehr gab, da wußte er, daß er einen Fehler gemacht hatte, da wollte er nicht mehr sterben.«

»Er wollte nicht zurückkommen«, sagte Martin leise.

»Das war doch viel früher! Damals hatte er Schmerzen, war verzweifelt ... Das war doch ganz anders.«

»Kannst du dich an die Nacht erinnern, als wir ihn auf dem Friedhof gefunden haben? Hattest du damals auch den Eindruck, daß er nicht allein war? Daß etwas oder jemand neben ihm gesessen hat?«

Er wartete auf ihre Antwort, doch als sie schwieg, zuckte er die Achseln. »Also gut! Glaube, was du willst, aber gib endlich zu, daß es für Jim besser ist, wenn er weggeht. Natürlich nicht für immer, sondern nur für so lange Zeit, bis er sich selbst ein eigenes Leben aufgebaut hat.«

»Wenn er gehen will, werde ich ihm nichts in den Weg legen!«

»Das ist nicht genug! Er will ja nicht gehen! Merkst du jetzt, was mich beunruhigt? Du mußt ihn wegschicken. Setze ihn an die Luft! Lasse ihn frei!«

Andrea erschauerte. »Ich werde es versuchen.«

Er nahm ihre Hand. »Es wird alles gut werden, Andy! Ist es dir recht, wenn wir auf dem Heimweg noch ein paar Hamburger kaufen? Ich mag dieses kalte Zeug nicht mehr essen.«

Am nächsten Tag startete die große Suche nach einem Ersatz für Martins Volkswagen. Er und Jim waren schon früh am Morgen losgezogen und erst zum Abendessen wieder zu Hause. Erfolglos, was aber nicht verwunderlich war, wie Jim meinte.

»Martin vergleicht jeden Wagen mit seinem Volkswagen«, sagte er halb verächtlich und halb im Spaß. »Er trauert noch tief und kann sich für nichts anderes entscheiden.«

»Die heutigen Autos sind doch nichts anderes als Schrotthaufen«, sagte Martin. »Also, mein Volkswagen...«

»Ist tot und kaputt«, rief Jim.

»Und erst die Preise!« Martin verdrehte die Augen zur Decke. »Heutzutage kosten Autos so viel wie früher die Häuser! Ich habe sechshundert Dollar für...«

»Sei ruhig!« warnte Jim.

»Es ist irgendwie unanständig, dreißigtausend Dollar für einen Hauf Blech und Chrom auszugeben!«

»Wer hat denn gesagt, daß du dir einen Mercedes kaufen mußt? Das war der Händler, aber nicht ich. Die rote Corvette...«

»Ich kaufe doch kein Auto, in dem ich mich zum Fahren flachlegen muß!«

Die Argumente gingen noch eine Weile hin und her, und schließlich einigten sie sich, es am nächsten Tag noch einmal zu versuchen. Andrea lehnte eine Einladung zu diesem einmaligen Erlebnis dankend ab.

Wenn es nur nach Martin gegangen wäre, hätte er vermutlich das erstbeste Vehikel genommen, das vier Räder und ein Steuerrad hatte, aber Martin hatte die Absicht, mit Jim so ganz nebenbei über das College, einen Ferienjob und ähnliche Dinge zu reden. Andrea hatte nichts dagegen, aber sobald Jim bei ihr war, fand sie alle Befürchtungen so absurd. Er war so glücklich.

Monatelang hatte sie wunderbar geschlafen, aber in dieser Nacht war sie ein wenig beunruhigt, denn Al Wyckoff hatte telefoniert und ihr von einigen Einbrüchen erzählt und ihr wieder einmal eine nette, kleine Pistole empfohlen, was sie ihm aber rundheraus abgelehnt hatte.

Wie alle Hausbesitzer schlief sie bei den gewohnten Geräuschen tief und fest, aber der geringste ungewohnte Laut weckte sie sofort. Als sie auf ihre Uhr sah, war es genau zwanzig Minuten nach drei Uhr. Das leise, knirschende Geräusch, mit dem steifgefrorene Grashalme unter dem Schuh geknickt werden, hatte sie geweckt, und als sie konzentriert lauschte, hörte sie es ganz deutlich. Ihr Fenster war nur angelehnt, so konnte sie gut hören, daß der Eindringling in einiger Entfernung stehengeblieben war. Vielleicht bei Jims Fenster, denn der Raum war zur Zeit ja unbewohnt.

Leise rutschte sie aus dem Bett, schlüpfte in die Tennisschuhe, die sie gestern angehabt hatte, und griff unter das Bett, wo sie einen gußeisernen Schürhaken aufbewahrte. Weder Martin noch Jim hatten eine Ahnung davon, denn die beiden hätten sich totgelacht. Sie fühlte sich jedenfalls besser, packte die Eisenstange und schlich hinüber in Jims Zimmer.

Sie war noch nicht ganz drinnen, als schrecklich kreischende Geräusche und Schmerzensschreie durch die Nacht gellten. Danach hörte sie Schritte, die sich eilig entfernten. Als sie das Fenster erreicht hatte, sah sie nur noch einen Schatten hinter dem Schuppen verschwinden.

Hastig lief sie zur Küchentür, packte die Taschenlampe und verbrachte dann wertvolle Zeit damit, die Tür zu entriegeln. Schließlich stieß sie die Tür auf und leuchtete in die Nacht hinaus. Alles war still, bis ein Motor gestartet wurde. Kurz darauf fuhr ein Auto fort und entfernte sich immer mehr. Sie wollte schon hinausgehen und nach Fußabdrücken suchen, aber in letzter Minute wurde sie vernünftig. Erstens war es eiskalt, und zweitens hätte sie ja doch noch unliebsame Dinge erleben können. Gerade als sie die Tür schließen wollte, kam Satan mit hocherhobenem Schwanz die Treppe herauf.

Während Andrea die Tür wieder verriegelte, hatte Satan sich bereits vor dem Ofen niedergelassen und angefangen, sich gründlich zu putzen. Eine Stelle an der Pfote schien ihn besonders zu beunruhigen, denn er leckte wieder und wieder darüber. Schließlich erbarmte sich Andrea, betrachtete die Pfote und entfernte ein Stück Jeansstoff, das sich an den Krallen verhakt hatte.

Bewundernd betrachtete sie die Katze eine ganze Weile, doch dann ging sie an den Eisschrank und stellte der Katze eine Extraportion Fleisch vor die Nase.

Dann erst hörte sie Schritte auf der Treppe. Als Martin völlig verschlafen zur Küchentür hereinschaute, konnte sie nicht anders als sarkastisch zu werden.

»Keine Angst, mein Held, es ist alles vorbei!«

Mit halb geschlossenen Augen blickte er von dem Schürhaken zu Satan und wieder zurück. »Ich habe irgendeinen Lärm gehört . . .«

»Gut, daß ich mich weder auf dich noch auf Jim verlassen habe, um meine Ehre zu verteidigen«, sagte

Andrea. »Was du gehört hast, waren die Schreie eines verwundeten Einbrechers und Satans Kampfgeschrei.«

»Oh.«

»Vielleicht sollten wir uns doch einen Hund kaufen«, meinte Andrea. »Ich erledige das gleich morgen früh.«

»Ich gebe ja zu, daß ich kein guter Wachsoldat bin«, sagte Martin zerknirscht, »aber dafür habe ich andere Fähigkeiten, die du vielleicht berücksichtigen kannst.«

»Ein andermal vielleicht«, sagte Andrea und betrachtete amüsiert sein zerknautschtes Gesicht. Ein bißchen enttäuscht war sie schon, als er schlaftrunken nickte.

»Im Augenblick bin ich nicht in bester Verfassung. Hast du jetzt Angst? Dann schlafe ich auf der Couch ...«

»O nein. Geh lieber ins Bett«, rief Andrea. »Ich habe ja Satan, um mich zu beschützen!«

Am nächsten Morgen blätterte Andrea durch den Anzeigenteil der Zeitung, um nach einem Hund zu suchen. »Ich verstehe so gut wie gar nichts von Hunden«, sagte sie, als Martin und Jim zum Frühstück erschienen. Dann erzählte sie Jim in Kurzfassung, was in der letzten Nacht geschehen war. Jim war ganz entsetzt und sofort bereit, mit Andrea in ein Tierasyl zu fahren.

»Martin und ich haben zwar ausgemacht, wieder nach einem Auto zu suchen«, sagte er. »Martin, wenn du nichts dagegen hast, können wir ja zuerst alle zum Tierasyl fahren?«

»Nein, nicht mit mir«, sagte Martin abwehrend. »Ich kann diese Tiergefängnisse nicht sehen. Diese bittenden Augen! Gehe du nur zuerst mit Andy. Ich warte solange auf dich!«

Andrea war wieder einmal überrascht, wie recht Martin gehabt hatte. Es fiel ihr schwer, sich unter den vielen Tieren zu entscheiden. Schließlich nahmen sie einen braunen, wolligen Mischling, der jetzt schon fast so groß wie ein Schaf war. Er führte sich auf wie ein Verrückter, leckte ihnen die Hände und bellte sogar einmal.

»Was meinst du, Jim?« fragte Andrea.

Jim konnte nicht antworten, denn er saß auf dem Boden und bekam gerade das Gesicht gewaschen. »Also gut, dann nehmen wir ihn«, sagte Andrea.

Obwohl sie den Hund noch einige Tage dort lassen mußten, bis er geimpft war, hatte Andrea trotzdem eher einen Hund als Martin ein Auto. Ragmop bekam eine große Hundehütte und allerlei Sachen wie Futternapf und Wassertopf, Halsband und Leine. Andrea war fest entschlossen, ihn im Garten zu lassen. »Er ist viel zu groß für das Haus. Außerdem kann ich ihn meinen Gästen nicht zumuten.«

»Das kann man wohl sagen«, meinte Martin und betrachtete seinen Schuh, auf dem Ragmop sich verewigt hatte.

»Solche Unarten werden sich hoffentlich noch legen«, meinte Andrea. »Er muß lernen, Tag und Nacht draußen zu sein, schließlich wollten wir einen Wachhund und haben ein Vermögen für das Hundehaus bezahlt. Außerdem müßt ihr euch gar nicht beschweren, denn mich hält er ja jede Nacht mit seinem Geheul wach.«

»Was redest du denn«, sagte Jim. »Sogar ich kann ihn hören. Jeder im Umkreis von zehn Meilen kann ihn hören! Wenn du ihn in meinem Zimmer schlafen lassen würdest ...«

Ragmop liebte Jims Zimmer. Ihm war zwar jedes Zimmer des Hauses lieber als sein Hundehaus, aber Jims Zimmer war das beste, weil Satan dort nicht hinkam. Die erste Begegnung zwischen den beiden war zwar etwas heftig, wie Andrea vorausgesagt hatte, aber das war hauptsächlich Ragmops Schuld. Er schlug Satans Warnungen in den Wind und wollte immer nur spielen, aber Satan ließ sich nicht auf der Nase herumtanzen. Solange der Hund in sicherer Entfernung blieb, geschah nichts, aber wenn er nur einen Schritt näher kam, fing er eine Ohrfeige. Ragmop war entweder dumm oder unbelehrbar, denn er versuchte es immer wieder.

Ragmop durfte nur unter Aufsicht ins Haus. Die unteren Räume, außer der Halle, waren tabu, ebenso die Gästezimmer. Martins Zimmer schied aus, weil dort Satan wohnte, also blieb nur Jims Zimmer. Als Jim ihn das erste Mal mit nach oben nahm, gingen Martin und Andrea mit. Keiner wollte es zugeben, aber beide hatten die Absicht, sein Verhalten zu studieren. Aber sie wurden enttäuscht. Ragmop legte sich der Länge nach auf den Teppich, ließ die Zunge heraushängen und fühlte sich wohl. Andrea und Martin tauschten einen langen Blick. Mit diesem Turmzimmer war entweder alles in Ordnung, oder aber die Theorie, daß Tiere ein Gespür für Übersinnliches haben, war nichts wert.

Martin hatte nie wieder über seine Theorien gesprochen, aber er hatte Jim immerhin dazu gebracht, sich Informationen über einige Colleges schicken zu lassen, die er allerdings eifriger studierte als Jim. Wenn er darüber reden wollte, hörte Jim zwar höflich zu, aber er äußerte sich nie.

Das Haus war ruhig geworden. Es war wie verhext, aber seit Martin über seine Theorien geredet hatte, war nichts Außergewöhnliches mehr geschehen. Trotzdem empfand Andrea so etwas wie eine wachsende Spannung – nichts Beunruhigendes, sondern nur das Warten auf ein Ereignis. Sie freute sich schon sehr auf Kevins Besuch. Vielleicht war das die Ursache für ihr komisches Gefühl.

Eines Nachmittags war sie allein im Haus, als es an

der Tür läutete. Andrea erwartete niemanden, und sie war um so überraschter, als sie sah, wer es war.

»Reba! Ich wußte ja gar nicht, daß Sie wieder da sind.«

»Ich kam gestern nach Hause.«

»Kommen Sie herein! Ich freue mich so sehr, Sie zu sehen. Martin und Jim sind fort...«

»Ich weiß. Ich habe sie gerade in der Stadt gesehen, deshalb kam ich her.«

Sie ließ sich von Andrea ins Haus ziehen, aber den Mantel wollte sie anbehalten.

»Ich kann nicht bleiben! Ich kam, um Ihnen etwas zu sagen. Wenn Sie es gehört haben, schicken Sie mich vielleicht ohnehin weg.«

»Aber weshalb denn, Reba?«

»Wir waren doch Freunde?«

»Wir sind Freunde.«

Reba schüttelte den Kopf. Sie war blaß und sehr gefaßt. Andrea stellte fest, daß sie gar nicht in ihrem üblichen, etwas schnodderigen Tonfall sprach.

»Ich habe allen meinen Mut zusammengenommen, um hierher zu kommen und Ihnen alles zu erzählen. Zuerst wollte ich nichts sagen, ich lief weg. Aber dann überlegte ich, daß ich es einfach sagen mußte. Vielleicht zerstört es unsere Freundschaft, an der mir sehr viel liegt. Aber wenn ich schweige und es geschieht etwas, dann würde ich mir ewig Vorwürfe machen.

Ich ließ mich von Ihnen überreden, am Weihnachtsabend herzukommen. Ich hatte gehofft, daß Sie recht hätten mit Ihrer Theorie, aber ich war nicht überzeugt. Trotzdem mußte ich einfach kommen, und zwar Ihnen zuliebe. Ich mußte herausfinden, was so beängstigend und grauenvoll war, um Sie warnen zu können.«

Sie machte eine Pause und holte tief Luft.

»Zuerst war es gar nicht schlimm«, erzählte sie. »Erst als ich das Bild angeschaut hatte, wurde es komisch.

Wenn ich ein Hund gewesen wäre, hätte ich gejault. Dann kamen Sie, und ich nahm mir vor, es durchzustehen. Die Augen der Katze schimmerten wie goldene Münzen oder Objekte, die Hypnotiseure benutzen. Ich ließ mich gehen.

Ich kann mich nicht erinnern, was ich gesagt habe. Ich weiß nur noch, was ich gesehen habe. Zuerst eine Blume, eine Rose. Dann eine Schere, die den Stamm durchschneidet. Die Blüte fiel, aber eine Hand fing sie trotz der Dornen auf. Das Blut lief über die Finger, aber sie hielten die Blüte fest. Dann trieb der Rosenbusch Zweige. Jim war da. Und dann wanden sich die Triebe wie Schlangen um seinen Körper. Er versuchte nicht, sich zu befreien, sondern stand nur da und ließ sich umwachsen und von den Dornen zerkratzen.

Ich konnte Ihnen das unmöglich erzählen, weil ich mir vorgekommen wäre wie Starflower Morningcloud, und ich wußte doch, wie sehr Sie derartige Sachen hassen... und als Jim und ich uns am nächsten Tag die Hand gaben... Ach, Andy, es wird sehr bald geschehen. Sehr bald! Ich weiß nicht, was sich dagegen tun läßt, aber Sie müssen es versuchen!«

»Was wird geschehen? Und wem? Jim?«

»Ich gehe jetzt«, sagte Reba. »Auf Wiedersehen, Andy!«

Andrea machte nicht den Versuch, sie zurückzuhalten, Reba ging mit seltsam staksigem Gang davon. Am liebsten wäre Andrea hinter ihr hergelaufen und hätte ihr gedankt, weil sie sich vorstellen konnte, welche Überwindung es die alte Frau gekostet haben mußte. Statt dessen stand sie im eisigen Wind und sah zu, wie der Mercedes davonfuhr. Sie überlegte, ob Martin wohl mit Reba über seine Theorie gesprochen hatte, denn dieser Traum bezog sich sehr direkt darauf.

Plötzlich war die Luft so dick wie Sirup, so daß

Andrea kaum atmen konnte. Ihr Herz schlug zum Zerspringen, und der kalte Schweiß lief ihr in Strömen über den Körper. Dann teilte ein Laut die unheimliche Stille, ein Laut, daß ihr die Haare zu Berge standen – das Jaulen eines verzweifelten Hundes. Der zitternde Ton schwoll an und wurde leiser, um dann wieder anzuschwellen – eine endlose Litanei der Verzweiflung!

Andrea lief stolpernd vor Hast zum Hundehaus, wo sie das Tier am Morgen angebunden hatte, weil er den Männern sonst gefolgt wäre. Mit erhobener Nase saß er vor seiner Hütte und jaulte sein Leid in den diesig grauen Himmel. Andrea preßte sich die Hände auf die Ohren. »Hör auf!« schrie sie hysterisch. »Hör auf! Hör auf!«

Statt sie zu begrüßen, wie er es normalerweise tat, legte er sich flach hin und kroch schließlich mit hängendem Schwanz in seine Hütte.

Andrea zitterte wie verrückt, aber sie fror nicht, sondern sie fürchtete sich entsetzlich, denn das Jaulen eines Hundes war ein Zeichen des bevorstehenden Todes. Ob Jim und Martin?... Warum kamen sie denn nicht nach Hause? Sie waren schon so lange fort.

Nachdem sich der Hund beruhigt hatte, ging Andrea wieder ins Haus. Sie wollte schon nach dem Telefon greifen, aber sie wußte ja nicht einmal, wohin die beiden gegangen waren. Als sie aufblickte, sah sie Marys Bild an der Wand hängen. Komisch, daß ihr nie aufgefallen war, wie verbissen und verkrampft der Mund und die gesamte Haltung waren.

Plötzlich stand Andrea auf und lief hinauf in Jims Turmzimmer. Die Tür war nicht verschlossen. Auch diese Phase war überwunden, außerdem wußte er, daß sie so gut wie nie nach oben kam. Er putzte sein Zimmer selbst, aber ab und zu legte Mrs. Horner ein wenig mit Hand an. Erst in der letzten Zeit hatte Jim gründlich aufgeräumt und einen Müllsack nach dem anderen heruntergeschafft.

Der Raum war sauber und aufgeräumt wie die Gästezimmer, bevor neue Gäste ankamen. Andrea ging hinüber zum Schreibtisch, dessen Oberfläche nackt und kahl war. Sie wollte die Schubladen öffnen, aber ihre Hand zögerte, denn sie fürchtete sich vor dem Anblick, der sie erwartete. Leere. Alles ausgeräumt und weggeworfen.

Andrea wagte kaum zu atmen. Auch hier war die Luft so dick und sirupartig. Sie drehte sich um und ging zurück zur Tür. Ein kleiner Teppich verdeckte die Stelle. Andrea kickte ihn beiseite.

Dann hatte sie das Brett in der Hand. Die Skizzen lagen noch an ihrem Platz, aber es war noch etwas in dem Versteck. Ein Briefumschlag mit Andreas Namen. Jims Handschrift.

Andrea ließ das Brett liegen, wo es lag, und lief nach unten. Als sie den ersten Stock erreicht hatte, wußte sie, daß sie es nicht mehr weiter schaffen würde. Sie öffnete die Tür zu Martins Zimmer. Und dort, zwischen seinen achtlos hingeworfenen Kleidern, seinem Manuskript, dem Geruch seines Tabaks und seines Rasierwassers, dort fühlte sie sich so stark, daß sie den Brief öffnen konnte. Sie setzte sich auf das Fußende des Bettes und las.

Liebe Andy,
du wirst diesen Brief erst lesen, wenn ich schon tot bin. Wenn du ihn vorher liest, weiß ich, daß du wieder geschnüffelt hast!

Du wirst dich schlecht fühlen, aber weil ich das weiß, deshalb schreibe ich dir. Ich bin glücklich, ganz bestimmt, und ich hätte so gern, daß du dich für mich freust. Es ist schon komisch, daß ich nicht weiß, wie ich es dir schreiben soll, ohne daß du mich für verrückt hältst. Am besten fange ich vorne an. Vorne – das ist für mich der Unfall. Ich dachte, ich sollte damals sterben, Andy. Ich sagte dir, daß ich nicht zurückkommen wollte. Ich habe dir nicht gesagt, daß ich dir deshalb anfangs böse war. Ich habe es dir damals nicht leicht gemacht. Es tut mir leid. Es dauerte ein bißchen, bis ich begriff, daß es einen Grund gab, weshalb ich noch am Leben war, und daß du nichts damit zu tun hattest.

Ich verstehe es immer noch nicht ganz, aber ich weiß, daß es etwas mit diesem Haus zu tun hat und mit ihr – mit Alice, die früher hier gewohnt hat. Ich habe sie lange Zeit für eine früh verlorene Freundin gehalten und ähnliches. Aber das ist alles nicht richtig. Ich glaube, daß ich sie schon einmal gekannt habe.

Ich habe diese Pillen voller Absicht geschluckt, Andy. Ich konnte es einfach nicht mehr länger aushalten. Während ich dort im Dunkeln saß und wartete, daß etwas geschah, da hörte ich eine Stimme, die mir sagte, daß ich dabei war, einen Fehler zu machen. Dies war nicht der Weg, um das zu bekommen, was ich wollte. Ich müßte warten. Aber nicht mehr lange. Demnach wird es wohl bald geschehen. Sehr bald, hoffe ich. Ich bin nicht da, wo ich sein soll. Auch Alice nicht. Sie ist wie ich, aber sie ist mir ein Stück voraus. Aber irgend etwas hält sie zurück. Ich glaube, daß der Grund für mein Leben darin besteht, daß ich ihr helfen soll, nach Hause zu finden.

Ich kann direkt hören, wie du lachst, wenn du diesen Brief liest, weil er sich so dumm anhört. Aber ich möchte nicht, daß du lachst! Ich hoffe, daß du dich bald besser fühlen wirst. Martin wird dir helfen. Ich freue mich, daß du ihn hast. In diesem Jahr habe ich eine Menge schöner Dinge erlebt. Es hätte mir leid getan, Martin nicht gekannt zu haben.

Kannst du dich erinnern, welche Gefühle du hattest, als du nach den ersten Ferien wieder ins College mußtest? Du warst traurig, Daddy und mich verlassen zu müssen, aber trotzdem hast du dich schon auf deine Freunde gefreut. Genauso fühle ich mich heute. Vielleicht sogar noch mehr!

Jim

Andrea stand am Fenster des Salons, als sie nach Hause kamen. Zuerst erkannte sie das Auto nicht, doch als sie die Preisschilder an der Windschutzscheibe erkannt hatte, wußte sie Bescheid. Das scharlachrote Ungetüm stoppte kurz vor dem Haus, und Andrea konnte ihre Gesichter hinter der Scheibe erkennen – Jim grinste von einem Ohr zum anderen, und Martin saß auf dem Beifahrersitz und sagte etwas. Irgendwie sah es nach Entschuldigung aus. Sekunden später bogen sie um die Ecke in Richtung Garage. Natürlich... es sah aus, als würde es Schnee geben. Martin wäre das wahrscheinlich egal, aber Jim wollte das Auto in Sicherheit bringen.

Die glückliche Heimkehr nach solch schrecklichen Vorzeichen hätte eigentlich alle Wolken vertreiben müssen, die sich auf Andreas Seele niedergelassen hatten, aber sie versuchte nur, die Fäden dieses Netzes zusammenzufügen. Vielleicht war der Brief schon mehrere Wochen alt... aber es war vergeblich. Welches Ende sie auch faßte, es entglitt ihr immer wieder.

Steif vom langen Stehen ging sie langsam zur Hintertür. Martin kam aus der Garage und trug eine Tüte mit Einkäufen im Arm. Sie hatte sie ja gebeten, einige Sachen zu besorgen. Als er Andrea erblickte, winkte er ihr zu. »Hast du es gesehen?« fragte er.

Sie nickte. »Jim wird vermutlich in der Garage übernachten«, sagte Martin fröhlich. »Ich kann ihn nicht mehr aus dem Auto herauskriegen! Komm, zieh dir einen Mantel an, dann gehen wir hinaus; Jim wird dir alles zeigen wollen.«

Er ließ ihr gar keine Zeit zum Reden, aber wahrscheinlich hätte sie ohnehin kein Wort herausgebracht.

Alles schien zum Stillstand gekommen zu sein. Martin erzählte, seine Backen waren vor Aufregung und von der Kälte ganz rot geworden. Sie konnte nicht hören, was er sagte. Und er schien gar nicht zu bemerken, daß sie aufgehört hatte zu gehen, wie eine Uhr, die niemand aufgezogen hatte. Er legte ihr einen Mantel um die Schultern und führte sie zur Tür.

Jim war aus der Garage herausgekommen. Er sah nicht zu ihnen hin, sondern hinüber zum Schuppen, wobei er die beiden Krücken fest umklammerte. Dann ging er auf den Schuppen zu, der direkt neben der Garage stand. Er ging schneller, wobei er sorgfältig die eisigen Pfützen auf dem Boden umging. Er hatte den Schuppen schon fast erreicht, als sich plötzlich die Tür öffnete und ein Mann herauswankte.

Wie sie später erfuhren, hatte Gary Joe einen weiteren Einbruch geplant und beschlossen, im Schuppen die Dunkelheit abzuwarten. Eine Flasche Alkohol sollte ihm die Zeit verkürzen. Als er das Auto sah, das für ihn alles symbolisierte, was er nie erreichen würde, wurde er neugierig und kam zur Tür. Doch er wäre sicher in seinem Versteck geblieben, wenn Jim ihn nicht gesehen hätte.

Andreas Lähmung war plötzlich verschwunden, und sie schrie laut auf. Martin ging die Treppe hinunter, aber er beeilte sich nicht. Gary Joe war eher eine Gefahr für sich selbst als für andere. Er stolperte auf Jim zu, aber wahrscheinlich hat er gar nicht erkannt, wer ihm gegenüberstand. Er wollte nur fort und dieses Hindernis aus dem Weg räumen.

Der träge, schlecht gezielte Schlag traf Jim nicht einmal, aber als er verächtlich lächelnd zur Seite treten wollte, rutschte eine seiner Krücken auf dem eisigen Untergrund weg. Er stolperte rückwärts, wobei sein Kopf und seine Schultern gegen die Garagenmauer schlugen.

Das Geräusch war fast nicht zu hören. Jim versuchte, sich zu halten. Er wurde plötzlich steif, sein Körper und die Hände stützten sich gegen das Holz. Plötzlich war er blind, seine Augen verdrehten sich, und dann konnte er nur noch »Nicht sein Fehler...« stammeln, bevor er zu Boden fiel.

Martin erreichte ihn als erster. Obwohl Andrea gleich neben ihm kniete und Jims Hände hielt, merkte sie überhaupt nichts von Martins verzweifelten Anstrengungen, Jim wieder ins Leben zurückzuholen. Als Martin aufsah, liefen ihm die Tränen über das Gesicht und vermischten sich mit den wäßrigen Schneeflocken.

»Es hat keinen Sinn mehr! Es muß eine Embolie gewesen sein. Eine Folge seines Unfalls. Vielleicht hätte ich es kommen sehen können, wenn ich nicht immer mit meinen Fantasien beschäftigt gewesen wäre... Die Symptome waren deutlich... Er war tot, bevor er fiel, Andy. Er hat nichts gespürt.«

Andreas Finger umklammerten Jims eiskalte, schwere Hand nur noch fester. »Er ist nicht tot«, sagte sie. »Er kann einfach nicht tot sein. Ich werde ihn nicht sterben lassen!«

»Es war ein schneller Tod, Andy. Er hat nicht gelitten.«

Andrea schüttelte die Hand ab, die er ihr auf die Schulter gelegt hatte, und konzentrierte jede Faser ihres starken Willens darauf, den entschwindenden Schatten aufzuhalten. Sie hatte es schon einmal gekonnt. Sie konnte es auch wieder tun.

»Wir können ihn nicht hier im Regen liegen lassen«, sagte Martin.

Sie machte keinen Versuch, ihn daran zu hindern, Jims Körper hochzuheben, aber sie umklammerte seine Hand. Martin trug Jim in Andreas Zimmer, weil es das nächste war, und legte seine Last auf das Bett. Dann kniete er schluchzend nieder.

»Rufe einen Krankenwagen und einen Arzt«, sagte Andrea.

»Es ist zu spät.«

»Rufe an.«

Martin stand mühsam auf und ging hinaus.

Das Reden hatte sie abgelenkt. Sie spürte die Verbindung mit seinem Bewußtsein nur noch ganz schwach. Mit aller Intensität, deren sie fähig war, stürzte sie sich auf die letzte Verbindung. Komm zurück! Komm zurück!

Plötzlich waren die großen Flügel da und füllten den Raum mit ihrem Schlagen. Andrea kauerte sich ganz nah an die Seite des Bettes, ohne Jims Hand auch nur eine Sekunde loszulassen.

Hilf mir.

Hatte sie die Worte gesprochen oder hatte sie sie nur gehört? Darauf kam es nicht an, denn die Hilfe war da. Sie fühlte die Anwesenheit, obwohl ihre Augen geschlossen waren – eine Wärmequelle, an der sich ihre Stärke aufrichten konnte.

Sie hob den Kopf. Im Zimmer war es dämmrig, aber sie sah es genau. Sie kannte die Züge gut, das schwarze Witwenkleid und die kleinen Hände. In ihrer Gegenwart waren die Flügel verstummt.

Es war Marys Gesicht und ihre Gestalt, kein Bild, keine Zeichnung, keine unpersönliche Erinnerung an eine Tote, sondern Mary selbst. Mary war tot und vergangen in ihrem Grab, aber Mary bewegte sich. Ihr ernster Mund lächelte, und sie streckte die Hände aus.

Und dann, in einem Moment der Erkenntnis, wußte Andrea plötzlich, wie Mary Fairfax gewesen war. Nicht Stärke hatte sie miteinander verbunden, sondern das genaue Gegenteil, nämlich feiger Egoismus. Nur Stärke kann verzichten und loslassen, aber Schwäche und Feigheit werden immer versuchen, das Freie, Ungebundene hinter den Schranken abgöttischer Liebe einzusperren.

Andrea hatte sich nicht bewußt entschieden, sondern instinktiv losgelassen und die Verbindung zwischen Körper und Seele getrennt. Sie stand plötzlich mit leeren Händen da, und als sie reden wollte, war niemand mehr da. Alle waren fort, falls sie jemals wirklich existiert hatten. Der Raum war kalt, dunkel und leer. Andrea fühlte sich, als wäre sie nach einem langen Alptraum endlich erwacht.

Langsam drehte sie sich zum Bett um.

Er war gegangen. Zum ersten Mal fiel ihr auf, daß diese Phrase eine ganz einfache Feststellung war. Die Gestalt auf dem Bett war leer, ohne Identität, wie eine Fotografie oder ein Denkmal. Jim war gegangen, er war nicht mehr da.

Langsam wurde es dunkler. Der Regen schlug gegen die Fensterscheiben, aber Andreas Augen waren trokken. Sie fühlte nichts. Weder Kummer, noch Resignation, noch den armseligen Trost der Selbstaufgabe. Die letzte Fantasie war nur eine weitere Illusion gewesen, an die sie sich nicht halten konnte.

Als Graupelschauer gegen die Fensterscheiben schlugen, stand sie auf, um die Vorhänge zuzuziehen.

Sonnenlicht vergoldete die Landschaft, und die Bäume neben dem Zufahrtsweg standen in voller Blüte. Jim rannte die Einfahrt hinunter. Er trug seine alten Jeans und ein altes T-Shirt mit der Aufschrift ›Wo, zum Teufel, liegt Ladiesburg, Maryland?‹, und unter seinen Sohlen knirschte der Kies und wurde in kleinen Fontänen hochgeschleudert. Seine blonden Haare wehten im Wind.

Sie erwartete ihn bei der Bank neben dem Tor. Andrea

hatte sie sich immer blond vorgestellt, aber die dichten Haare des Mädchens hatten die Farbe von Amselflügeln. Sie stand auf und streckte ihm lachend die Hände entgegen. Bevor sie durch das Tor gingen, drehte Jim sich noch einmal um. Er hob eine Hand, und dann waren sie verschwunden.

Als es an der Tür klopfte, wandte sich Andrea vom Fenster ab und wieder dem kalten, winterdunklen Zimmer zu. Langsam öffnete sich die Tür, und zögernd kam Martin ins Zimmer. Andrea spürte seinen Kummer und schmiegte sich in seine Arme. Jetzt endlich war sie fähig, zu geben und zu nehmen und alles mit ihm zu teilen.

Er liebte Jim genau wie sie. Eines Tages würde sie ihm alles erzählen, denn er verdiente es. Es war gleichgültig, ob er es glauben würde oder nicht. Sie wußte, daß das, was sie gesehen hatte, keine Realität war. Aber es war auch keine Illusion gewesen, sondern vielleicht ein Symbol für die Existenz einer Wahrheit, die man mit nur fünf Sinnen nicht begreifen konnte, die aber dennoch existierte. Wo auch immer Jim sich jetzt befand – er war frei.